ENANO ROJO:

ÚLTIMO HUMANO

DOUG NAYLOR

SERIE ENANO ROJO / 4

Traducción: Teresa Ponce

También disponibles:

Enano Rojo: La novela
Enano Rojo: Mejor que la vida
Enano Rojo: Hacia Atrás

Enano Rojo: Último Humano
Titulo Original: Red Dwarf: Last Human.
© Doug Naylor
(Personajes: Rob Grant y Doug Naylor)

© Traducción: Teresa Ponce

© Grant Naylor 1996 by Penguin Books, Londres, Inglaterra, Grupo AJEC
Traducción en castellano cedido en exclusiva a Grupo AJEC
Segunda Edición en papel: 2016
ISBN: 978-8496013803

ÍNDICE

Para Linda, Richard y Matthew

AGRADECIMIENTOS

Gracias a Rob Grant

Como muchos de vosotros sabréis, las dos novelas anteriores de Enano Rojo fueron escritas en colaboración con Rob Grant. En el verano de 1993 Rob expresó su deseo de escribir su propia novela de la saga Enano Rojo. Tengo muchas ganas de leerla y le doy las gracias por los fragmentos de este libro que están basados en los guiones de televisión que escribimos juntos.

Muchas gracias

Gracias de forma especial a Tony Lacey por su apoyo y su paciencia. Gracias también de forma especial a Charles Armitage. Gracias también a Chris Barrie, Craig Charles, Danny John Jules, Robert Llewellyn y Hattie Hayridge. Gracias también a Helen Norman, Andy De Emmony, Justin Judd, Kerry Coldwell, Kate Cotton, Mel Bibby, Howard Burden, Graham Hutchins, Andria Pennell, John Pomphrey, Cate Williams, Peter Wragg y a todo el equipo de detrás de las cámaras de «Enano Rojo». Gracias también a BBC Northwest. Gracias de forma especial a Robert Bynoe. Gracias también a Judith Flanders. Gracias también a Christopher White por pedirme que le diera las gracias en esta sección de agradecimientos especiales cuando por casualidad se dio una vuelta por mi despacho mientras la estaba escribiendo.

Doug Naylor, Londres, Febrero de 1995

PRÓLOGO

Algo monumental estaba a punto de ocurrir; posiblemente lo más monumental que jamás haya pasado nunca en ningún sitio.

Encorvada junto a la esponjosa base del baobab, bajo una franja de cielo disgustado, dirigió la mirada hacia las montañas del otro lado del lago al tiempo que una bandada interminable de aves de pico ganchudo migraba cruzando las aguas.

¿Por qué no estaba él aquí? ¿Por qué no estaba con ella?

Sabía la respuesta. Estaba lejos de su alcance, a dos o tres días de camino, cazando. Un sudor de melaza le corría por las arrugas de la frente y le goteaba por todo el ancho de la mandíbula.

Entonces ocurrió de nuevo.

Había vuelto.

El latigazo de dolor le rodeó las caderas como un lazo para ganado y empezó a apretarse lentamente. Enseñó los dientes y un sonido que parecía completamente ajeno a su pequeño cuerpo irrumpió en el cielo de la noche. Por un instante hasta las cigarras se callaron. Sola, y asustada como no lo había estado en toda su vida, se echó a llorar. ¿Por qué había tenido que seguir subiendo río arriba en busca de fruta? ¿Por qué no se había dado la vuelta cuando empezaron los primeros dolores? Pero había estado llevando el bebé tanto tiempo que los había ignorado, sin darse cuenta de que por fin había llegado la hora.

Ahora ya era demasiado tarde.

Otro lazo.

Sus uñas marrones cavaron unas profundas medias lunas en las palmas de sus puños apretados a medida que el garrote se estrechaba cada vez más, hasta que sintió como si le estuvieran arrancando de cuajo el corazón. Empujaba, gruñía, chillaba y gritaba y, justo cuando pensaba que ya no podía aguantar más el dolor, su cuerpo se desgarró, y una cabeza se abrió camino hacia la existencia.

Sostuvo la cabeza del bebé entre las manos y empujó. Primero consiguió liberar un hombro, seguido de un segundo, luego el bebé salió con ímpetu deslizándose hasta los brazos de su madre, arrastrando tras de sí un cordón umbilical tembloroso de un color negro muy brillante. Ella agarró el cordón y le ató un trozo de cuerda alrededor, a un pulgar de distancia de la tripa del bebé, luego partió en dos el cordón mordiéndolo con cuidado, a otro pulgar de distancia de allí.

Cogió al bebé en alto y lo examinó con ojo crítico. Un sollozo de alegría entrecortado salió de su cuerpo agotado.

Era una niña.

Le lamió las aguas de la cara. Ahora podía verla mejor.

Pero, un momento.

Algo no iba bien. Su instinto se lo decía.

Las extremidades del bebé eran demasiado cortas, tenía la frente demasiado ancha y la cabeza... la cabeza era grandísima. Lo sostuvo en brazos, sin saber muy bien qué hacer.

Pero tenía razón: algo raro le pasaba al bebé. No iba a ser un bebé normal.

No iba a ser como su madre. No iba a ser como su padre. No iba a ser como nadie.

Como nadie hasta entonces.

Apartó la hierba de la sabana con sus dedos curtidos por el sol y miró a través del claro. Aquí, en una enorme garganta con forma de Y, en un lugar llamado luego las llanuras de Serengeti, en el norte de Tanzania, ella había dado a luz al primero. El primero de una especie que más tarde recibiría el nombre de Homo.

Del que vendrían primero el Homo *habilis*, luego el Homo *erectus* y por último el Homo *sapiens*.

Había nacido el primero.

El primer humano.

Sujetó a la diminuta criatura contra su pecho y empezó a darle de mamar. Una vez alimentado el bebé, la mujer mono lo separó de su pecho y lo colocó con delicadeza sobre un lecho de tallos de avena roja.

El bebé se hizo un ovillo y se durmió.

PRIMERA PARTE

Ciberia

CAPÍTULO 1

Seis millones de años después, en una nave de transporte de clase tres destartalada, el último ser humano del cosmos yacía en la misma posición fetal que su hermana muerta tiempo atrás, murmurando frases en el galimatías del Sueño Profundo, hasta que un cuenco de sopa de col mal digerido provocó la fuga sonora de una bolsa de aire que abandonó su intestino grueso y le despertó de sus sueños. Por un breve nanosegundo no podía recordar dónde estaba. Una voz interior, llena de rencor, se rió por lo bajo disimuladamente dentro de su cabeza. «Disfruta del momento», susurró. «Aférrate a la amnesia, porque este brevísimo instante en que no recuerdas nada es lo mejor que te va a pasar en mucho tiempo.»

Naturalmente a Lister le importaba bien poco lo que dijera su voz interior y hacía todo lo que podía para ignorarla. Pero nada podía callar la voz interior cuando tenía que comunicar malas noticias, noticias tan malas como esta mala noticia. «Hagas lo que hagas», continuó provocándole, «no vuelvas a la realidad; no te va a gustar ni un pelo.»

Se incorporó con apuros y se quedó sentado observando a través de la mugre de la ventanilla. Estaba en algún tipo de nave espacial que se preparaba para aterrizar, descendiendo en picado sobre una serie de enormes cañones y barrancos esculpidos en un mar de arenisca sin vida en una luna desértica. Levantó sus muñecas esposadas e intentó recobrar la sensibilidad en la cara dándose un masaje con las bases de los pulgares.

¿Una luna desértica?

¿Por qué iba a estar él aterrizando en una luna desértica? ¿Una luna desértica con un complejo de edificios rodeado de alambradas de espino y torres altas de vigilancia en cada esquina con unos enormes focos giratorios?

Acercó la cara a la ventanilla y vio cómo su reflejo le miraba con cara de idiota. Al principio no se reconocía. No conocía a ese tipo encorvado de ojos marrones y párpados caídos.

¿Ese era él? ¿Ese tipo con la barba de siete días y las mejillas hundidas? ¿Ese del mono kaki y la gorra a juego? ¿Ese de las cinco rastas en la cabeza que normalmente le cuelgan por la espalda, como serpientes adormecidas, pero que ahora estaban atadas con una cinta de pelo kaki?

¿Dónde estaba su actitud alegre habitual? ¿Dónde estaba su sonrisa de medio lado, esa sonrisa abierta de vaguete simpático que tenía más picardía que la cuarta rueda de un carrito de supermercado? ¿Dónde estaban sus pantalones de motorista, y su cazadora de cuero sembrada de parches y grafitis pintados a mano?

Estaba contemplando a un fiambre vestido con mono y con un número en la gorra.

Se acercó al extremo del banco y examinó el pasillo. Cincuenta, tal vez sesenta, cuerpos ocupaban el feo interior de color gris plomo: una panda lamentable de simulantes sin escrúpulos, droides renegados, hologramas con tendencias suicidas y una extraña mezcla de formas orgánicas de ingeniería genética.

Todos esposados.

Todos invitados forzosos de Su Majestad Imperial F'hnhiujsrf Dernbvjukidhgd El Impronunciable.

Lister recordó entonces. Lo recordó todo. La cara se le puso más blanca que un par de zapatillas de tenis sin estrenar.

«Te lo he dicho», dijo la voz interior. «¿No es la peor situación en la que has estado en toda tu vida?»

La voz interior se equivocaba, pero no por mucho.

Lister se quedó mirando fijamente por la ventanilla y los músculos de su cara entraron en modo «No hay nadie en casa» mientras él se ponía a repasar la sucesión de desastres que le habían conducido a este punto en el Tiempo y el Espacio. Empezó a hacer una lista de las malas decisiones, los trabajos mal elegidos, las amistades de poco fiar que le habían traído hasta aquí: una nave de prisioneros con rumbo a la colonia penal más inhóspita de los confines del Cosmos. Nunca había tenido muchas aspiraciones en la vida. Lo único que de verdad siempre había querido era ser un icono del soft metal, lanzando himnos del rock con su guitarra durante toda la noche para medio millón de idólatras fanáticos. ¿Acaso era pedir demasiado, ser acosado cada noche por hordas de mujeres emocionalmente inestables que se sentirían obligadas a embadurnarle el cuerpo con una amplia gama de productos lácteos y después quitarle dichos productos lácteos de varias formas interesantes? Una fina sonrisa le atravesó la cara y se detuvo en seco en la comisura de los labios. Bueno, en algún momento algo había fallado. Nunca había estado cerca de cumplir ese sueño en concreto, ni siquiera se había acercado a una distancia igual al cable de amplificador de una Whirlwind.

¿Por qué? ¿Era mala suerte? ¿Era que nunca había tenido la oportunidad? ¿O era sencillamente que nunca se había molestado en aprender a tocar la guitarra?

Tocarla en serio.

Tres acordes.

Qué demonios, puede que incluso cuatro. Ojalá hubiera comprado el maldito libro con el que aprendías a tocar en un día. Un cochino día y las cosas podrían haber sido muy diferentes. No hubiera acabado aquí, atrapado en mitad del Espacio Profundo, el último miembro de la raza humana, a años luz en sentido literal de la mujer que amaba y de un curry bien picante.

En algún momento de su vida había tomado una decisión nefasta para su carrera profesional: había ignorado la puerta que decía «Leyenda del rock» y había optado en su lugar por la que decía «Desperdicio humano sin oficio ni beneficio destinado a perder el tiempo.»

Lister exhaló un suspiro, como un botellín de cerveza fría recién abierto, y se preguntó cuándo había empezado a torcerse todo.

Era un error haberse puesto corbata, lo supo en el minuto en que entró en el Foro de Justicia. Un error muy, muy grande. Debería haberse puesto los marianos llenos de manchas de aceite y la chupa negra de cuero encima. Ese atuendo hubiera sido mucho más adecuado para un hombre que estaba siendo juzgado. Mucho más adecuado para un hombre que se enfrentaba a cargos de delitos graves contra el estado foig. Para empezar habría estado cómodo. La única camisa de vestir que tenía le estaba por lo menos dos tallas pequeña de cuello, y le hacía sentirse como si los cinco litros de sangre de su cuerpo se le hubieran metido a presión en la cabeza y estuvieran intentando salir del cráneo haciendo saltar los ojos de sus cuencas. Además, se acababa de dar cuenta de que precisamente esa corbata no había sido una gran elección. Cierto es que solo tenía una corbata, así que no disponía de mucho donde elegir exactamente, pero pensándolo bien una corbata ancha amarilla con un dibujo de una mujer en un potro de ginecólogo probablemente había sido un error. De algún modo no le daba esa aura de respetabilidad que esperaba conseguir. El pilar del vestuario formal era un desacierto.

Los juramentos silenciosos daban vueltas dentro de su cabeza. Si no se hubiera esforzado tanto en tener un aspecto tan distinguido no se habría sentido como un maldito memo. No debería haberse esforzado tanto en dar buena impresión, debería haberse puesto la ropa de siempre.

No era la primera vez que cometía un tremendo error de cálculo en el tema de vestir. Su mente retrocedió a los días anteriores a la fuga de radiación, antes de que el Enano Rojo fuera enviado a toda velocidad a las inmensidades baldías del Espacio Profundo mientras él dormía, ajeno a todo, en animación suspendida.

Le habían invitado a la fiesta de verano en el comedor de oficiales.

A él, un humilde técnico de tercera.

La invitación decía que se trataba de una celebración informal, de manera que eso fue exactamente lo que hizo: se puso unos pantalones cortos de fútbol en gravedad cero y llevó una lata de cerveza. Por extraño que parezca, un oficial con traje de verano beis no le dejó entrar. Si querían que hubiera ido vestido como un pingüino que lo hubieran dicho.

Ahora, al abrirse de par en par las imponentes puertas de roble del Foro de Justicia y empezar a avanzar por el pasillo hacia su asiento escoltado por los guardias de seguridad foig, supo que lo había vuelto a hacer. Atravesó la sala del tribunal como si estuviera entrando al matadero y tomó asiento tras el escritorio de roble pulido. Agachó la cabeza, avergonzado. *¿Al matadero?* Más bien parecía que iba al dentista.

Se abrió una puerta en la parte de atrás del Foro de Justicia y el regulador foig tomó asiento en el estrado. Como la mayoría de los foig de Arranguu 12 era un albosapo, un extraño cóctel genético de albatros, oso y sapo. Con una altura de más de dos metros en posición erguida, tenía el cuerpo cubierto de un pelaje negro con una media luna en el pecho sobre unas ancas de sapo gigantes. Como todos los foig había sido diseñado con genes que retrasaban el envejecimiento, y su esperanza de vida era de cerca de mil años.

La suave cabeza blanca con su largo y ganchudo pico naranja y dos ojos, más fríos que las manos de un médico, examinó la sala y luego se detuvo sobre Lister.

—¿Tiene usted abogado?

—Voy a llevar mi propia defensa, señoría. Durante los meses que han precedido a mi juicio me he familiarizado con su sistema legal y creo que esto se me va a dar de perlas.

El regulador le hizo una señal al fiscal con la cabeza.

—Comience su alegato.

Lister permaneció en silencio mientras el fiscal exponía los cargos contra él. Por fin, se sentó con un gesto airado de congratulación y Lister se puso en pie frente a los seis miembros encapuchados del jurado.

—La acusación carece de fundamento y mi defensa es muy simple. Deseo acogerme a la cuarta arena de D'Aquaarar y así protegerme contra el incumplimiento de la Xzeeertuiy por la inhabilitación zalgona de Kjiclomnon, como está permitido aquí en la colonia del asteroide Arranguu 12 durante la tercera estación de cada quinto ciclo.

—¿Qué?

Una sonrisa de tamaño bebé se encaramó a la cara de Lister.

—Remito a su señoría al caso de Mbazvmbbcxyy contra Mbazvmbbcxyy. Y solicito la nulidad del proceso —se dejó caer sobre la silla y se quedó balanceando la cabeza adelante y atrás en señal de triunfo—. He acabado.

—Pero este es el sector norte de Arranguu 12.

—¿Y qué?

—No el sector sur.

—¿Y qué?

El regulador miró a Lister totalmente perplejo.

—Nosotros no compartimos el mismo sistema jurídico desfasado, arcaico e incomprensiblemente extraño que tienen en el sur.

—¿Ah no?

—Por supuesto que no. Nosotros nos regimos por el sistema Jhjghjiuyhu.

—¿El sistema qué?

—El sistema Jhjghjiuyhu, que es claro y directo y cualquier Hniuplcxdewn o Tvcnkolphgkooq lo puede entender.

—¿Cualquier Hniuplcxdewn o Tvcnkolphgkoq?

— Tvcnkolphgkooq —corrigió el regulador—. Por eso siempre celebramos el día del Cvcbdekijhmnhuye: el día que nos ganamos el derecho a ser un estado con gobierno propio y pudimos liberarnos de los grilletes del fango legal y burocrático incomprensible. ¿Así que qué desea hacer? ¿Acogerse a la séptima rama de O'pphjytere o arrojar su alma al gran fuego de N'mjiuyhyes?

—Esto… —dijo Lister, para ganar tiempo—. ¿Me puede repetir las opciones?

—Elija.

—Mmmm…

—¿Y bien?

—Voy a acogerme al cuarto palo de… ¿cómo se llama?

—¿La séptima rama de O'pphjytere?

—Eso mismo.

Un maremoto de sorpresa resonó por todo el Foro. Las cejas de Lister se fosilizaron en su rostro mientras él miraba a un lado y a otro a las filas de caras de desaprobación de los foig que estaban sentados en la tribuna.

—¿Eso es malo?

—Si el jurado de los Seis le declara culpable, entonces acogerse a la séptima rama de O'pphjytere supondrá triplicar la duración de su sentencia.

—Bueno, en ese caso elijo...

—La elección ya está hecha. Prosigamos.

Lister se aflojó la corbata, se desabrochó la camisa y se quitó los pantalones color crema recién planchados. Rebuscó en el interior de su maletín, sacó una lata de cerveza rubia extra fuerte, cruzó sus piernas desnudas llenas de pelos sobre el estrado del regulador y se puso a beber la cerveza a sorbos ruidosos. Esperando a que le declararan culpable.

CAPÍTULO 2

La compuerta de la esclusa de aire de la nave se abrió con un sonido gaseoso y Lister y el resto de los prisioneros comenzaron a abrirse camino a empujones por la rampa de desembarque hacia abajo y luego por el muelle de atraque. Un millar de diminutas partículas de polvo le abrasaron la cara, recordándole al aftershave marroquí que Rimmer le había dado una vez como regalo de Navidad con retraso.

Flanqueados por guardias, los prisioneros avanzaron en desorden por el paseo de la plataforma de aterrizaje hacia el interior abovedado del Gran Pabellón. De mil metros de largo y más de quinientos metros de ancho, estaba construido a base de acero, cristal y cemento armado. Lister echó un vistazo a su alrededor. Era un magnífico testimonio de la habilidad foig el haber levantado un estadio tan imponente como este en una luna tan hostil como Lotomi 5. Los ostentosos adornos de espirales junto con los techos de altura de vértigo daban al pabellón un ligero tufillo a mitin fascista y, como en todos los otros asentamientos foig, las enormes banderas con los colores verde y negro colgaban de cada pared. En todas se podía ver la doble hélice gigante del ácido nucleico ADN y, en un alfabeto extraño, una frase que decía: «La Clave de la Vida. Nada es Imposible».

De repente, la música empezó a sonar a todo volumen en el pabellón a través del colosal sistema de megafonía. Era una especie de himno local. Lister, cuando menos, odiaba los himnos. Estaba convencido de que hacían estallar guerras. En especial los similares a este, que era inquietantemente exaltador y hablaba de conflictos, luchas y de entregar la vida por la causa de la victoria definitiva. Cuando hubo terminado el himno, las gigantescas puertas del recinto se abrieron de par en par y una cosa que parecía que se había escapado de un viaje de LSD muy malo entró en el pabellón y ocupó su lugar en el estrado. Una corriente de náuseas tibia y repugnante inundó el cuerpo de Lister ascendiendo desde su estómago. Tenía las piernas de una jirafa, el cuerpo de una babosa mastodóntica y la cabeza sin orejas de una cobra gigante; además parecía que le acababan de echar un cubo de mocos encima.

Lister se puso a temblar. No había visto algo tan asqueroso como esto desde la última vez que limpió el cajón de las verduras de su nevera.

La enorme cabeza alargada de la criatura se cernía sobre los prisioneros allí reunidos como un gigantesco falo cansado, y su larga lengua rosa se agitaba dentro y fuera de la boca, soltando una especie particularmente indescriptible de indescriptible moco amarillo. Las primeras frases de su discurso se perdieron bajo un crescendo de arcadas y vómitos. Pero esto no era nada raro para ella. Muy pocas formas de vida se encontraban con la jibacobra sin evacuar al menos parte de sus contenidos corporales. Por lo que a la jibacobra respectaba, «Hola» y «Buaaajjjjj» eran sinónimos. El vómito a modo de proyectil era una forma de saludo. La jibacobra no tenía ninguna culpa de haber sido creada a partir de restos sobrantes de ADN descompuesto. Le habían dado la oportunidad de existir y tenía la intención de agarrarla con sus tres ventosas rezumantes de viscosidad. De acuerdo, era repugnante. Probablemente era el organismo más horroroso, desagradable, deformado, retorcido, asimétrico y antiestético hasta hacer saltar las lágrimas que jamás había tenido la suerte de respirar oxígeno (bueno, con la posible excepción de George Formby). Pero la imagen no lo es todo. Este era el nuevo mundo, el nuevo sistema solar, una galaxia de oportunidades, donde todas las criaturas eran iguales y cualquiera podía llegar a ser presidente de la República Unida de las Formas Orgánicas de Ingeniería sin importar quién era ni cómo había nacido, ni siquiera si tenía el aspecto de una jibacobra y escupía jugos indescriptibles sobre la cabeza de aquel a quien se dirigiera. Estaba aquí para desempeñar una función y era tan válida como cualquiera. De hecho, aquí en Lotomi 5 era un miembro preciado de la comunidad, muy valorada y respetada, porque se comía los vertidos corporales de todas las otras formas de vida y los reconvertía en un combustible sin humos muy requerido. No todo el mundo podía hacer eso. Para más señas, era la comandante de la colonia.

La jibacobra iba por la mitad de su discurso de «Puede que suene un poco a tópico, pero nadie ha escapado nunca de esta colonia penitenciaria y la razón por la que esto es así es porque es totalmente imposible» antes de que algo de lo que estaba diciendo se pudiera oír lo más mínimo. Aquellos que no podían vomitar, como los mecanoides o los hologramas, se retorcían en seco de las arcadas. De manera que el ruido era considerable. La jibacobra continuó sin complejo alguno; a ella todo este tipo de cosas le resbalaban.

Al final Lister pudo oír los últimos coletazos del discurso.

—...no obstante, si intentáis escapar y os cogen, seréis aniquilados, pero no antes de... —la jibacobra hizo una pausa, y una nueva secreción, con un color de rana gratinada, se le filtró por la comisura de los labios—. Pero no antes de — repitió— que hayáis compartido la cama conmigo.

De nuevo un monzón de vómitos. Toda una temporada de lluvias de selva ecuatorial en forma de devuelto. Una cacofonía de gente potando que duró por lo menos dos minutos.

La jibacobra sonrió coquetamente y continuó su lluvia de fluidos viscosos sobre las cabezas de la audiencia.

—Estáis aquí porque todos habéis cometido actos atroces contra la República Unida de las Formas Orgánicas de Ingeniería. Habéis tenido un juicio justo en vuestros asteroides de origen...

—Yo no —dijo una voz.

—No, yo tampoco —dijo otra.

—Ni yo.

La jibacobra chasqueó la lengua enfadada.

Está bien, la mayoría de vosotros no habéis tenido un juicio justo, pero os han declarado culpables. Y os han enviado aquí a Lotomi 5 para recibir vuestro castigo. En ese aspecto seguro que no os decepcionamos. Después de esta reunión os acompañarán a las instalaciones médicas donde os lavarán, os afeitarán y os pondrán los equipos. Luego os llevarán a la cámara central en donde cada uno ocupará su lugar en el escenario de realidad virtual que corresponda a la gravedad del delito cometido —la jibacobra lanzó la lengua de un lado a otro—. Bienvenidos a Ciberia.

Ciberia, porque cada interno estaba conectado mediante una interfaz a una red cibernética gigantesca (el cerebro y el sistema nervioso estaban en contacto directo con una inmensa realidad creada por ordenador) en la que cada interno pagaba por sus delitos siendo obligado a cumplir la sentencia en un infierno de su propia invención.

Recorrió el pasillo acompañado por una falange de seis guardias mientras un aire frío y mortificante salía silbando por los ventiladores del sistema de reciclado, haciéndole acordarse de su cabeza recién rapada.

Le habían quitado el pelo. Le habían cortado las trenzas, las cinco rastas que había llevado desde los diecisiete años.

Dos puertas de acero se abrieron deslizándose y el destacamento entró en la cámara central. Conocía demasiado bien ese olor fétido.

Observó la gigantesca matriz de cabezas: todas calvas, todas a flote en la superficie del ciberlago gigante, todas con los cascos de dotación reglamentarios de Ciberia.

Cascos que se clavaban directamente en el cerebro mediante unas varillas finas como agujas y les transportaban al Ciberinfierno.

Permaneció de pie, triste e indefenso, mientras hacían los preparativos. Un doctor foig, con aire serio y profesional, le inyectó una jeringuilla de aire y sintió cómo su cuerpo se relajaba hasta quedarse sin fuerzas.

Dos ayudantes le arrancaron la fina bata blanca, metieron su cuerpo desnudo en un cubículo de azulejos blancos y le apuntaron con una manguera. La manguera arrojó una especie de parafina líquida de olor nauseabundo, que se enfriaba rápidamente al contacto con su cuerpo y empezaba a fijarse. En poco rato estaba cubierto de una capa muy fina de la ciberespuma que controlaría y manipularía sus sentidos, haciéndoles obedecer las órdenes del ordenador gigante que supervisaba los escenarios de los prisioneros. Los dos ayudantes cargaron con él hasta la orilla del inmenso ciberlago rosa y lo depositaron suavemente en sus dulces y cálidas aguas.

Le recordaron sus delitos, pero estaba demasiado abatido y entumecido para poder siquiera negarlos. Luego se agacharon y activaron el casco. Las varillas se liberaron.

Se adentraron bajo su cráneo como ratas hambrientas a las que han dejado varias semanas sin comer. Sintió el calor y el hedor del hueso quemado por el láser mientras las varillas le pinchaban el cerebro y se instalaban en su mente.

Poco después habían alterado completamente su percepción de la realidad.

SEGUNDA PARTE

Horquilla Temporal

CAPÍTULO 1

Algo estaba a punto de ocurrir. Algo casi imperceptible.

Un chasquido en la oscuridad. Un chasquido en el perfecto silencio atemporal. Tras el chasquido vino un segundo chasquido.

Y después luz.

Un resplandor tenue de luz azul que poco a poco fue inundando la sala a medida que la unidad de Sueño Profundo se encendía y empezaba a descender del techo lentamente. La unidad se posó con suavidad sobre la cubierta y la tapa se deslizó hacia atrás con un silbido, liberando de la cámara de sueño unos rizos de humo que caían rodando al suelo al tiempo que el cuerpo de un hombre todavía medio dormido se incorporaba sentado, con la cara oculta tras una explosión frenética de vello facial.

Se rascó el pecho con una de sus uñas de quince centímetros y soltó un gruñido lento como el de un oso herido. Se pasó la lengua por alrededor de la boca y se tragó la saliva. Sabía a una mezcla de agua estancada de acequia y pechuga empanada de un menú de avión.

Miró a su alrededor. El camarote le sonaba y le resultaba extraño a partes casi iguales. Lo conocía palmo a palmo y sin embargo apenas sí lo conocía. Una guitarra vieja con forma de estrella a la que le faltaban dos cuerdas estaba apoyada contra una silla; varios pósters enmarcados de estrellas del fútbol en gravedad cero descansaban contra las paredes y el suelo estaba plagado de cajas sin desembalar.

Recordó que se llamaba Retsil. Retsil Evad. Cogió un vaso vacío que había encima del estabilizador de corriente anexo a la unidad de Sueño Profundo y se lo llevó a los labios, en espera de que el agua le saliera a chorro de la boca y llenara el recipiente hasta el borde.

No pasó nada.

Sacó las piernas de la cama y esperó a que le llevaran al cuarto de baño donde se quitaría todo el dentífrico de los dientes y lo volvería a meter en el tubo sin dejar nada en el cepillo. Después de eso se humedecería la cara frotándose con una de las toallas del cuarto de baño y luego recogería con las dos manos el agua que le colara y la dejaría en el lavabo que ya estaría lleno; acto seguido vería cómo los dos grifos absorbían el líquido.

Por extraño que parezca, tampoco sucedió nada de esto.

Entonces Retsil se dio cuenta de que algo raro estaba pasando.

El tiempo corría hacia delante. Ya no estaba viviendo en una realidad hacia atrás. Ya no estaba viviendo en una dimensión en la que el tiempo transcurría al revés. Por eso la habitación le resultaba conocida y extraña a la vez. Este era su cuarto, pero llevaba mucho tiempo viviendo en una realidad inversa y por eso le resultaba todo tan raro. De hecho, si se paraba a pensarlo, no se llamaba Retsil Evad. Su nombre ya no estaba al revés. Se llamaba Dave Lister.

Dave Lister. Al menos algo recordaba. En realidad, era lo único que recordaba.

Se tambaleó hasta conseguir mantener el equilibrio y avanzó arrastrando los pies por la cubierta de observación, pisando con la parte de fuera para evitar clavarse las uñas de quince centímetros. A mitad de camino se percató de su reflejo en la pantalla de visualización de plexiglás. Parecía un pingüino artrítico con aletas de buceo de un número menos. Después de haber completado el recorrido hasta el otro lado de la habitación y haberse sentado de golpe sobre la silla giratoria de cuero que había junto a la mesa del radar del ordenador de navegación, levantó el pie y empezó a cortarse las uñas con el sacapuntas de manivela que estaba anclado en la mesa.

Una cabeza de mecanoide asomó por la escotilla.

—Me alegro de verle de nuevo en circulación, señor. ¿Cómo se encuentra?

—¿Quién soy yo? No sé quién demonios soy. Aparte de cómo me llamo no me acuerdo de nada.

Una sonrisa se extendió en la cara rosa, cuadrada y sin pelo de Kryten, como una piedra dando saltos en la superficie de un lago.

—Vaya, tiene una ligera amnesia, señor. Es bastante común después de pasar un periodo tan largo en Sueño Profundo —el mecanoide de cuerpo gris mate marcadamente cincelado entró en la sala. En el centro de la placa de su pecho, la carcasa de la CPU con forma de ojo de buey resplandecía tenuemente bajo la relajante luz ámbar de los fluorescentes—. Ha estado más de veinte años inconsciente.

—¿Veinte años?

—A decir verdad, le desperté la primavera pasada, pero usted insistió mucho en seguir otros tres meses.

Kryten le dio una bandeja con el desayuno.

—Tome, seguro que tiene hambre.

Lister asintió con la cabeza en señal de agradecimiento y examinó de cerca su desayuno.

—¿Has echado cebolla cruda rallada por encima de los cereales?

—Así es como le gustan, señor.

—¿En serio?

Lister sacudió la cabeza desconcertado y le dio un trago largo al zumo de naranja. La expresión de su cara se petrificó y los ojos se le abrieron como si se los estuvieran inflando con una bomba de aire. El líquido salió de su boca formando un arco y salpicó por todo el suelo.

—¡Este zumo de naranja está asqueroso!

—No es zumo de naranja, señor. Es su reconstituyente matutino: salsa vindaloo muy fría.

—¿Bebo salsa de curry fría para desayunar?

—Según el humor que tenga. Si se levanta por la tarde, suele preferir empezar el día con una lata de cerveza caliente de la noche anterior. Por eso acostumbraba a dormir con un colador de té junto a la cama, para poder filtrar las colillas.

—¿Bebo, fumo y desayuno salsa de curry? ¿Cebolla cruda en los cereales? Me comporto como un cerdo asqueroso medio salvaje.

—¿Ya ha recuperado la memoria, entonces?

—No. Todavía nada.

—Tal vez esto le ayude —Kryten se dio la vuelta y cogió la guitarra con forma de estrella.

—¿Toco la guitarra?

—¿Tengo yo la cabeza como un gracioso cubito de hielo? ¿Por qué no ahoga las penas con unos cuantos acordes potentes? A ver si le trae algo a la memoria.

Una expresión nostálgica se instaló en la cara de Lister, con sus uñas recién cortadas surfeando con cariño sobre las cuerdas, mientras tocaba una canción que estaba guardada en lo profundo de su memoria de largo plazo. Se trataba de una canción de amor que había escrito él mismo. Posiblemente su mejor melodía. El ruido era espantoso, una obscenidad eléctrica: música para salir corriendo.

Kryten mostró una sonrisa radiante.

—¡El maestro de la guitarra ha vuelto!

—No seas condescendiente conmigo. No tengo ni idea de tocar. Canta a la legua.

—Señor, cuando haya recobrado del todo su personalidad, creerá firmemente que toca la guitarra como el espíritu de Jimmy Hendrix.

—¿No hay nada bueno que puedas decirme de mí? ¿Nada agradable?

—Agradable... Bueno, en los viejos tiempos solía facilitarme las tareas de lavandería dándoles la vuelta a los calzoncillos para poder llevarlos otras tres semanas más. ¿Eso cuenta?

La cara de Lister se contrajo en un gesto de repugnancia.

—¡Qué guarro soy! Soy un vago redomado, medio analfabeto, cabeza de chorlito, chabacano, repugnante, descerebrado, grosero, de mal gusto y sin oído musical.

Kryten le dio un abrazo de oso.

—Bienvenido a casa, señor. Le hemos echado mucho de menos.

Lister se puso a quitar la cebolla de sus cereales.

—¿Por qué no me acuerdo de nada? ¿Cómo es que no me ha vuelto la memoria todavía?

—Tal vez necesite un intensificador de la transmisión sináptica. Voy a preparar un poco.

El mecanoide agachó la cabeza para salir por la escotilla abierta y subió por las escaleras hacia el pequeño laboratorio científico situado en la cúpula de la nave.

Lister apartó a un lado los cereales y levantó la tapadera metálica que preservaba el plato de comida caliente. Se quedó mirando con repulsión el sándwich de tres pisos de huevo frito con chiles y salsa chutney. No podía creer que alguien así fuera él.

—Hola —la chica entró en el camarote vestida con una bata corta color crema y bebiendo una taza de leche caliente con miel—. ¿Cómo te encuentras?

Su mirada con ojos de laguna azul le atravesó igual que una lanza, y algo dentro de él se derrumbó y cayó como un ñu abatido. Hablaba correctamente, con un ligero toque escocés, o puede que incluso irlandés, Lister no estaba seguro del todo (nunca se le había dado muy bien lo de reconocer los acentos). Por su postura y su actitud casi altiva Lister supuso con acierto que se trataba de una oficial.

Sus labios se separaron formando una sonrisa que le iluminó la cara como una máquina de pinball bajo una mata de pelo castaño despeinado del color de la tarta de nueces.

—¿Estás bien?

—Sí —asintió Lister.

—Yo salí del Sueño Profundo hace ya dos meses. El ordenador médico detectó que necesitaba una apendectomía, así que me despertó con antelación para que estuviera totalmente recuperada cuando llegara el momento de reanimar al resto de la tripulación.

—Ah, muy bien —dijo Lister y se preguntó si debería haberse dirigido a ella con un «señora», o incluso un «señor».

—Me operó Kryten con un escalpelo láser. Lo hizo tan bien que ni siquiera se nota la cicatriz.

Lister soltó una carcajada demasiado exagerada. Esta mujer tenía la habilidad de rebajarle en 20 puntos el coeficiente intelectual ¿Qué le estaba pasando?

La miró. Algo justa de belleza, aun así tenía su encanto y por el definido contorno de su cuerpo bajo la bata de seda estaba bastante seguro de que no llevaba una pila de ropa debajo. Hay que tener mala suerte, pensó, para que te toque un oficial superior que te pone el corazón a ritmo de sambódromo.

—Echa un vistazo —dijo ella—. Te apuesto lo que quieras a que no encuentras la cicatriz.

Lister solo estaba prestando atención a medias cuando ella se abrió la bata de un tirón y la dejó deslizar por su espalda hasta el suelo. Se quedó de pie frente a él desnuda.

—¿La ves?

Todo su cuerpo se petrificó del impacto. ¿Se lo estaba imaginando? ¿Se había vuelto loco? ¿O acaso la mujer con pinta de oficial estaba desnuda delante de él? Las cejas se le subieron a lo alto de la cabeza y se aferraron la una a la otra en busca de sosiego.

—¿La ves? —repitió ella.

—¿Eh?

—No estás mirando. Mira bien.

Lister levantó la vista momentáneamente y murmuró una serie de incredulidades.

—No estás mirando. Estás mirando al suelo. Mira —caminó hacia su silla y le estiró de la barba hasta que sus ojos estuvieron frente a frente con la pequeña curva de su tripa. Un triángulo diminuto de vello púbico apareció de forma fugaz en su visión periférica—. ¿Ves la cicatriz de la operación?

—¿Perdón?

—¿La ves?

Lister exploró su tripa con la vista pero no vio nada.

—Mírame.

Los ojos de Lister ascendieron por el tronco desnudo y los pechos turgentes hasta encontrarse con su mirada. Cuando llegó a la cara se percató de que ella le estaba mirando fijamente y con un gesto de picardía en los labios a la tienda de campaña que se había instalado de repente en la parte baja de su camisón.

Ella alargó el brazo y la puerta de la escotilla se cerró con un zumbido. Le deshizo el lazo del cuello de la bata y se la abrió de un tirón, luego se colocó despacio encima de él. Le rodeó el cuello con sus brazos y le mordió con ternura en la boca al mismo tiempo que empezaba a mecerse suavemente hacia delante y hacia atrás encima de él.

—Ooh, —dijo Lister.

—Ooh —dijo la mujer de la cicatriz de apendicitis invisible.

—Aaaaaaah —dijo Lister aumentando el entusiasmo.

—Aaaaaaah —dijo la mujer justo después.

Y así continuó la conversación hasta que un «Aaaaaaaaaaaaaaaaaaaaaaaaaaaaaaaaaaaaaaaaaaaaaaaaaaahhhh» y un «Ooooooooooooooooooooooooooooooooooohhhhhhhhhhhhh» llevaron el intercambio de diálogo a una conclusión satisfactoria cuatro minutos y medio después.

Si le hubieran preguntado a Lister hubiera dicho que fue veinte minutos después. Pero habría estado faltando a la verdad.

Permanecían sentados fundidos en un abrazo, cubiertos por una fina lluvia de sudor, cuando un pitido suave anunció que había alguien en la puerta. Ella se levantó de encima de él, se puso la bata y activó el mecanismo de apertura de la puerta. Kryten entró con sus andares de pato y una segunda bandeja de desayuno en las manos.

—Ah, Kryten, me voy a dar una ducha. Solo he venido a coger unas cuantas cosas —abrió una de las cajas de madera y empezó a revolver entre sus contenidos.

Lister cruzó la mirada con Kryten.

—¿Quién es esta? —gesticuló con los labios en silencio.

Kryten se encogió de hombros, sin entender nada.

—¿Señor?

—¿Quién es? —repitió con mímica mientras la chica de los ojos de laguna azul sacaba una selección de ropas de la caja y las apilaba ordenadamente a un lado.

—Kochanski —contestó Kryten articulando en lenguaje mudo.

—¿Quién? —dijo Lister calladamente.

—Kristine Kochanski —dijo moviendo los labios.

¿Kristine Kochanski? ¿Y quién es esa?

Kochanski se dio la vuelta y les pilló en medio de su conversación silenciosa.

—¿Ya le ha vuelto la memoria, verdad? Me refiero a que sí que sabe quién soy, ¿no?

Lister y Kryten soltaron una fuerte carcajada al unísono y le aseguraron que por supuesto que sabía quién era ella. Ella arqueó una ceja nada convencida y desapareció por la escotilla. Kryten sacó una jeringa de aire y disparó un pequeño chorro al aire.

—Intensificador sináptico. Vamos a recuperar esa memoria suya ahora mismo.

Lister asomó la cabeza por la puerta mientras ella subía corriendo las escaleras metálicas.

—¿Kochanski has dicho que se llamaba? Como se las gasta. Cuéntame todo lo que sepas de ella.

—Señor, pero si ha pasado los últimos cincuenta años de su vida con ella.

Una mirada de incredulidad absoluta se reflejó en la cara de Lister.

—¿Quieres decir que es mi novia?

Kryten asintió con la cabeza.

—La leche, es increíble. ¿Pero por qué iba ella a salir con un capullo como yo? ¿Qué pasa, que soy el último humano que queda vivo o qué?

Kryten se dio prisa con el intensificador.

—La droga le hará efecto en seguida, señor. Tal vez podría prepararle un buen baño caliente.

Lister sacudió la cabeza.

—Lo que digo es que es una chica fina, de eso no hay duda. Educada, con acento pijo. O sea, es alguien importante. Mientras que por lo que me has dicho de mí, hombre, sinceramente, doy la impresión de ser una escoria. ¿Qué atractivo tengo?

—Oh, no sea tan duro consigo mismo, señor —dijo Kryten sonriendo—. Usted tiene sus cosas buenas.

—¿Ah sí? ¿Como cuáles?

Kryten dejó salir una risita burlona que cruzó rauda la habitación.

—Por nada del mundo se me ocurriría hacerle pasar vergüenza.

—Hazme pasar vergüenza —dijo Lister con énfasis.

—Bueno, usted es una persona amable.

—Amable —dijo Lister, poco impresionado.

—Además, tiene una vena sentimental que hay quien la considera atractiva. Y dicen que a veces entre curry y curry se pone muy romántico.

—Amable, sentimental, devorador romántico de curry —dijo Lister, con una voz casi monótona—. Corta el rollo, Kryten, ¿cuál es la verdadera razón?

—Yo diría que a ella le va la marcha, señor.

—Vale, está bien —dijo Lister, al fin convencido—. ¿Qué tal si me doy ese baño?

—Voy un momento a conectar al señor Rimmer, señor, y ahora mismo se lo preparo. Sígame.

Lister siguió a Kryten por las escaleras que descendían de la cubierta de observación por el interior de la sección central.

Un hombre vestido con un mono negro elástico de PVC, una chaqueta amarilla de franela y un abrigo de piel sintética con estampado de cebra estaba sentado junto a la mesa del radar dando sorbos a un vaso de leche. Tenía el pelo cepillado hacia arriba en forma de tupé y dos colmillos largos que brillaban cuando sonreía.

—¿Quién demonios es este? —dijo señalando a Lister.

—Es Lister —dijo Kryten—. El otro humano.

—Pues sí que es feo.

—¿Y tú quién eres? —dijo Lister.

—Al parecer, desciendo de los gatos —dijo el Gato—. Y según el cabeza de plastilina este, soy increíblemente presumido, narcisista y solo pienso en mí. Pero no me extraña —dijo de repente al verse reflejado en una cuchara—, la verdad es que soy muy guapo.

Lister se dio la vuelta y se dirigió a Kryten.

—¿Cuánto voy a tardar en recuperar del todo la memoria?

Kryten tecleó un código de acceso en el ordenador de pared.

—Menos de una hora, señor.

Se abrió la puerta de una trampilla y el mecanoide sacó un objeto del tamaño de una canica.

—El señor Rimmer, señor —dijo Kryten en respuesta a la mirada de Lister—. Es un holograma, señor. Esta es su cápsula lumínica.

Dejó la cápsula en el suelo.

—¿Rimmer? —dijo Lister—. Es mi mejor amigo, ¿verdad?

La cara de Kryten se deshizo en una mueca de desagrado, como si acabara de probar por primera vez el kebab de cabra.

—No se encuentra bien, señor. Tal vez necesite un refuerzo de intensificador sináptico.

Pinchó a Lister una segunda vez, luego tecleó la secuencia de arranque en el ordenador y observó cómo la cápsula se elevaba del suelo con suavidad y se quedaba flotando a un metro de altura.

«Descargar forma física», dijo a la unidad de control de voz y se quedó mirando mientras la imagen en blanco y negro de Rimmer aparecía parpadeando algo distorsionada por interferencias. Allí estaba de pie con su metro ochenta y tres de altura y sus espaldas anchas, con una pequeña H grabada en mitad de la frente bajo un pegote de pelo castaño indomable; tenía la cara angulosa, los labios delgados, los agujeros de la nariz tan abiertos y profundos que si se los hubieran tapado con cuero y les hubieran dado la vuelta podrían haberle servido a un gnomo de timbales.

«Acceder a los bancos de personalidad», Kryten murmuró a la unidad de control de voz. Una serie de gráficos de barras aparecieron en la pantalla. «Descargar características. Cargar arrogancia.» La primera barra, una alta, se llenó lentamente de un líquido verde, como si lo estuvieran virtiendo en un frasco al acompañamiento de un efecto de sonido de escala ascendente. «Cargar carisma.» Una segunda barra, una muy baja, se llenó con un solo pitido corto. «Cargar neurosis.» La siguiente barra, la más larga con diferencia, empezó a llenarse poco a poco.

—No hace falta que nos quedemos esperando, señor, cargar las neurosis dura más que *Lo que el viento se llevó.* Voy a preparar el baño.

—Ah, ese Rimmer —dijo Lister al hacerle efecto de repente el intensificador de memoria—. Oh, Dios. «Ese» Rimmer.

Los cinco miembros de la tripulación del vehículo de transbordo de la Corporación Minera de Júpiter estaban sentados alrededor del panel del radar cuando Kryten empezó a exponer la situación lo mejor que sabía. Empezó explicando por qué el ordenador del Starbug les había sacado del Sueño Profundo a pesar de que aún les quedaba cierta distancia para llegar al Enano Rojo. Obedeciendo la directiva 3211 de los Cuerpos Espaciales había localizado una nave accidentada de la Flota Estelar y recomendaba ir allí e investigar. El motivo era doble: rescatar a los posibles miembros supervivientes de la tripulación y, casi más importante, peinar la nave en busca de provisiones.

—Bueno, y ¿dónde estamos exactamente? —dijo Lister, que ya se encontraba otra vez a pleno rendimiento y se estaba metiendo entre pecho y espalda su segundo desayuno de morcilla con patatas—. ¿Ya hemos cruzado el Omniespacio?

—¿El Omniespacio? —dijo el Gato.

—El punto en el espacio-tiempo donde convergen todas las realidades diferentes —dijo Kochanski—. Métele otro refuerzo de memoria.

Mientras descargaba una tercera jeringa en el cuello del Gato, Kryten explicó que cada decisión que se toma en la vida crea una horquilla temporal; una línea de realidad va en la dirección de la opción que se ha elegido, mientras que la otra dirección de la horquilla, la línea temporal que se ha rechazado, se queda guardada y almacenada en el Omniespacio. El Omniespacio alberga todas las líneas temporales rechazadas y es el punto de entrada a los siete Universos.

—Sí, pero —insistió el Gato—, lo que quiero saber es en qué parte del Espacio Profundo estamos y si voy vestido de manera adecuada.

—Atravesamos con éxito el Omniespacio hace ya un tiempo, señor. De hecho, de acuerdo con mis últimos cálculos estamos a tan solo seis o siete semanas de encontrarnos con el Enano Rojo.

—Entonces ¿a qué viene tanta presión con entrar en el cinturón de asteroides?

Kryten se giró y se dirigió a Lister.

—Señor, llevamos ya muchos años fuera del Enano Rojo.

Lister asintió con la cabeza. Era verdad. Él y Kochanski habían pasado treinta y seis años en el Mundo Hacia Atrás después de que él sufriera un ataque al corazón en su propia realidad. Enterrado allí con los sesenta cumplidos, había desmuerto y desenvejecido hasta alcanzar su edad actual de veinticinco años. Kochanski tampoco había llegado al Mundo Hacia Atrás con una forma física excelente; es más, había quedado reducida a un triste montón de cenizas quemadas. Holly había hecho algún tipo de milagro para igualar sus edades, y luego el tiempo inverso se había encargado del resto.

Kochanski continuó.

—No sabemos con seguridad si el Enano Rojo estará allí siquiera, o, si lo está, si seguirán intactos los suministros de a bordo. Así que esta nave abandonada puede ser la última oportunidad de abastecernos con suministros nuevos.

—¿Cuánto tiempo va a costarnos? ¿Dos o tres días?

Kryten asintió con la cabeza.

—Pero no se puede volar por el interior de un cinturón de asteroides sin deflectores —dijo Rimmer—. ¿Qué pasa con la directiva 1742 de los Cuerpos Espaciales?

—¿1742? «Ningún miembro de los Cuerpos se presentará jamás al servicio activo con un tupé pelirrojo?» ¿Seguro que esa norma es pertinente en esta situación en concreto, señor?

—La 1743, entonces.

—Ah, ya veo. «Ninguna nave registrada deberá intentar atravesar un cinturón de asteroides sin deflectores.»

—¡Sí, esa! Dios, mira que eres pedante.

Lister sacudió la cabeza.

—Rimmer, fíjate cómo estamos de suministros. Tu holograma está funcionando con la batería de reserva. Sólo tenemos oxígeno para tres meses. Agua, si la bebemos reciclada, para siete semanas. Y lo peor de todo, solo nos queda una caja de papadom de dos mil unidades. No podemos estar dependiendo del Enano Rojo. Tenemos que entrar ahí.

—Pero tú sabes lo inestables que son esas agrupaciones —se quejó Rimmer—. Un solo impacto directo en esa ventana de plexiglás y nuestras entrañas estarán flotando en el aire antes de lo que tardas en darles la vuelta a tus calzoncillos favoritos.

—Venga, hombre, esta puede ser nuestra última oportunidad de coger provisiones en meses. Yo digo que vayamos a hacer una visita.

—Por el amor de Dios, una grieta en el casco y quedamos hechos picadillo.

—Hay un viejo proverbio gatuno —dijo el Gato, que empezaba a sentirse ya bien—, «más vale vivir una hora como un tigre, que vivir toda la vida como un gusano.»

—Hay un viejo dicho humano —dijo Rimmer—, nunca nadie oyó hablar de las alfombras de piel de gusano.

Kochanski se sirvió un vaso del dispensador de agua reciclada.

—Puede que esto os saque de dudas —dijo ella, girándose del banco de monitores—. Acabamos de entrar en el sistema de identificación de la nave.

—¿Y? —dijo Lister, poniéndose en pie—. ¿Qué tenemos?

Ella se bebió el vaso de agua de un trago, lo arrugó y lo tiró por el conducto del sistema de reciclado.

—Esa nave de ahí fuera es el Starbug.

—¿Otro Starbug?

—No, este Starbug. Nos acabamos de presentar al ordenador central y mira lo que ha pasado cuando nos hemos dado los números de serie —ella señaló el monitor—, «STA 7676-45-327-28V», es exactamente el mismo número de registro.

Lister miró las cifras de cerca.

—¿Cómo es posible?

Ella sacudió la cabeza.

—No puede ser.

—¿Hay rastro de la tripulación?

—Por ahora no.

—Entonces no se hable más. Será mejor que vayamos a echar un vistazo.

CAPÍTULO 2

La puerta de la esclusa de aire se abrió con un ronroneo de motor y los cinco personajes entraron a bordo de la nave siniestrada. Kochanski respiró el fuerte hedor mientras un remolino de luces de linternas recorría la cámara de descompresión. En cabeza al lado de Kryten, señaló la dirección con la linterna y empezó a avanzar a través de la mezcla de agua y petróleo que cubría el suelo hasta la altura de la rodilla.

Si los padres de Kristine Kochanski hubieran seguido vivos todavía, no les habría gustado nada ver con quién andaba su hija últimamente. Ellos no habían enviado a su queridísima y listísima hija mayor a los colegios más caros para que anduviera viajando por el Universo con gente como esta. Ellos no le habían pagado las clases de piano desde los cuatro años, o las clases de esperanto desde los seis, no le habían pagado la escuela de jiujitsu a los doce ni las clases de vuelo y de mecánica cuántica a los dieciséis; de hecho, ellos no le habían dado todas estas cosas —que finalmente habían contribuido a que consiguiera la plaza en la Academia Espacial Europea donde se graduó con honores como coordinadora de vuelo de primera clase— para que acabara en los confines lejanos del espacio profundo con una panda de degenerados medio lelos y sin apenas ropa interior limpia. Y a su padre —su pobre padre fallecido hace mucho tiempo— le hubiera dado al instante un ataque al corazón si hubiera llegado a toparse de frente con el objeto de su afecto. El hombre con el que ella había pasado el último medio siglo, el hombre cuya fotografía colgaba en este momento de su cuello dentro de un pequeño estuche de plata que él le había regalado para celebrar el aniversario de la primera semana que salieron juntos y que le dejaba una marca de mugre morada alrededor del cuello casi imposible de quitar si no era con alcohol medicinal.

Lister avanzó hasta ella.

—Hola.

—Hola —ella le devolvió el saludo.

—¿Quieres enseñarme alguna cicatriz más?

Ella se quedó mirando la sonrisa de Gran Cañón de Lister.

—¿Así que ya sabes quién soy?

—Oye, yo todavía estaba drogado y tú, qué demonios, de repente estabas allí desnuda. No me pareció correcto pedirte el carnet de identidad.

—¿Y entonces cuándo te acordaste?

—Bueno, antes de que acabáramos, te lo aseguro.

—¿Cuándo exactamente?

—¿Que cuándo?

—Sí, ¿cuándo?

Lister se quedó callado y la miró con el rostro serio.

—Mira, me acuerdo de quién eres, Kublouski, ¿vale? Relájate, ¿quieres?

Kochanski pegó una patada y lanzó un torrente de agua sobre la risilla disimulada de Lister.

De pronto, la voz del Gato les interrumpió. «¿Qué es esto?» Apuntaba con la linterna a una maraña de pelo, de unos treinta centímetros de ancho, que estaba flotando en el agua. Se pasó la linterna de la mano derecha a la izquierda. «¿Qué es?» Empezó a levantarlo. «Cómo pesa.» El Gato lo sacó del agua y lo giró para echarle un vistazo. Con la mirada clavada en unos ojos marrones conocidos, lanzó un grito que rebotó por toda la cámara como una pelota de squash en un partido de vikingos puestos de LSD.

Era una cabeza. Era la cabeza de un humanoide. La cabeza de un humanoide que era idéntico al Gato.

El Gato abrió la mano y la cabeza cayó de golpe salpicando el agua.

Lister cruzó hasta donde estaba el Gato, que tenía el corazón aporreándole las costillas a ritmo carioca.

—¿Estás bien?

—Para un tío que acaba de sacar su propia cabeza de un charco, estoy de maravilla —dijo el Gato con la voz en falsete.

Kryten pasó su escáner por la cabeza cercenada.

Kochanski se acercó cruzando el agua.

—¿Y bien?

—Dice: «organismo incompleto.»

—¡Qué máquina tan prodigiosa! —dijo Rimmer—. Y ha sabido todo eso con solo ver una cabeza cortada. Absolutamente increíble.

—Dele un minuto más, señor —respondió Kryten observando la máquina analizadora, que estaba procesando una a una todas las variables entre pitidos y zumbidos.

Lister se inclinó hacia delante.

—Bueno, ¿qué más dice?

—Dice que deberíamos largarnos echando virutas por si acaso eso de ir sin cabeza está de moda por aquí —dijo el Gato.

—Ya lo tiene —Kryten leyó la pantalla—. Cabeza decapitada con láser. La víctima posee la misma estructura de ADN que el miembro de la tripulación conocido como El Gato. Advertencia: Abandonar la nave inmediatamente. Alerta máxima.

—Muy bien, vámonos —dijo Rimmer.

—Puede que haya supervivientes, señor Rimmer —dijo Kochanski—. No podemos irnos hasta que hayamos llevado a cabo un registro exhaustivo de la nave.

—¿Eso quién lo dice? —se burló Rimmer.

—Lo dice una coordinadora de vuelo de la Flota Estelar, y su oficial superior. ¿Alguna otra pregunta?

Se hizo un silencio largo.

—¿Desobediencia deliberada, señor Rimmer? ¿Un consejo de guerra en toda regla si alguna vez conseguimos regresar a la Flota Estelar? ¿Es eso lo que quiere?

Rimmer respondió con un saludo reticente.

—No, señora.

La risa del Gato retumbó por toda la cámara.

—Sí que es buena, la cabrona.

Lister se puso frente a la escotilla cerrada y apretó repetidas veces el botón de apertura de la puerta con el dedo índice.

—No hay corriente.

Kryten se colocó el maletín médico debajo del brazo.

—Les sugiero que vayamos otra vez al Starbug y volvamos con las luces halógenas y el generador portátil.

Lister se encogió de hombros.

—Yo me voy a quedar por aquí, a echar un vistazo por la cámara de descompresión.

Kochanski asintió con la cabeza.

—Sr. Rimmer, quédese con él.

—¿Yo?

—Sí.

—¿Por qué no puedo irme yo también?

—Porque es usted un holograma. No puede ayudarnos con las lámparas ni con el generador. Solo serviría para malgastar su batería, nada más.

Rimmer batió las pestañas como una vaca de dibujos animados.

—Pero aun así podría ir a ayudar en algo, aconsejar cómo es mejor llevar las lámparas… qué tipo de soporte usar… cuántas…

—Quédese aquí.

—No le caigo bien, ¿verdad? Es porque estoy muerto, ¿a que sí? Ustedes los vivos nos odian a los muertos.

—¡Rimmer!

—Vale, está bien, espero aquí. Pero que no se alargue.

Se quedó mirando mientras Kryten, el Gato y Kochanski volvían a cruzar el agua de la cámara de descompresión y desaparecían por la escotilla exterior. Puede que él fuera un holograma, sin duda era una imagen creada por ordenador de su antiguo yo difunto, pero ahora que tenía un cuerpo solidográfico en tres dimensiones que Kryten se había llevado de una nave abandonada mientras la tripulación estaba en Sueño Profundo, pretendía mantenerlo de una pieza. Era su posesión más preciada —su dispositivo de luz sólida— y no iba a arriesgarlo por nadie. Durante años había sido luz blanda, sin poder tocar ni relacionarse como es debido porque carecía de esa tercera dimensión tan sumamente importante, pero ahora, gracias a Kryten, la cosa había cambiado. Su mente regresó a los días que siguieron al descubrimiento por parte del mecanoide de la ciencia a bordo del Lagos, una nave de reconocimiento extraviada que habían hallado congelada en la tundra de una luna ártica. Como Kryten había señalado, en términos de tecnología, la nave estaba generaciones por delante de todo lo que habían visto hasta entonces: tenían hasta abrefácil en los yogures. Tras varios intentos fallidos la personalidad de Rimmer pudo transferirse con éxito a la nueva cápsula de la abeja con capacidad para luz sólida. Fue como si le entregaran las llaves de su primer coche otra vez. La alegría, la gloria, el éxtasis desenfrenado. Mientras que los demás volvieron al Sueño Profundo, Rimmer se pavoneaba por el Starbug como un modelo masculino de un catálogo por correo de chaquetas de punto. Durante semanas no hubo un espejo a salvo, y siempre que pasaba junto a una cabina de rayos UVA ponía a punto su bronceado de presentador de concurso de televisión, pero poco a poco la novedad se fue acabando y, al poco tiempo, ya ni se acordaba de cómo era ser en dos dimensiones. Muerto seguía estando, pero ahora, al menos en algunos aspectos, volvía a estar de una pieza.

La muerte había tenido un profundo efecto en Rimmer. En cierta manera sentía que le había hecho mejor persona. Al principio se había enfadado. No, más que enfadarse, le había dado una apoplejía de la furia. Una rabia que rugía dentro de su ser, como un incendio forestal fuera de control.

No era justo. ¿Cómo podía haberse muerto? Él nunca había vivido de verdad. Conocía carpas de pecera que llevaban vidas más interesantes que la suya. Había visto lavadoras que tenían mejores vidas sexuales. Entonces, cuando quiso darse cuenta, todo se había acabado. Él era un holograma; un fantasma de luz eléctrica, su personalidad almacenada en un disco y retomada por el ordenador de la nave para mantener cuerdo a Lister.

¿Qué cosas buenas le habían pasado en la vida? Tras una infancia desgraciada pasó una adolescencia aburrido y de mal humor, que después logró empeorar con sus intentos de convertirse en oficial de los Cuerpos Espaciales. Había invertido once años de su vida adulta en intentar alcanzar esa meta; tratando desesperadamente de imitar a sus tres hermanos, que habían logrado todos pasar por las filas de la academia y habían llegado a ser comandantes de sus propias aeronaves en la Flota Estelar.

Frank, John y Howard. Los chicos de los ojos azules. Altos y bronceados, con el pelo rubio y unas sonrisas deslumbrantes.

Rimmer había deseado ser como ellos, había deseado ser uno de ellos, pero eso fue otra cosa más que añadir a su lista de injusticias sufridas. Académicamente sus hermanos nunca habían estado por encima de la media, pero sus padres, como muchas otras familias acomodadas que vivían en Io, habían pagado para que sus hijos tuvieran chips enciclopédicos de implante instalados en la memoria de largo plazo. De pronto todo un panorama de conocimiento estaba allí esperando a ser consultado. ¿Qué es la genética molecular? ¡Ding! La respuesta completa tomaba forma en la mente del propietario.

Cuando Rimmer cumplió dieciocho años, cuando le llegó el turno de ponerse el chip enciclopédico de implante, el negocio de su padre se fue a pique. Para él no hubo ninguna fórmula mágica que le llevara a la cima. Se vio obligado a alistarse de mero técnico en los Cuerpos Espaciales, a dejarse la piel para subir de rango hasta la oficialidad. Si alguna vez llegaba a ser oficial.

De manera que pasó innumerables noches lidiando con las páginas de galimatías incomprensibles que componían el examen de Ingeniería. Y en no menos de once ocasiones había recibido esa papeleta rosa descorazonadora que le informaba de su suspenso.

Mientras tanto sus hermanos subían como la espuma por la pirámide de mando, dejando a Rimmer, a su entender, sin ninguna opción. Tuvo que romper los lazos con su familia, no verlos nunca más y saber de ellos en muy raras ocasiones.

Tuvo que hacerlo, si quería llegar a aplacar el torrente de dolor y amargura. Los cumpleaños se sucedían sin mención alguna. Pasaba las Navidades en soledad. Se mandaba a sí mismo las tarjetas de San Valentín.

Luego, al final, un día murió.

Murió antes de haber empezado a vivir.

Al menos así ya no sentía dolor. Al menos así podía descansar en paz, ya no estaba alimentado por los celos y el resentimiento incendiarios.

Se equivocaba.

El dolor no había hecho más que empezar.

Porque en la muerte, al igual que en la vida, él permitió que sus fracasos crearan algo en su interior.

Una criatura.

Un demonio que merodeaba en las llanuras de su alma, devorando su seguridad, paralizando su iniciativa y envenenando su autoestima.

Él quería dar muerte a esa criatura.

Sin embargo, solo había dos cosas que podían acabar con ella. El amor o el éxito. Y Rimmer no suscitaba ninguno de los dos.

Lister exhaló un suspiro. Estaba aburrido y tenía frío. Durante los últimos diez minutos había estado vadeando de un lado a otro por la cámara de descompresión y no había encontrado nada de interés; empezaba ya a arrepentirse de no haberse ido con los demás. Por lo menos se habría tomado una taza caliente de café. Rimmer estaba hablando de Kochanski y diciendo que ellos no estaban estructurados en una pirámide de mando y que ella no debería ser tan estricta. Debería tomar ejemplo de él. Lister asintió con la cabeza, sin escuchar. Por pura diversión le dio al botón de abrir la puerta con el dedo índice.

La puerta se abrió lentamente con un sonido chirriante y reveló el interior de la nave. Un lamento metálico de suma tristeza gemía en lo profundo de su interior.

—Se ha abierto.

—¿Cómo puede ser? Pensaba que no había corriente.

Lister se asomó al interior de la nave por el hueco de la escotilla.

—Voy a ir a echar un vistazo, ¿vale?

¿Ahí dentro? ¿Tú solo? ¿Nunca has visto una de esas películas malas de terror? Siempre les pasa lo mismo: primero se separan y luego deambulan en la oscuridad cada uno por su lado, casi siempre caminando hacia atrás. Estás cometiendo el mismo error que la típica chica de camiseta ajustada.

Lister sonrió, cruzó el túnel de espaldas y entró en la nave propiamente dicha.

—Si me necesitas pega un grito.

Encendió una segunda linterna, giró la palanca del seguro de su bazookoide y se adentró con cautela en la penumbra. Durante diez minutos estuvo registrando las cubiertas de control y no encontró nada. Entonces subió en silencio las escaleras que conducían a la cubierta de observación. A los cuatro pasos de entrar oyó un ruido, una especie de sonido débil de sorbos como el que hace un animal comiendo. Venía del fondo de la cabina, de detrás de un banco de unidades biológicas que salían de la pared en ángulo recto. También esta parte alta se había inundado, podía notar la humedad bajo sus pies. Una cerilla y la nave entera volaría por los aires en cuestión de segundos. Se agachó para comprobar si era la misma mezcla de agua y petróleo que en la cámara de descompresión. Pasó un dedo por el suelo y se lo llevó a la boca. Esta vez no era petróleo y agua, esta vez era sangre.

A su izquierda, una sombra se dirigió hacia él a gran velocidad. Él se giró, perdió el equilibrio y se cayó de cabeza contra un banco de discos duros antes de conseguir levantarse y atizarle con un solo disparo de su bazookoide. La rata quedó de golpe espachurrada por toda la pared.

Rimmer gritó desde la cámara de descompresión:

—¿Qué ha sido eso?

—Solo era una rata. No pasa nada.

Cuando terminaba de hablar vio el primero de los cuerpos; desplomado en una silla junto al telescopio Hubble. Había dos heridas de bala, una en la espalda y otra en el hombro derecho debajo del omoplato.

El cuerpo no tenía cabeza.

Lister miró el cadáver que llevaba una chaqueta rosa de seda salvaje ribeteada con cuero de charol idéntica a una que tenía el Gato. Un pequeño grito involuntario se escapó de la boca de Lister.

Al siguiente que encontró fue a Rimmer. Su cápsula lumínica estaba partida en dos de un disparo; una mitad yacía en el suelo, con sus diminutas tarjetas de silicio esparcidas por la cubierta, la otra mitad, igual que un grano de café tostado, flotaba en una taza de té frío.

Un ataque de náuseas y contracciones peristálticas arremetió contra su garganta.

Después de Rimmer encontró a Kryten. Le faltaba el brazo derecho, además de que le habían cortado la cabeza con láser y la habían dejado encima del radar geográfico con un puro barato metido en la boca. Le quitó el cigarro de entre los labios y le cerró los ojos con delicadeza.

—¿Has encontrado algo, Listy? —gritó Rimmer.

—No, todavía nada. Por aquí todo está normal.

Durante los veinte minutos siguientes Lister registró la nave entera: la cubierta de observación, seguida de la cabina de control, la sección central y por último los muelles de carga. Lo hizo con mucha prisa, esperando encontrar su propio cuerpo antes de que volvieran los demás para hacerse una idea de qué era lo que había pasado y qué les iba a decir. A Lister le daba la impresión de que tal vez habían entrado en un bucle temporal. Estaban destinados a ser aniquilados por algo en algún momento. Si ese era el caso muy poco podían hacer al respecto, de forma que de nada iba a servir decírselo a los otros. Mejor contarles que no había nada allí y confiar con todas sus fuerzas en que eso ocurriría en un futuro muy lejano. Aunque, a juzgar por la edad de la cabeza del Gato, no parecía que fuera tan distante en el tiempo.

A medio camino por los muelles de carga encontró a Kriss.

Primero había descubierto un rastro de sangre mientras recorría los muelles de carga. Lo había seguido bajando por el tramo de escaleras y cruzando por los dormitorios. Lo perdió varias veces, se suponía que porque ella habría conseguido detener el flujo, pero volvió a recuperarlo en el almacén de comida cuando pasaba por una hilera de palés vacíos de frutos liofilizados. Allí el flujo era más abundante. Mucho más abundante. Ella ya no podía andar, iba a cuatro patas, arrastrándose, lenta y dolorosamente, por el muelle de carga.

Lister se secó la franja de sudor de la frente y continuó siguiendo el rastro que le fue llevando por el muelle y por las escaleras que bajaban al nivel dos donde estaban las unidades de Sueño Profundo de reserva.

Entonces la vio. Otra Kristine Kochanski. Estaba en Sueño Profundo. Y no estaba muerta.

Lister frotó la cubierta de plexiglás para limpiarla y se quedó mirando a la doble de Kochanski que había en el interior. De alguna forma ella se las había arreglado para encaramarse a una de las unidades y activar el mecanismo de congelación. Por eso no había corriente eléctrica. El ordenador central de la nave había cortado el suministro de todos los sistemas no esenciales para concentrar la energía en esto. Leyó con detenimiento los análisis biológicos en el tablero electrónico pero no sabía qué podía hacer. Los parámetros vitales estaban peligrosamente bajos, apenas sobresalían unas décimas de la zona roja de alerta. Ella estaba viva, pero ¿por cuánto tiempo? Lister se acordó de la explicación de Kryten de que el viejo mecanismo de estasis del Starbug no congelaba el tiempo por completo, solo lo ralentizaba al 95 por ciento. Kriss seguía muriéndose ahí tumbada. Solo que muy lentamente.

¿Qué demonios podía hacer él?

Ahora tendría que decírselo a los demás. Él no sabía casi nada de medicina. Esa fue una de las áreas en las que se especializó Kryten desde que descubrieron la forma de anular su chip de limitación: el chip de su base de datos que estaba diseñado para impedirle llegar a ser algo más que un androide de servicio. Kryten sabría si había riesgo o no en reanimarla y si se le podía operar para salvarle la vida.

Sacó su transmisor y lo encendió.

El mecanoide de la serie 3000 pasó su escáner médico sobre la tapa de plexiglás y esperó a que la máquina recogiera los resultados despacio y los mostrara en el monitor de LED.

Kochanski estaba de pie junto a él, observando con una rígida expresión de ansiedad en la cara mientras el mecanoide registraba las heridas sufridas por su otra yo.

Kryten levantó la vista del escáner médico.

—Tiene heridas múltiples en el pecho y en el brazo izquierdo. Ha perdido mucha cantidad de sangre, más de un litro, y tiene un serio desgarro en la pared del estómago causado por rayo láser. Si permanece en Sueño Profundo podría vivir dos meses más, tal vez tres. Si nos la llevamos e intentamos salvarle la vida, el escáner médico le da una probabilidad de supervivencia del setenta por ciento. En circunstancias normales, yo recomendaría dejarla en Sueño Profundo hasta que encontremos la forma de llevarla al Enano Rojo. Las instalaciones médicas a bordo del Starbug son de risa.

Lister asintió con la cabeza.

—Dos botellas de anestesia, un rollo de gasa, un gorro de enfermera y ya está.

—Espera un momento —dijo el Gato—. Creo que tengo una idea.

Rimmer se quedó impresionado.

—Si no estamos ni en mayo.

—El Enano Rojo está a seis semanas de aquí —comenzó el Gato—. ¿Por qué no nos llevamos la nave a remolque?

Kochanski sacudió la cabeza.

—No tenemos suficiente potencia.

Lister se rascó la barba matutina que bajaba por su mejilla izquierda.

—¿Y si la dejamos en Sueño Profundo y volvemos con el Enano Rojo?

—Eso nos costará cerca de doce semanas, señor. Para cuando volvamos, ella podría haber pasado a mejor vida.

—¿Qué quieres decir con eso?

—Creo que deberíamos operarla ahora.

El tremendo cansancio pesaba sobre los hombros de Lister como un abrigo empapado por la lluvia cuando colocó la camilla en paralelo con la unidad de Sueño Profundo y Kochanski tecleó el código de desactivación. Durante las últimas cuatro horas habían estado haciendo los preparativos necesarios: esterilizando la cubierta de observación y convirtiéndola en un quirófano provisional.

Había llegado la hora de la verdad.

La tapa de la unidad de sueño se abrió deslizándose hacia atrás con un silbido y Lister y Kryten subieron con cuidado el cuerpo agonizante de Kochanski a la camilla y la llevaron rodando sin movimientos bruscos hacia la sección central. Al cruzar una escotilla que daba al ascensor del muelle de carga, ella recobró el conocimiento.

Se quedó mirando fijamente a una cara idéntica a la suya y una vía férrea de incomprensión arrugó todo el ancho de su frente. Kochanski le cogió la mano.

—Todo va a salir bien. No intentes decir nada. Solo descansa.

—¿Quién eres tú? —dijo la chica moribunda.

Kochanski le dio una palmada en el dorso de la mano.

—Es difícil de decir sin saber quién eres tú.

La Kochanski de la camilla sonrió, dijo algo que nadie fue capaz de entender y luego volvió a perder el conocimiento.

Se recobró de nuevo cuando desengancharon la camilla del soporte de ruedas y la subieron a la mesa de operaciones provisional.

—¿Lister? ¿Dónde está Lister?

—No le hemos encontrado —dijo Kochanski—. Aquí no está.

—Se lo llevaron.

—¿Quiénes se lo llevaron?

—Oí gritos. Era su voz. Fui a mirar. Me atacaron por detrás. Conseguí… —no pudo acabar la frase.

—¿Conseguiste llegar a una unidad de Sueño Profundo?

Ella asintió con la cabeza.

—Debió creer que yo estaba muerta.

—¿A dónde se lo llevaron?

Ella sacudió la cabeza. Kryten interrumpió la conversación.

—Señora, por favor, no más preguntas.

La chica agarró a Lister por el pecho de la camiseta y le acercó hacia ella.

—Prométeme que le encontrarás. Él sabrá quién ha hecho esto. Prométemelo.

Kochanski le puso la mano en la frente.

—Te lo promete. Le encontrará, le…

Una nota sostenida resonó en toda la sala cuando el ordenador médico comenzó de pronto a mostrar una línea plana. Kryten abrió su maletín médico y sacó el desfibrilador. Rápidamente lo conectó al generador portátil, luego colocó los electrodos en el pecho de la chica y presionó el mecanismo de acción. Una onda de electricidad la atravesó como un rayo, haciendo que su cuerpo se arqueara un instante en el aire.

El ordenador médico seguía manteniendo su deprimente tono monocorde. Kryten soltó la descarga una segunda vez y una segunda vez ella se convulsionó con una sacudida cuando los voltios entraron violentamente en su cuerpo. Una segunda vez cayó inmóvil.

La tercera vez el tono monocorde fue reemplazado por un latido de corazón.

La cara de Lister parecía una naranja exprimida.

—Esto es demasiado peligroso. Métela otra vez en sueño profundo. Tenemos que pensar mejor esto.

—¿Y cuándo la operaremos?

—Ahora no. Más tarde, cuando estemos mejor preparados.

Lister estaba tomando una taza de café solo bien cargado cuando Rimmer regresó de la misión de rescate de los suministros almacenados en los muelles de carga y entró en la sala de observación.

—¿Cómo está?

—Otra vez en Sueño Profundo y estable.

—¿Cuánto tiempo va a mantenerla viva ese cacharro? ¿Cuatro o cinco semanas?

Lister se encogió de hombros.

—¿Y cómo habéis pensado salvarla?

Lister sacudió la cabeza.

—Ni podemos moverla, ni podemos operarla ni podemos llevarla al Enano Rojo a tiempo.

El Gato estaba sentado delante de la pantalla del radar.

—Puede que esta sea la pregunta equivocada en el momento equivocado, pero tengo que hacerla.

—Sigues siendo el más guapo de la tripulación, ¿vale? —le espetó Rimmer—. ¿Cuántas veces hay que decírtelo?

—Esa no es la pregunta. Mi pregunta es esta: ¿quién diablos es esa tía?

Lister bebió un sorbo de café.

—Me parece que nos hemos metido en una especie de realidad paralela. Hemos debido cometer algún error con los cálculos del navegador cuando estábamos atravesando el Omniespacio. Estamos en una dimensión distinta.

—¿Una dimensión en la que todos somos exterminados?

—Eso parece.

Kochanski se fijó en el navegador apagado.

—Todos menos Lister —dijo limpiando la capa de polvo que tenía la pantalla—. Él está ahí fuera en alguna parte. Con quienquiera que hizo esto.

Lister sabía qué significaba la sonrisa firme y decidida que ella tenía instalada en la cara en ese momento.

—Kriss, tenemos que volver a nuestra propia realidad. Lo que pase aquí no es asunto nuestro.

—¿He dicho yo una sola palabra?

—Mira, ahora mismo, en nuestro universo, la raza humana ha dejado de existir. Sus dos últimos miembros se han ausentado sin permiso ¿recuerdas? Si no volvemos dejaremos de existir.

—Claro, por supuesto.

—¿Y Holly qué? Tenemos que volver, Kriss.

—En algún momento.

—No, en algún momento no, ahora. No podemos malgastar el tiempo dando vueltas por otra dimensión buscando a una versión distinta de mí y al que se ha cargado a la tripulación.

—¿Y tú desde cuándo demonios te has vuelto tan responsable? Tú en la vida te has preocupado por el futuro.

—Venga, cariño, hay que ser realista, es el único razonamiento lógico.

—No llames «cariño» a una oficial superior.

—¿Qué? ¿Ahora me vas a imponer tu autoridad?

Kochanski sonrió a medias.

—David, se lo has prometido.

—No me llames David. O te vuelvo a llamar cariño.

—Le has dicho que le ayudarías.

—No, «tú» le has dicho que yo le ayudaría. Tú le has dicho que yo encontraría a quienquiera que ha hecho esto. No he sido yo. Has sido tú.

—Dale una semana. Una semana de nada, luego iremos directos al Omniespacio.

—¿Y qué pasa si a alguno de nosotros nos pasa algo? ¿Qué pasa con nuestro universo entonces?

—Pues ponte un chaleco antibalas, por el amor de Dios. También puedes morir al cruzar una hiperpista...

Kryten entró por la escotilla. Iba desconsolado con la cabeza colgando sobre el pecho. Kochanski abrió los ojos de par en par.

—¿Qué ocurre?

Kryten se quedó mirando fijamente al suelo antes de acabar levantando la vista.

—Su cuerpo no ha sido capaz de aguantar el traslado, señora. Lamento decirle que la señora Kochanski ha muerto hace unos pocos minutos.

A Lister se le resbaló de las manos la taza de café y se hizo añicos en el suelo.

—Solicito permiso para hacerle un funeral con honores de la Flota Estelar.

—Permiso concedido —dijo Kochanski en voz baja.

CAPÍTULO 3

Lister se sentó en una silla en el cuarto de su otro yo y examinó la habitación. Estaba claro que su otro yo no compartía el cuarto con Kochanski. La habitación entera daba una fuerte sensación de pertenecer a un soltero. Había ropas y piezas de motor esparcidas por todas partes, los botes de quitagrasas industrial se peleaban por el sitio con el aftershave, mientras que las hileras de novelas baratas de terror llenaban las estanterías y una colección de música de dos mil discos de rock duro y heavy metal estaba apilada en columnas como si fuera un xilófono. Las calaveras de todas las formas y tamaños, unas de ceniceros, otras de decoración y otras que servían para guardar cosas, abarrotaban la habitación. En las paredes había pósters enmarcados de diversas bandas de rock aterradoras, la mayoría de las cuales parecía estar comiéndose una selección de animalitos peludos.

Cogió una copia negra de una Les Paul a la que le faltaban dos cuerdas y la tocó sin melodía alguna. «Suave como la seda.» Dejó la guitarra en el suelo y abrió una taquilla metálica que también hacía función de armario. Una pila de revistas se cayó desde una repisa alta, golpeándole en la cabeza y abriéndose en abanico por el suelo.

Se agachó y recogió una. Todas eran números distintos del mismo título. Algo llamado Gore. Lister se puso a hojear las páginas distraídamente: crimen, nazis, Satán, Ángeles del Infierno y montones de cartas y artículos farragosos sobre temas con los que no estaba familiarizado; Lister deseó no haberlas visto. Así que su otro yo tenía una fascinación patológica por lo morboso; no es que fuera un delito, pero preferiría no haberlo sabido. Recogió todas las revistas juntas y las volvió a dejar en una pila dentro del armario.

Kryten llegó por su espalda.

—Señor, tengo entendido que quiere dirigirse al Omniespacio directamente y volver a nuestro propio Universo.

Lister asintió con la cabeza.

—¿No cree que tiene una obligación con su otro yo, señor? Me refiero a ayudarle.

—Te ha mandado Kriss, ¿verdad?

—Activar modo mentir —dijo Kryten—. No, señor.

Lister sonrió, luego quitó la goma elástica de un taco de fotografías que había encontrado en el cajón de los calcetines del armario y se puso a hojearlas con la cabeza en otra cosa.

—Este no es nuestro sitio, Krytie. Esta no es nuestra guerra. Además, si él está vivo, lo que hay que afrontar que es bastante improbable, yo no quiero ser el que tenga que decirle que lo ha perdido todo. Se ha quedado hundido en la miseria: nada por lo que vivir, nadie por quien vivir. Nada de nada —Lister tensó la mirada y parpadeó varias veces de forma rápida—. Por su bien espero que esté muerto.

—Si lo que le preocupa es que esto pueda suponer un rodeo peligroso en el regreso a nuestra dimensión, señor, entonces tal vez debería saber que hay un asteroide a solo dos días de aquí, Blerios 15. Según el enlace de información sostiene una población importante.

—¿Qué clase de población?

—Son foigs creados a partir del cerdo en su mayoría. Un tipo de especie obrera, diseñada para el trabajo físico. Han formado una sociedad de medios rudimentarios. Y por lo que he podido saber, son amistosos.

—¿Y qué?

—Pues que puede que nos den alguna pista sobre lo que sucedió aquí.

—Kryten, escucha, no vamos a quedarnos más aquí, ¿vale? Nos volvemos a nuestro propio Universo.

—Lo que intento explicarle, señor, es que puede que solo tardemos uno o dos días en encontrarle.

¿Cómo podía decírselo a Lister? ¿Cómo podía decirle que había venido para informarle de que ir a buscar a su otro yo era precisamente lo que estaban haciendo por orden de la oficial más antigua de a bordo, la coordinadora de vuelo Kristine Kochanski? Y que si se negaba, se arriesgaba a que su propia novia le hiciera un consejo de guerra.

—Señor, se lo ruego...

Lister asintió con la cabeza, sin estar escuchando. En lugar de eso se detuvo en una de las fotografías. Era una foto de dos personajes sentados en una cama; cuatro ojos medio muertos de risa se asomaban de la avalancha de espuma de bote que les cubría a los dos como estuvieran clavados con alfileres. Con una sonrisa de buzón de correos, posaban abrazados hombro con hombro. La estudió a fondo. Kochanski y el otro Lister. Por primera vez sintió una conexión. Era imposible saber por qué no la había sentido antes. La nave era idéntica, los muebles eran parecidos y sin embargo, hasta este momento, hasta que no había visto esta foto, se había sentido extrañamente ajeno a su otro yo, de un modo que no sabía expresar. Pero esta foto lo cambiaba todo. Una sonrisa de medio lado apareció en su cara.

—Está bien —Lister levantó la vista de la instantánea—. Vamos a encontrar a ese hijo de perra y a llevarle a casa.

El turno de noche transcurrió sin novedad mientras el Starbug recorría su camino dando bandazos a través del cinturón de asteroides. Lister y Kryten eligieron la primera guardia, el Gato y Rimmer la segunda. Mientras tanto Kochanski empezó con el laborioso proceso de revisar los cálculos del navegador en busca del error informático causante de que acabaran en la dimensión que no era. Poco antes de las cinco de aquella mañana, trabajando con los ojos doloridos por culpa de las luces de neón de la sala de observación, se quedó dormida encima de una pirámide de listados informáticos.

Rimmer pasó junto a su cuerpo dormido, después bajó por las escaleras que daban a la sección central y se metió en la cocina.

—El relevo de las siete en punto. ¿Alguna novedad?

Kryten levantó la vista del desayuno que estaba preparando.

—Ha sido un turno moderadamente tranquilo, señor, a excepción de un pequeño susto hace un par de horas, cuando detectamos una flota de invasión alienígena a babor. Gracias a Dios, resultó que era un viejo estornudo del señor Lister que se había quedado pegado en la pantalla del radar.

—¿Cómo están las cosas en cuanto a combustible?

—Hoy no vamos mal del todo, señor, solo tenemos doce correcciones de rumbo. Sin embargo, el nivel de los suministros cada vez es más deprimente. Hemos reciclado el agua tantas veces que empieza a tener gusto a cerveza holandesa.

—¿Y de comida?

—Sin carne, sin legumbres y casi sin cereales. Peor aún, los únicos regalices negros que quedan son esos pequeños y retorcidos que todo el mundo detesta. Por si eso no fuera suficiente, anoche descubrí que los gorgojos del espacio se han comido lo último que quedaba de maíz.

Rimmer acercó la cara al viejo horno de la cocina.

—¿Y entonces qué le estás preparando a Lister para desayunar?

—Gorgojo del espacio.

Rimmer vio a Kryten sacar la bandeja del horno. Sobre la rejilla metálica yacía una criatura de unos veinte centímetros de largo, de color amarillento, con dos cuernos y una cola acabada en forma de pinza.

—¡Pero cómo le vas a dar gorgojo del espacio! Ni siquiera Lister, con la única papila gustativa que le queda, se sentaría a comer un bicho insectoide a sabiendas. Reconócelo, en su caso prácticamente es canibalismo.

—Pero señor —imploró Kryten—, es muy nutritivo. Al fin y al cabo, se alimenta de maíz.

—No se lo va a comer ni de broma.

—Dicen que el primer bocado entra por los ojos. Confíe en mí, señor, todo depende de la presentación que se le dé.

Kryten cogió unas pinzas de servir y colocó el gorgojo en una fuente de cerámica junto a una hoja de lechuga y una elaborada escultura de zanahoria de un cisne en reposo.

—*Et voilà* —dijo con una sonrisa de felicidad.

El Gato subió por la escalera y entró en la cabina donde Lister estaba echándose una cabezada debajo de un ejemplar de *El Acecho del Demonio,* una de las novelas de terror de su otro yo.

—Cambio de guardia. ¿Alguna novedad?

—Poca cosa —dijo Lister, despertándose rápidamente—. Una tormenta eléctrica, un par de géiseres de gas... lo de siempre.

—¿Cuánto queda para llegar al asteroide ese?

—¿A Blerios 15? Entraremos en órbita en unos veinte minutos.

El Gato llevaba puesto su mono negro elástico de PVC y su chaqueta rosa de seda salvaje.

—Fíjate cómo está todo. ¿Por qué no dejas esto limpio antes de hacer el relevo? —el Gato pasó la mano por el asiento de cuero del piloto—. ¿Qué diablos es todo esto que hay en mi sillón? ¿Cacahuetes?

Lister sacudió la cabeza con aire solemne.

—Qué va... me he estado quitando las verrugas.

El Gato abrió la mano con la expresión de la cara congelada y miró el contenido.

Lister sonreía de oreja a oreja.

—¿En serio es eso lo que piensas de mí, que soy un cerdo psicótico? Son cacahuetes, ¿vale?

—¿Cacahuetes de verdad? —preguntó el Gato, probando uno con reservas—. ¿De dónde han salido?

—¿Te acuerdas de aquella vieja nave abandonada de hace siglos? Los encontré en la chaqueta de trabajo del difunto capitán.

—¿Que qué?

—No me mires con esa cara. Te gustó el caramelo de menta aquel, ¿no?

—¿También lo tenía en el bolsillo?

—No, se lo estaba comiendo cuando le dispararon. Tuve que separarle las mandíbulas con un gato hidráulico.

Los rasgos del Gato reflejaron entendimiento.

—¿Te has creído que me voy a tragar todo lo que dices o qué? Pues de eso nada, chaval. Anda lárgate de aquí, tengo que estar con los ojos bien abiertos por si aparece ese asteroide con forma de alce bailarín que me dijiste ayer.

Kryten subió las escaleras de la cabina y dejó la bandeja de comida bajo la mirada sospechosa de Lister.

—El almuerzo, señor.

—¿Qué es esto?

—¿El qué, señor?

Lister alzó en la mano la figura de zanahoria.

—¿Zanahoria cruda? Ya sabes lo que pienso de comer verdura; eso es para los fanáticos de la salud. Locos de las vitaminas. Gente que hace ejercicio.

Tembló de desagrado, luego abrió una revista y le dio un mordisco al gorgojo. A medio masticar se quedó quieto.

—¿Está todo bien, señor?

—No, no está bien —dijo Lister, señalando la revista—. Algún capullo ha hecho ya este test de «¿Tienes buena memoria?».

—Fue usted, señor, ¿no se acuerda?

—¿Fui yo?

El Gato se giró de espaldas a la pantalla del radar.

—Odio ponerme en plan técnico con vosotros, pero todos a sus puestos: alerta de Cosa que da Vueltas.

—¿Dónde? —dijo Rimmer, entrando en posición.

—Todavía no sale en el radar, pero lo huelo.

Rimmer sacudió la cabeza.

—Aquí no hay nada.

—Tampoco en el radar de largo alcance —dijo Kryten—. Señor, ¿es posible que se haya confundido de olor?

—Oye, cabeza cuadrada: tengo los pelos de la nariz más agitados que el colchón de un caribeño en su noche de bodas. Hay algo ahí fuera, te lo digo yo.

—Vale, vale, no te pongas así, nadie está cuestionando tu integridad nasal.

Kochanski bajó las escaleras de la sala de observación dando saltos y entró en la cabina.

—Se ve algo en el Hubble.

—Activa la alerta azul —dijo Rimmer en un tono cortante.

—¿Para qué? —preguntó Lister—. No hay nadie a quien alertar. Estamos aquí todos.

—Me quedaría más tranquilo si todos estuviéramos ojo avizor porque hay una situación de alerta azul.

—Ya estamos todos ojo avizor.

—¿He de recordarte la directiva 34124 de los Cuerpos Espaciales?

—¿34124? —preguntó Kryten—. ¿«Ningún oficial con dentadura postiza deberá intentar practicar sexo oral en gravedad cero»?

—Iros a hacer puñetas los dos, maldita sea. ¡Quiero activar la alerta azul!

—Está bien, está bien... —le tranquilizó Lister.

Le dio a un único interruptor y un letrero luminoso de «Alerta Azul» se encendió en el tablero del fondo.

Rimmer inclinó la cabeza en señal de triunfo.

—Por fin, un poco de profesionalidad.

—Un momento, aquí sale algo —dijo Kochanski—. En la pantalla de largo alcance.

Rimmer se masajeó la frente agarrotada.

—Dios mío, ¿qué es eso?

Lister fijó la vista en el banco de monitores.

—Demasiado pequeño para ser una nave. ¿Quizá algún tipo de misil?

Kochanski estudió el aluvión de lecturas.

—A esta distancia, es imposible saberlo. Sea lo que sea, está claro que tienen una tecnología muchísimo más avanzada que la nuestra.

—También la Compañía Albanesa de Lavadoras —replicó Lister.

Rimmer se dio la vuelta mirando a Kryten.

—Sube a alerta roja.

—¿Está totalmente seguro, señor? Eso supondrá cambiar la bombilla.

—¿Siempre hay una excusa, verdad? Siempre hay un motivo para que no puedas cumplir mis órdenes.

—Distancia: 15.000 *yiguks* y acercándose.

—Sugiero acción evasiva, señor.

—Eso está hecho —dijo el Gato.

El Starbug levantó el morro bajo el impacto de la inyección de combustible y salió despedido a toda velocidad, ladeándose a babor. La nave hizo un movimiento de alabeo hacia un lado y luego hacia el otro mientras el rayo verde les seguía sin esfuerzo alguno. Tenía algún tipo de sistema de guiado térmico. No podían dejarlo atrás.

—Hasta aquí hemos llegado —suspiró el Gato—. Estamos más muertos que los trajes de mil rayas.

Rimmer levantó la cabeza del monitor.

—¿Alguna sugerencia?

—Señor, ¿puedo proponer introducirme en el tubo de la retropropulsión y lanzar mi cuerpo como señuelo? Obviamente, eso me dejará diseminado por el Espacio Profundo e imposibilitado para terminar la colada de hoy, por lo que les pido disculpas de antemano.

—Kryten, te ha entrado el pánico. Deja ya de decir tonterías y métete en el maldito tubo —demandó Rimmer.

Lister levantó la mano.

—Quieto ahí, Kryten, tú no vas a ninguna parte. No pienso tener que plancharme yo la ropa.

—Habrá que razonar con ellos —dijo Kochanski—. Abre los canales de comunicación.

—Tiene razón —dijo Rimmer—. Transmite en todas las frecuencias conocidas en todos los idiomas conocidos, incluido el galés.

Los dedos de Lister bailaron por la consola abriendo el oxidado canal de comunicaciones. Rimmer se aclaró la garganta, se inclinó hacia delante y comenzó a retransmitir.

—Al habla Arnold J. Rimmer del vehículo de transporte Starbug perteneciente a la Corporación Minera de Júpiter. Ahora escuchen esto, y escúchenlo bien, porque solo lo voy a decir una vez —se limpió los labios resecos y entonces empezó—. Nos rendimos. Totalmente y sin condiciones. Gracias por escuchar. Fin del mensaje. Ah, una cosa más: perdonen por robarles el tiempo. Muchísimas gracias. Perdonen. Adiós. Perdón.

Lister golpeó los controles inútilmente.

—Dios, Rimmer, eres más cagado que una estampida de camellos con diarrea.

Rimmer le dedicó una sonrisa cargada de ironía. A quién le importaba lo que pensara Lister. Él no lo sabía. No sabía que, al igual que el general George S. Patton, él, Arnold J. Rimmer, creía en la reencarnación. De hecho, tenía la firme convicción de que en vidas anteriores había sido un soldado, un espíritu guerrero y audaz a quien, trágicamente, en esta reencarnación en particular, le había tocado el cuerpo de un vil cobarde. Lo sobrellevaba con dignidad, sabiendo que en su próxima existencia regresaría una vez más en forma de héroe, con sus cuentas ya saldadas. Hasta que llegara ese momento glorioso, le habían cargado el muerto. Se excusó de la manera más digna posible y se marchó a tener un ataque de pánico debajo de la mesa del radar.

—¡Aquí viene! —gritó Kochanski—. Cinco *yiguks* para el impacto.

El dardo de luz verde chocó contra el Starbug con un ruido absorbente, luego empezó a envolver la nave en su seno glutinoso hasta que quedó encerrada en una burbuja de luz intermitente.

Lister vio cómo la cabina se llenaba de una niebla verdosa sobrenatural y un par de explosiones leves dejaron la consola en llamas.

—¿Qué demonios es esto?

—Una especie de rayo de succión —contestó Kochanski—. Nos están llevando a rastras —cogió un extintor de fuegos y se puso a sofocar el incendio.

—Enciende los retros —dijo Lister.

—Muertos —dijo el Gato.

—¿Potencia auxiliar?

—Muerta.

—¿Palanca de mando?

—Muerta. El panel entero está más muerto que los pantalones de campana con bolsillos en las rodillas.

Kryten levantó la vista del navegador.

—Señores, he localizado la fuente de emisión del rayo. Viene de Blerios 15.

La nube cirro de color verdoso llevó al Starbug descendiendo a través de la atmósfera del asteroide hacia una ciudad rodeada por un río que surcaba la roca volcánica. Durante veinte minutos volaron por encima de una variedad de edificios planos hechos de piedra y arcilla, interrumpidos ocasionalmente por unas torres inmensas con forma de champiñón y cabeza dorada que se alzaban en el horizonte, antes de aterrizar en una plataforma aérea al sur de la ciudad.

Lister cargó su cuarto bazookoide y lo dejó con los otros sobre la mesa del radar.

—Si alguien intenta entrar, vendrán por esa puerta —dijo, señalando a la escotilla del mamparo—. Kryten, tú en la cabina, Kriss, en lo alto de la escalera, Gato, colega, conmigo detrás de la mesa del radar.

De repente, una cara emergió de una tormenta de ruido eléctrico en el monitor principal. Era un espécimen de foig, de apariencia humanoide en su mayor parte, con la piel rosa tipo la del cerdo, la frente plana de neandertal y los labios grandes y carnosos.

—Me llamo Leekiel. Soy potente y miembro del Alto Consejo Bleriano. Han entrado ustedes en el espacio aéreo de Blerios sin autorización. Según lo establecido por el Foro de Justicia de Arranguu 12 y de acuerdo con el tratado 876.3/16 firmado por la República Unida de los Estados Foig, ahora deberán someterse a nuestro sistema jurídico. ¿A qué han venido aquí?

—Bueno, la cosa es que... —empezó Lister.

—Tienen treinta segundos para desalojar la nave. Si se resisten, la burbuja Arre aumentará la temperatura interior de su cabina a 75° centígrados. Esperamos su respuesta.

—Eeh... vale, gracias, hasta ahora —dijo Lister en tono amable—. Parece que el tal Leekiel tiene un problema. Nos convendría ir a ver qué le pasa.

Lister iba al frente del grupo cuando bajaron con reticencia por la rampa de desembarque hacia una fila de miras de rifle con muy mala pinta. Los blerianos les ataron con una cuerda gruesa hecha de enredadera, luego los metieron a empujones en la parte de atrás de un transportador marrón, sucio y sin techo que encendió su motor y se dirigió a la ciudad.

CAPÍTULO 4

El sol de mediodía caía como un láser sobre la cabeza de Lister mientras atravesaban las calles a toda velocidad en el vehículo transportador impulsado con diesel crudo.

Todo en aquel lugar era rudimentario: los edificios sostenidos con barro y arcilla, las calzadas con socavones, el apestoso sistema de alcantarillado que se le quedaba pegado en la garganta, hasta las sencillas túnicas grises de algodón de una sola pieza que todos los blerianos parecían llevar; los únicos signos de cultura eran las torres en forma de champiñón enormemente elaboradas que se arqueaban sobre la ciudad como centinelas gigantes.

Lister se quedó sentado en la parte trasera intercambiando encogimientos de hombros con los otros mientras el transportador se abría camino a bocinazos por una ruta flanqueada por mercadillos en los que se vendían frutas y alfombras.

El sonido vino sin previo aviso.

De alguna parte en lo alto.

Lister miró hacia arriba para ver qué era. Muy por encima de ellos, en uno de los balcones que rodeaban las torres champiñón, una figura tocaba una gigantesca campana negra. El sonido pronto se intensificó cuando por toda la ciudad las campanas de las torres empezaron también a unirse.

—Mirad —Rimmer señaló la torre más cercana, en la que dos figuras más se había unido al que tocaba la campana y habían empezado a echar semillas de arroz por el precipicio—. ¿De qué va todo esto?

El transportador frenó en seco al lado de un puesto de mercado que vendía papayas y mangos. Los guardias cogieron unas cuantas capuchas negras de debajo del asiento y se las pusieron a la tripulación en la cabeza atándolas bien apretadas por el cuello.

Lister se quedó mirando en la oscuridad.

Todo lo que podía oír eran unos gritos farfullados mientras los blerianos corrían de un lado a otro organizando algo. Era imposible ver el qué, a menos que lograra pegarse bien el trapo a la cara de algún modo. Abrió la boca e intentó agarrar un trozo de la capucha con los dientes. Las primeras tres veces se le escapó. La cuarta enganchó la tela con los incisivos y empezó a tirar despacio para dentro, como un pescador que acaba de atrapar un tiburón martillo. Centímetro a centímetro, bocado a bocado, fue enrollando la tela dentro de la boca, pegándose cada vez más el tejido a la cara.

Ahora era capaz de distinguir sombras vagas. Siluetas oscuras de gente que corría. Tragó un poco más, metiendo una parte delante de la encía superior, y volvió a mirar. Las sombras tomaron forma.

Los foig correteaban yendo y viniendo y al parecer se estaban dividiendo en grupos de dos: un macho y una hembra. Algunos de ellos presentaban unos triángulos de colores en las túnicas, lo cual parecía darles la potestad de elegir la pareja que quisieran; otros, aparentemente, no habían podido encontrar pareja y estaban lanzándose a la desesperada a por las feas que quedaban libres, con la intención de escoger a la menos desagradable.

Finalmente cesó el repique de campanas y el silencio se apoderó de toda la ciudad. Entonces un sacerdote apareció en cada una de las torres champiñón y empezó a tocar el arpa, mientras la población entera de Blerios 15 se ponía a copular. Lister se quedó boquiabierto debajo de la capucha negra ante la masa convulsionada de cuerpos aburridos llevando a cabo su faena.

Sesenta segundos más tarde la música de las arpas aumentó hasta alcanzar un final enardecido y el suelo se sacudió al tiempo que la población entera de Blerios 15 llegaba al clímax de forma simultánea (o al menos eso fingía). Acto seguido las parejas se separaron, se vistieron a toda prisa y continuaron con sus quehaceres del día cada uno por su lado.

Al poco rato Lister se protegía los ojos del sol después de que un guardia bleriano le quitara la capucha negra. Luego el transportador arrancó con un ataque tusivo de gasolina y reanudaron el viaje a lo largo de las calles de la ciudad.

Lister estaba agazapado en un rincón de la celda mirando el riachuelo de agua que caía por la pared y dejaba el suelo cubierto con un lodo de olor espantoso. El Gato y Rimmer caminaban al unísono de un lado para otro de la celda en direcciones opuestas en tanto que Kryten estaba de pie en un rincón sin decir nada mientras Kochanski le reparaba un fallo en la articulación de la rodilla.

La puerta de la celda se abrió y cuatro guardias blerianos se desplegaron en formación de estrella. Al frente de la formación estaba un foig al que no habían visto antes. Llevaba una máscara ornamentada, como un sacerdote azteca, y un vestido color plata engalanado con joyas que le cubría el cuerpo entero de la cabeza a los pies, todo salvo por un agujero circular que habían recortado en la tela y que permitía a los órganos genitales colgar por fuera del traje. Esta era la única parte de él que estaba a la vista.

—Han traspasado los límites del espacio aéreo de Blerios 15 sin autorización. Esto es un delito muy grave.

Lister tomó la palabra:

—No pretendíamos faltarles al respeto, hombre. Estamos buscando a otra versión de mí. Cometimos un error en los cálculos del navegador al atravesar el Omniespacio y…

El potente le ignoró.

—Tienen dos opciones: ir ante el Foro de Justicia de Arranguu 12 y defender su inocencia, o pagar la multa.

—¿Y cuánto es eso, exactamente? —preguntó Rimmer, con la mirada fija en la parte alta de la cabeza del sacerdote.

—Doscientos barriles de petróleo...

—¿Doscientos barriles de petróleo? No tenemos ni cuarenta.

—O cinco barras de Gatoo.

—¿Gatoo? ¿Qué es eso? —meneó la cabeza—. Es igual, no tenemos de eso, de todas maneras.

—O si lo desean pueden pagar en esperma. Cuatro mililitros. ¿Qué va a ser?

Lister intercambió una mirada con Kochanski.

—A ver si me ha quedado claro. O bien vamos ante el Foro de Justicia...

—De Arranguu 12

—Eso. O bien pagamos la multa.

—Así es.

—Y podemos pagar la multa de tres maneras distintas. La primera: petróleo, doscientos barriles; la segunda, Katoo...

—Gatoo.

—Eso, Gatoo. O la tercera, podemos pagar en esperma.

—Así es.

—Cuatro mililitros.

—Correcto.

—Que viene a ser más o menos una cucharadita.

—Sí, en efecto.

—¿Puedo preguntarle qué harán con el esperma?

—Nuestra especie fue diseñada genéticamente para poder terraformar un sistema solar inhóspito. La capacidad de reproducción no se consideró necesaria, puesto que nuestra esperanza de vida está por encima de los mil años.

—¿Así que son todos estériles?

—El noventa y nueve por ciento de la población masculina lo es. Todos menos nosotros los potentes.

—¿Pero entonces las mujeres son fértiles?

—En la mayoría de los casos.

—¿Y por eso tienen ustedes las torres con las campanas y el llamamiento a... copular? ¿Para asegurarse de alcanzar la máxima fertilidad?

—Como visitante debería haber sido cegado con la capucha de la oscuridad.

Una sonrisa trémula se dibujó en la boca del Gato.

—¿El esperma sano vale una fortuna aquí?

—No hay cosa que valga más en Blerios 15. Pero venga ya, ¿no pretenderán hacerme creer que ustedes tienen? Podemos ver por su nave que no son ustedes ricos. Por su ropa y su actitud. Ustedes no son emo-comerciantes, no son mercaderes. ¿De dónde iban a poder sacar esperma unos tipos como ustedes?

Lister y el Gato bajaron la vista al suelo de la celda con timidez. Al final, Lister levantó la mirada.

—Tenemos una reserva secreta.

—Cierto —dijo el Gato—. Que guardamos a buen recaudo.

—¿Dentro de la nave?

Lister movió las manos en el aire a media altura, como si estuviera haciendo girar unos platos chinos.

—Eeh, sí, por supuesto. En la caja fuerte. A bordo de la nave, claro.

—Me encargaré de que les acompañen de vuelta a la nave.

Lister hizo una reverencia.

—Estaremos gustosos de abonarle cualquier multa que estime oportuna. Una última cosa. ¿Pagando la suma adecuada sería posible que nos dejaran quedarnos un tiempo aquí en Blerios 15?

—¿Por qué razón?

—Necesitamos descansar y repostar. Además, nos gustaría hacer acopio de provisiones.

El consejero bleriano asintió con la cabeza.

—Muy bien. Pero solo después de haber pagado la multa.

Lister hizo una reverencia por segunda vez.

La noticia se extendió rápidamente por las calles del mercado: unos comerciantes con una cantidad sustanciosa de esperma para gastar estaban recorriendo los puestos. Habían comprado pan y quesos, petróleo y armas, ropa y vino, además de unos cuantos volúmenes viejos y mohosos que resumían la historia del cinturón y que Kryten insistió en que les serían útiles, y todavía no habían acabado.

Los gritos de «¡Señores, señora, por aquí, por aquí!» les seguían por todo el mercado. Ellos compraron sus mercancías, entregaron los tubos de ensayo y continuaron viendo los puestos hasta que por fin se hizo de noche.

Mientras se abrían paso de regreso al Starbug Kryten llegó a la conclusión de que en el cinturón se estaba librando una extraña guerra evolutiva. Una guerra entre las distintas especies de foigs. Lo que la hacía tan particular era que a lo largo de la historia ninguna especie había llegado al universo totalmente formada. Todas habían luchado durante el holocausto de la evolución y adaptado su forma para sobrevivir, por lo que se habían merecido ser parte de la naturaleza. Todas se habían ganado el derecho a existir.

Los foigs en cambio no.

Por lo que había podido averiguar, habían sido creados en La Tierra para ayudar a la humanidad a terraformar galaxias nuevas y habían terminado en esta realidad como resultado de haber sido succionados por el Omniespacio tras algún tipo de motín contra sus amos humanos. No solo no se merecían existir, sino que además habían sido creados con defectos genéticos para inhibir su supervivencia a largo plazo. El resultado, o al menos eso le parecía al mecanoide, presentaba un escenario que era único en la naturaleza. Ya no era un caso de lucha de cada individuo por proteger sus genes sobre los genes de todos los otros individuos; esto era la lucha de cada una de las tribus foig por hacer prevalecer su composición genética, multiplicarse más deprisa y ser más fuertes que el resto de las tribus del cinturón.

Como consecuencia de esto habían desarrollado un tipo de sistema de justicia un tanto extraño, donde la inocencia estaba siempre unida a la conducta favorable a conseguir el aumento de la procreación de la especie. Aquellos que se negaban a copular eran encarcelados, por el contrario se celebraba la poligamia y se alababa el adulterio.

Cuando marchaban de regreso a través del mercado empujando los enseres dentro de una carretilla de madera, Lister se paró en el puesto que vendía velas (pensó que a lo mejor serían más efectivas que los halógenos la próxima vez que se fuera la luz). Levantó la vista para preguntarle el precio al dueño del puesto y se encontró de frente con un par de ojos negros dilatados de miedo.

Durante un segundo, Lister no entendía a qué venía esa mirada. El foig le tenía miedo. No, más que eso, estaba aterrado. ¿Pero cómo podía ser eso? Nunca se habían visto antes.

Entonces cayó en la cuenta de que estaba mirando a los ojos de alguien que conocía a su otro yo.

—Tú le conoces.

El tendero se metió por debajo de la tela fina de algodón que tapaba el fondo del puesto y echó a correr como alma que lleva el diablo.

Lister le señaló con el dedo.

—Él le conoce. Él conoce a mi otro yo.

El Gato se quitó su chaqueta amarilla de franela, la dobló con cuidado por la mitad y se la entregó a Kryten como si fuera la sábana de Turín.

—Protégela con tu vida, colega. Y lo digo muy en serio.

—Señor, puede contar con ello.

—Si te quedas atrapado en un edificio en llamas prométeme que salvaras primero la chaqueta.

—Señor, cuidar de esta chaqueta es desde ahora el motivo de mi existencia.

—Eso es lo que quería oír.

El Gato pasó en zigzag por medio de un grupo de espectadores y se puso a seguir al tendero mientras este huía atravesando el mercadillo. Saltó por encima de dos foigs que llevaban a cuestas una alfombra enrollada, esquivó un puesto de fruta volcado y se lanzó sobre el sujeto cuando se disponía a coger un transportador aparcado. Le derribó en medio de una nube de polvo.

Lister llegó corriendo con la respiración agitada.

—¿De qué me conoces?

El foig frunció el ceño, sin entender nada.

—¿De qué me conoces?

—Ya sabes de qué te conozco. ¿A qué te refieres?

—Tú contesta a la pregunta. ¿De qué me conoces?

—Esto es algún tipo de…

—¡Que me contestes!

—Te di transporte a Blerios 15. Tu nave estaba irreparable. Estabais abandonados a vuestra suerte.

—¿Y qué pasó después?

—Nos pilló el consejo federal. Sabían que yo hacía contrabando de emociones. Te culpé a ti.

—¿Y qué más?

—Se te llevaron para interrogarte. Ya no te volví a ver.

—¿Y mis compañeros de tripulación? ¿Qué pasó con ellos?

—No lo sé. Tú no querías hablar del tema y yo no te presioné.

—¿Hace cuánto que pasó esto?

—Hace cuatro meses.

—Y si quisiera encontrarme, ¿qué tendría que hacer?

—¿De qué demonios estás hablando?

—Tú contesta a la pregunta y ya está.

—Todo pasa por el Foro de Justicia de Arranguu 12. Tienes que solicitar una audiencia con el regulador.

—¿Alguna cosa más?

—Si fueras listo mandarías al mecanoide.

—¿Y eso por qué?

—Porque el regulador es más benévolo con los mecánicos. El androide tiene más posibilidades de conseguir la información.

Lister lanzó un gancho derecho en el aire y el tendero se tambaleó hacia atrás y se desplomó sobre una barquilla de ciruelas.

—Gracias —le dijo educadamente—. Has sido de gran ayuda.

CAPÍTULO 5

Los andares peculiares de Kryten, con su ridículo movimiento elevado de rodillas sobre unos pies demasiado grandes, le subieron por las escaleras del Foro de Justicia y le llevaron a través de un puñado de manifestantes foigs enfadados que agitaban sus pancartas arriba y abajo en el sofocante calor de la tarde. Kryten no sabía lo que decían las extrañas inscripciones garabateadas en las pancartas, pues estaban escritas en un lenguaje de máquinas que no había visto nunca, pero fuera cual fuera el motivo de sus protestas, la mezcla de calor e injusticia estaba empujando a los foigs al límite de la histeria. Al ver un mecanoide pidiendo disculpas para pasar entre la multitud, la gente en seguida supuso que Kryten era un miembro del Departamento de Justicia y un monzón de escupitajos y alimentos en mal estado le llovió encima. Como siempre, Kryten fue amable y educado: dio los buenos días al gentío clamoroso y comentó la maravillosa tarde que hacía, lo absolutamente preciosas que les habían quedado las pancartas y sin duda lo bien y lo lejos que sabían escupir. Un escalofrío de admiración recorrió todo su ser: Kryten sentía verdadera adoración por cualquiera que se opusiera al sistema, que fuera capaz de defenderse por sí mismo y no aceptar el *statu quo*, pues era una característica totalmente ausente en su propia programación.

Entró en el edificio bajo y plano hecho de arenisca amarilla, entregó la notificación de la citación y le escoltaron por una serie de pasillos.

Por fin.

La hora de la verdad.

Pronto iba a saber qué le había pasado al otro yo de Lister y si el Departamento de Justicia escucharía o no su petición de indulgencia. Tenía que usar todo su poder de persuasión, toda su habilidad oratoria y hacerles entrar en razón. Casi de inmediato su CPU le anunció que estaba en Modo de Ansiedad, un nivel cuatro. Siguió a su escolta torciendo a mano izquierda por un amplio pasillo de piedra y luego a mano derecha subiendo por un tramo corto de escaleras, todo el tiempo con la cabeza en la tarea que tenía por delante. Vio que su CPU anunciaba un Modo de Ansiedad de nivel tres, que pasó rápidamente a un nivel dos. Entonces se activó un nivel cuatro del Modo de Miedo, seguido de una lectura de 0,00000004321 en Serenidad: la más baja de todo el año.

El guía se detuvo delante de una puerta de roble macizo cubierta con una ornamentación labrada en metal, luego esperó pacientemente mientras Kryten practicaba una serie de reverencias pomposas, reverencias exageradas absurdamente enrevesadas y rezumantes de respeto fingido. Por fin, Kryten le hizo un gesto al guía para que anunciara su presencia. El guía llamó a la puerta, una voz grave gritó «adelante» y le hicieron pasar al interior de la estancia ovalada. Al igual que los pasillos, las paredes estaban hechas de la misma arenisca amarilla y los suelos tenían un sofisticado mosaico de mármol que representaba la dominación del cinturón de asteroides por parte de los foigs.

El regulador estaba sentado detrás de una mesa leyendo con detenimiento un pergamino escrito a mano. Emitió un gruñido a modo de saludo sin apartar los ojos de la página. Kryten hizo una reverencia profunda, barriendo el suelo con el brazo derecho y doblando las rodillas en una media genuflexión antes de erguirse y hacer una reverencia por segunda vez, por si acaso no bastaba con una. Con vacilación y, al principio, con voz demasiado baja, empezó a hablar.

—Señoría, es un honor muy especial para una forma de vida tan humilde, nimia e insignificante como yo, un mero droide de servicio de la gama Mecanoide 4000, el tener la oportunidad de que me reciba en su propio despacho y compartir las mismas moléculas de oxígeno que su estimada... mmm... estimencia.

El regulador levantó la vista del pergamino y le miró fijamente con los ojos entrecerrados.

—Sí, supongo que debe serlo.

—¿Me permite que me siente?

El regulador afirmó con la cabeza.

—Estoy buscando a un humano que se hace llamar Lister. Tengo entendido que pasó por su tribunal y que su señoría está dispuesto a escuchar mis súplicas de clemencia.

El regulador afirmó con la cabeza.

—No me ha sido posible conocer la naturaleza exacta de sus delitos contra el glorioso Estado foig, y me preguntaba si su señoría tendría a bien informarme.

—Sus delitos son muy graves. Muy, pero que muy graves.

—Me hago cargo —dijo Kryten humildemente.

—Destruyó completamente el asteroide de Cirius 3 y cruzó todo el cinturón llevando a cabo actos de saqueo y pillaje a su paso. Destruyó el transbordador espacial que daba servicio a Ariel 2 y fue responsable de muchas muertes, incluida la mía propia.

Kryten sonrió relajadamente mientras ordenaba a su CPU que reprodujera la última frase para comprobar que no se trataba de un fallo de su sistema auditivo.

—¿Fue responsable de muchas muertes, incluida la suya propia? —repitió Kryten despacio.

—Sí

—¿Él le mató a usted?

—Me temo que sí.

Kryten sacudió la cabeza.

—Me parece que no lo estoy entendiendo, señor.

—¿Y quién lo entiende? —espetó el regulador—. ¿Qué puede llevar a una criatura a embarcarse en semejante orgía perversa de crímenes y destrucción?

—No, señoría, me refiero a que no entiendo cómo pudo haberle matado y que aun así usted siga vivo todavía de un modo evidente, hablando conmigo.

—Él no me ha matado aún, no sea imbécil —respondió el regulador con irritación—. Él todavía no ha cometido ningún delito. Es algo que está destinado a hacer en el futuro.

—¿De manera que en este preciso momento él es inocente?

—Sí, por supuesto que ahora mismo es inocente. Aún no ha cometido sus delitos.

—¿No sería más justo que…?

—¿Qué, que esperemos? ¿Que esperemos a que llegue a cometer los delitos antes de castigarle?

—Bueno, es un concepto un tanto radical, lo sé, pero tal vez sea más…

La voz de Kryten se fue apagando hasta quedarse en silencio; entonces alzó la mirada y dijo:

—Lo que digo no es más que una estupidez, ¿verdad?

Una sonrisa condescendiente se filtró en el rostro serio del regulador, como un chorro de pasta de dientes cuando se aprieta el tubo.

—Si se espera a que el delito se haya cometido antes de castigar al culpable, entonces los autores se salen con la suya, se ha permitido que se produjera el delito y ¿qué clase de sistema de justicia absurdo sería ese?

—Uno muy absurdo, desde luego —se vio diciendo Kryten.

—La corriente del tiempo puede que fluya colina abajo pero eso no significa que no se pueda pescar río arriba.

—¿Y entonces cómo sabemos con seguridad que Lister cometerá esos delitos?

—Hay muchas pruebas.

—¿Hay pruebas?

—Ya lo creo.

—¿Como cuáles?

El regulador le hizo una seña a Kryten para que se aproximara y después dijo en voz baja:

—Los místicos lo han visto. Lo vieron en sus sueños, lo vieron en el gran fuego que celebra el amanecer de un nuevo ciclo y lo vieron en los aceites de C'fadeert. Ninguno de los seis místicos escapó a las visiones.

—¿Y están seguros de que era Lister al que vieron?

—No habían visto un delito de forma tan clara desde que ordenaron la ejecución del foig conocido como S'rtginjum por hacerle cosas repugnantes a un yak hace tres ciclos de tiempo.

Kryten sonrió afectuosamente.

—Bien, muchísimas gracias, eso es todo lo que necesitaba saber. Me ha sido usted de gran ayuda. Muchas gracias. Ah, una última cosa. ¿Dónde está cumpliendo la condena?

—Es un prisionero de la colonia penal conocida como Ciberia, en Lotomi 5.

—¿Tiene permitidas las visitas?

—No hasta que haya cumplido los cinco primeros años de su condena.

Kryten se disculpó y se fue. Ahora sabía por qué protestaban los foigs de fuera. Querían el fin del sistema místico de justicia, en el que cualquiera podía acabar en Ciberia sin ninguna esperanza de defenderse. Además se dio cuenta de por qué el estado quería mantener vigente el sistema: qué mejor manera de deshacerse de los disidentes y de los no creyentes. Encerrarlos en Ciberia y tirar la llave.

Kryten bajó andando las escaleras del Foro de Justicia.

En cierto modo, estaba aliviado, pues una diminuta laguna de dudas le había estado atormentando desde el primer momento en que entraron en el Starbug alternativo, cuando se había preguntado si el propio Lister habría matado a la tripulación. Ahora sabía la verdad: él no estaba cumpliendo cadena perpetua por homicidio, estaba cumpliéndola por unos delitos que iba a cometer en el futuro, algo que era completamente absurdo.

Kryten se puso a idear un plan de fuga.

CAPÍTULO 6

Lister emergió en la superficie de la consciencia, pero se refugió detrás de unos ojos cerrados.

Conque esto era.

El ciberinfierno.

Permaneció tumbado, con los ojos cerrados a cal y canto y el cuerpo rígido, mientras el corazón le tocaba un riff de bajo a un ritmo funky trepidante. Tenía la boca más seca que una fiesta de estudiantes de medicina a las 11.45 de un sábado por la noche.

Parecía que estaba tumbado sobre una superficie plana, bien acolchada, bastante cómoda. Pasó la mano por la superficie: algodón. Una especie de cama de algodón.

Armándose de valor, cogió aire en una serie de respiraciones cortas, esperando inhalar el hedor acre del sulfuro o algún otro olor repugnante; pero no, lo único que olía era a sábanas limpias y a la dulce fragancia de la corteza de un laurel.

¿Un laurel?

Se puso a escuchar, esperando oír los gritos de tortura y los aullidos escalofriantes de las almas despojadas de toda esperanza que poblaban el paisaje cibernético de su imaginación. Nada. Casi en absoluto silencio, menos por un agradable sonido de chapoteo de agua.

¿Chapoteo de agua?

Ahora o nunca. Tenía que enfrentarse a ello. Abrió los ojos.

La mansión era impresionante: las paredes blancas estucadas, la decoración colonial española con mobiliario en amarillo y crema, las vasijas de terracota y un sofá gigantesco de cuero blanco con forma de arco en el que se podían sentar cómodamente diez personas. La cama ovalada en la que estaba tumbado Lister se situaba encima de una sección de suelo elevada, dominando la vista del salón de planta abierta y recubierta con teselas de mármol.

No tenía ningún sentido. Cruzó despacio hasta la ventana blanca cerrada y abrió las hojas de madera recién pintada.

¿Qué demonios estaba pasando aquí?

Una franja de arena blanca rodeaba la bahía como si fuera un boomerang, flanqueada por una pared de palmeras encorvadas perezosamente hacia el mar.

Estaba en el cielo.

Un pensamiento chilló dentro de su cerebro. Se desabrochó los pantalones, se bajó los calzoncillos deprisa y se miró entre las piernas preocupado. Se quedó boquiabierto, no podía creerlo.

Tenía pene. Gracias a Dios, menos mal.

Estaba convencido de que le habrían dejado con menos percha que un Action Man, pero no, estaba igual que siempre.

Poniéndose el cinturón, caminó hasta un botellero blanco de mimbre y desenroscó el tapón de una botella de bourbon. Lo olió con cautela. No, no era orina de rinoceronte, ni tampoco era ningún fluido pestilente de perro rabioso mezclado con aguas residuales, era bourbon Jim Daniels. Se sirvió uno doble y le echó dos cubitos de hielo. Bebió un trago. El whisky le bajó a chorro por la garganta y por primera vez en mucho tiempo una sonrisa se le dibujó en los labios.

Hacía siglos que no se había sentido tan a gusto.

Con el vaso en la mano, se fue hacia el equipo de música haciendo sonar los cubitos de hielo y se puso a mirar los discos de la estantería. Una vez más, se equivocaba; ni Neil Diamond, ni fanfarrias, ni los veinte mejores solos de tambor, ni música de flauta, ni canciones de acordeón ni mucho menos James Last. Todo lo contrario, la colección era bastante buena. No, mejor que eso. Era condenadamente buena. Genial, en verdad.

Lister puso un disco de una banda de rock y se sirvió un segundo bourbon. Iba por la mitad del segundo bourbon cuando decidió darse una vuelta por la cocina; fue entonces cuando encontró el lote de bienvenida.

El lote de bienvenida estaba colocado sobre la mesa de la cocina dentro de una cesta grande de mimbre. Encima de la cesta había un gran ramo de lilas rosas. Las flores llevaban una carta roja perfumada sujeta con un clip. Con precaución, levantó la tapadera y miró en el interior. Dentro había un surtido de alimentos: un pollo asado, unos solomillos de cerdo y un redondo de ternera ya hechos; espárragos, olivas rellenas, pan de barra, fresas frescas, nata montada, bombones belgas, diversas clases de quesos y dos botellas de champán de reserva del Valle del Marne bien frío.

¿De qué iba todo esto? ¿Era el ciberinfierno un lugar en donde tenías todo lo que querías? ¿Eso era lo que lo hacía un infierno? ¿Sin censura ni moralidad? ¿Sin límites? Lister cogió la carta y rasgó el sobre con un cuchillo de cocina

Estimado Sr. Capote:

Ha sido usted hallado culpable de contrabando de sustancias prohibidas en territorio foig. Siendo un holograma, ha infringido el tratado de mantenimiento de paz suscrito por la nación foig y todos los entes de luz generada que se hallan bajo jurisdicción de los estados foig. Como consecuencia, ha sido condenado a cinco años de encierro en el escenario cibernético creado y diseñado por sus propios remordimientos.

La carta continuaba, pero Lister dejó de leer.

Se habían equivocado de escenario cibernético. Este era el infierno de otro. La pesadilla de otro.

De repente, la forma de un holograma con síndrome axial se materializó en el centro de la habitación, junto con un guardia de seguridad foig. Capote, un hombre de baja estatura con el pelo ralo y gris y la cara redonda, parecía horrorizado contemplando la habitación a su alrededor.

—Carne no, soy vegetariano. El champán me da ardor de estómago —entró tambaleándose en el salón—. Arquitectura de estilo colonial; no por favor, colonial no. Me recuerda a mi primera mujer. No, Dios, *noooo.*

El guardia foig miró a Lister y le dijo:

—Ha habido un error; tan pronto como sea posible será transportado al ciberescenario correcto.

—Gracias —dijo Lister paralizado.

La habitación empezó a cambiar y Lister perdió el conocimiento.

El despertador empezó a sonar y Lister emergió de debajo de unas sábanas que tenían el aspecto y el olor de haber sido usadas por una pareja de hipopótamos apareándose, y empezó a buscar a tientas para silenciar el alarido de alma en pena que le perforaba la cabeza como una aguja láser. Llevó a cabo el ritual punto por punto, bostezar, tirar el despertador al suelo de un manotazo, darse un golpe en la cabeza con la esquina de la mesilla al agacharse para recogerlo, antes de darse por vencido ante lo inevitable finalmente. Sacó las piernas por un lateral de la cama, abrió un ojo y empezó a buscar el botón de apagado.

Le dio vueltas y vueltas al reloj, con su zumbido grotesco penetrándole por los ojos durante todo el tiempo. El ruido le agudizaba el dolor de muelas y el grano que tenía dentro de la fosa nasal izquierda le pinchaba más que nunca. Después de un rato que pareció durar una eternidad, más incluso que lo que tardaban en atenderte en una tienda de electrodomésticos el sábado por la tarde, llegó a la conclusión de que no había botón de apagado. Lanzó el reloj contra el suelo y lo machacó con el tacón del zapato hasta destrozarlo. O eso creyó haber hecho. Pero no, justo cuando se estaba echando en la cama otra vez, el despertador volvió a sonar vibrando con tanta furia que incluso parecía que iba avanzando hacia él por la alfombra verde apelmazada que se le pegaba en los pies como si fuera velcro. Decidió que la única solución era salir de la habitación. Cerró la puerta detrás de él y se halló en la cocina.

El olor a grasa manida le sodomizó ambas fosas nasales; las torres combadas de vajilla sucia se apilaban en cada palmo de encimera disponible; una metrópolis de comida fosilizada aplastada entre plato y plato chorreaba pura asquerosidad. Atravesó patinando el suelo salpicado de grasa de freír y abrió la nevera. El olor a coliflor caliente podrida y a coles de Bruselas en descomposición se le clavó en la parte trasera de la garganta como un golpe de kárate. La leche verde salía como si fuera pus de lo alto de las botellas y algo que se parecía peligrosamente a un feto de orangután estaba en un cuenco tapado con film transparente.

—Bueno —pensó—, en peores sitios he vivido. De hecho, para lo que estoy acostumbrado, la nevera y la cocina están bastante ordenadas.

Bajó la vista a la cesta de bienvenida que había sobre la mesa y cogió la carta roja perfumada que habían dejado encima. Abrió el sobre con un sacacorchos oxidado que encontró en la fregadera.

Estimado Sr. Lister:

Ha sido hallado culpable de crímenes contra el Estado foig. Como consecuencia, ha sido condenado a dieciocho años de encierro en el escenario cibernético creado y diseñado por sus propios remordimientos.

Bienvenido al infierno. Una vez que se instale, esperamos que su estancia con nosotros sea una insoportable pesadilla de tormento y repugnancia y que sus gritos implorando piedad y misericordia se oigan a lo largo y ancho del mismísimo tiempo. Si por alguna razón descubre que algo resulta cómodo o agradable, o de su gusto en cualquier aspecto, por favor no dude en llamarnos y, a la mayor brevedad posible, un miembro de nuestro personal estará encantado de garantizar que todo resulte de nuevo extremadamente desagradable y angustiante.

Atentamente,
la dirección de Ciberia.

Lister abrió la cesta arrancando la tapadera y observó el contenido: caldo de coles de Bruselas, paté de coles de Bruselas, vino de coles de Bruselas, paté de anchoas, cuatro paquetes de cigarrillos de hierbas, café americano, té portugués, un cartón de leche de perra y un libro titulado *Hamilton Academicals: Los Años de Gloria*.

Lister tapó la cesta, cogió un mazo para ablandar carne, abrió la puerta y se fue derecho a por el reloj que seguía rabiando en el suelo. Cuatro mazazos y el despertador era historia.

Miró por la ventana llena de roña y, mientras un mosquito zumbaba alrededor de su cabeza, oyó el goteo constante de un grifo psicótico cayendo en un lavabo ya de por sí rebosante en el cuarto de baño. De repente, desde el apartamento de arriba, el compás de una canción de Neil Diamond hizo vibrar la lámpara fundida con su mugrienta pantalla naranja, al tiempo que desde el apartamento de al lado el mamporreo grave de un solo de tambor comenzó a retumbarle en el cerebro.

Consultó la guía de televisión y echó un vistazo a la programación. Comedias de situación con niños monos de cinco años, documentales sobre la historia de los muebles jacobinos, culebrones sirios y una retransmisión en directo de noventa minutos de una exploración rectal.

Tenía que largarse de allí. Tenía que pensar algo. Decidió ponerse algo de ropa y salir a echar un vistazo por fuera.

¿Pero dónde tenía la ropa?

Un armario viejo y desvencijado se ocultaba en las sombras en un rincón de la habitación. Sabía ya lo que había dentro antes de abrir la chirriante y horrorosa puerta cuya mera presencia hacía daño a los ojos. Cinco camisetas carcelarias de rayas rojas, amarillas y verdes colgaban ordenadas en una hilera de perchas. Dos pares de pantalones de peto naranjas colgaban de otras dos perchas y, a su lado, tres camisas llenas de pelo recién cortado. Debajo había tres pares de zapatos que, como Lister bien supuso, eran de un número menos.

Se vistió con la ridícula ropa que picaba como un demonio y decidió salir a dar un paseo por la ciudad. Ver el Infierno por fuera.

La manada de yaks contemplaba el cielo de la noche sin prestar ninguna atención en absoluto mientras la pequeña nave verde desplegaba las patas y se preparaba para tocar suelo. Mientras los retros escupían los chorros de llamas naranjas sobre la arena del desierto, levantándola en pequeños tornados con muy mala pinta, los yaks continuaron masticando el heno sin pensar en nada en absoluto. No estaban pensando en nada en absoluto porque, aparte de tener el peor aliento del mundo, no pensar en nada en absoluto y tener pinta de estúpidos eran las dos características que hacían destacar a los yaks como la especie con menos capacidad apreciativa para ser testigo de uno de los aterrizajes del Gato tirando de freno de mano.

De pronto, se produjo otro suceso más que tampoco impresionó a los yaks, cuando unos personajes vestidos con hábitos negros salieron a toda prisa de la media luna de tiendas de campaña que se agrupaban en torno a un abrevadero y echaron a correr, cargando rifles automáticos y desenvainando cimitarras.

La pequeña nave verde aterrizó en la cresta de una ola de arena, su rampa de desembarque descendió al suelo del desierto abrasador en un concierto de chirridos y cinco figuras aparecieron en la compuerta abierta vistiendo anoraks con forro de pelo, gafas de ventisca y botas de nieve.

—Lo siento, chicos —dijo Lister—. Es culpa mía, no lo pensé. Debería haber consultado el ordenador meteorológico.

—¿Que no consultaste el ordenador meteorológico? Pero si dijiste que era un planeta helado.

—Eso me imaginaba. A mí me pareció nevado cuando estábamos en órbita.

—Tú es que no piensas las cosas, te lanzas y punto —dijo Kochanski sin rencor—. Eres alérgico a los planes.

Se retiraron todos otra vez al interior de la nave y aparecieron unos minutos después con ropa de playa.

Lister se quedó de pie en la puerta de desembarque y se dirigió al grupo de gente de hábitos negros que estaban formando un semicírculo. Gritó con las manos alrededor de la boca:

—¿Vosotros sois kinitawowis? ¿Nómadas, badawis?

No hubo respuesta.

—Nos han dicho que vosotros nos ayudaríais.

Silencio.

—Tenemos un amigo en Ciberia. Necesitamos ayuda: armas, información, soldados.

Silencio.

—Traemos un montón de cosas para comerciar.

—Señor, permítame —sin ningún esfuerzo, Kryten se puso a hablar en kinitawowés—: *¡Kinitawowi, nekj nikji nekj jistan! Kanua watua naju.*

Las figuras encapuchadas permanecieron impasibles. Entonces se retiraron las capuchas y dejaron al descubierto los morros lúgubres de una especie de hipopótamo genéticamente mezclado con gorila.

—*¡Yurarg eor dor degga!'*

Lister arrastró un baúl hasta el borde de las escaleras y empezó a mostrar en alto algunos de los contenidos.

—Mirad, pantalones Levis. Whisky. Vídeos. Esperma. ¿Nos vais a ayudar? A rescatar a nuestro compañero. *¿Capicci?*

Kryten tradujo:

— *Aig gy gon banuu. ¡Nilk tet kan ua naj oo yek jt!*

Los kinitawowis asintieron con la cabeza y se fueron de regreso al campamento.

Rimmer se quedó mirándoles mientras se iban. Según un droide vagabundo que habían conocido en un bar estando en Blerios 15, los kinitawowis eran un pueblo supuestamente amistoso; viajaban en tribus, rondando por las llanuras de los asteroides desérticos que conformaban la mayor parte del sector norte del cinturón, y haciendo trueque con las distintas comunidades de foigs para conseguir emociones y recuerdos que luego vendían a los simulantes con un amplio margen de beneficio.

Rimmer no se fiaba de ellos.

En realidad, le resultaba casi imposible fiarse de nadie; una característica que confería a su cara unos labios apretados y añadía terminaciones en punta en la nariz y en la barbilla. Su sonrisa era como un iceberg, dos tercios de ella permanecían bajo la superficie, pero nada delataba más su desconfianza hacia la vida que sus ojos. Cuando la duda los nublaba, se estrechaban como las pupilas de un gato callejero detrás de un puñado de pelos paranoicos.

—Creo que dos de nosotros deberíamos quedarnos en la retaguardia por si acaso algo sale mal. No me fío ni un pelo de esta gente. ¿Por qué no te llevas a Kryten? Él no es imprescindible.

—Estoy totalmente de acuerdo. Voy ahora mismo, señor —el mecanoide sonrió alegremente y se dispuso a bajar la escalera de desembarco.

Lister le detuvo con una mirada.

—Si alguien va a quedarse aquí debería ser Kriss. Dicen que estos tíos son bastante raritos con las mujeres atractivas. Además, si algo se tuerce ella puede pilotar el Starbug y conseguir ayuda.

—Señora Kochanski —Rimmer hizo un saludo enérgico—, quisiera presentarme voluntario para ser su ayudante, señora, en su misión extremadamente peligrosa de quedarse atrás y cuidar del Starbug, señora.

—No es necesario. Me apaño muy bien sola, señor Rimmer.

Rimmer le dedicó un iceberg de los suyos.

Se abrió la puerta de la tienda de campaña y el líder de los kinitawowis avanzó con paso firme hacia ellos secándose las zarpas de animal en un delantal cochambroso antes de darle un apretón de manos a Lister.

—¿*Jier bjiu jnj dewj*?

—Pregunta que si queremos comerciar, señor —tradujo Kryten.

—Dile que necesitamos que nos eche una mano para sacar a un amigo nuestro de Ciberia. Que nos han dicho que él podría vendernos el material que nos hace falta.

Kryten tradujo el mensaje de Lister y el jefe respondió en seguida en kinitawowés.

Kryten se volvió hacia Lister.

—Señor, dice que es cierto que pueden ayudarnos, pero que el precio será muy alto.

Lister asintió con la cabeza.

—Dile que estamos forrados hasta las orejas.

La risa del Gato resonó por todo el campamento.

Kryten dijo:

—*Grendee argenti nawagooty.*

El jefe asintió con la cabeza y les hizo una señal para que le siguieran.

Los droides defectuosos yacían muertos boca arriba en hileras de diez. En total debía haber cerca de un millar. Era como una mezcla entre un cementerio de androides y un desguace de coches. La mayor parte de ellos estaban dañados: tuertos, mancos, sin piernas o con agujeros en el estómago que dejaban pasar la luz del día.

—*Ezenji.*

—Dice que elija, señor.

—Pero si están todos muertos —dijo el Gato—. ¿Qué demonios va a elegir de aquí?

El jefe kinitawowi sacó una caja de microplacas y la agitó en la mano.

—Dice que están desarmados. Una vez que se coloquen las microplacas en las CPUs volverán a estar en perfecto funcionamiento.

Lister cogió a Kryten del brazo y se lo llevó aparte, para estar fuera de alcance del oído del jefe kinitawowi.

—¿Nos fiamos de él? ¿Es la clase de persona a la que le comprarías un droide de segunda mano?

Kryten se dio la vuelta y miró al jefe que estaba apoyado sobre un solo pie dando palmas de manera sospechosa.

—Si quiere que le diga la verdad, señor, probablemente no. Sin embargo, si queremos sacar a su otro yo de Ciberia necesitamos ayuda. Y ahora mismo esta es la única ayuda de la que podemos disponer.

Lister asintió con la cabeza y volvió a reunirse con el jefe.

—Queremos ver unos cuantos en funcionamiento.

—¿*Jikmuie?*

—Quiere saber cuáles, señor.

Lister se puso frente a la alfombra de droides y empezó a seleccionar.

Los doce droides aguardaban en una posición de firmes desastrosa mientras Lister recorría la fila para inspeccionarlos a fondo. Los tres primeros estaban en condiciones razonables: las cuatro extremidades presentes y bien puestas. Después de eso el pelotón iba en picado y cuesta abajo. Los droides defectuosos cuatro y cinco no tenían brazo izquierdo, el seis y el siete no tenían orejas ni pierna izquierda y se desplazaban usando las manos como perros de tres patas; los ojos del ocho pendían de los cables sensores a la altura del pecho, el nueve estaba completo pero mostraba una tendencia a la risa floja y a hacer pompas de saliva; el diez carecía de parte superior del cuerpo alguna, no siendo más que un par de piernas, básicamente; la cabeza del once había desaparecido y el doce era solo una mano.

—¡Pelotón! —gritó Lister—. Izquierda, ¡ar! De frente paso ligero, ¡ar!... izquierda, derecha, izquierda, derecha.

Los miembros del pelotón se desplomaban, se rezagaban, cojeaban, avanzaban dando saltos, reptaban y arrastraban los pies cuesta arriba y cuesta abajo mientras Lister les ponía a prueba en la duna del desierto.

—*Yuj utio as niug jui* —dijo el jefe.

—¿Qué ha dicho? —preguntó Rimmer.

—Dice que el señor Lister ha hecho una buena elección, señor.

El jefe kinitawowi les condujo al interior de la tienda abarrotada de munición, ordenadores y cascos de fibra de vidrio equipados con focos, y les invitó a sentarse sobre la línea de colchones de olor extraño que estaban amontonados en torno a un fuego adormecido. Ya sentados en torno al fuego había otros cuatro kinitawowis, que se pusieron de pie, saludaron con una reverencia y se volvieron a sentar. Dos hembras, dos machos.

El jefe levantó la tapa de una caja metálica, sacó un estuche de rosca cerrado al vacío y volcó el contenido en la palma de la mano. Era un disco minúsculo de color rosa.

—¿Qué es eso? —preguntó el Gato.

—Un virus informático —contestó Kryten.

—*Ftj gy arfgt djh bji kio.*

Kryten asintió con la cabeza.

—Dice que es más potente que la bomba de Hiroshima.

—*Gt bb id lk aftrje.*

—Destruye la electricidad.

—*Wye ngh lo dej vikm lpo sej.*

—Qué maravilla. Dice que el disco tiene capacidad para echar abajo todo el sistema cibernético.

—Que nos haga una demostración —dijo Lister, haciendo un gesto con las manos.

Kryten tradujo. El jefe sacó dos ordenadores del montón de aparatos arrinconados y rápidamente los encendió y los conectó entre sí. Luego introdujo el disco en uno de ellos.

—*Fgju grj erg nkiju.*

—Les está invitando a enviar el virus de un aparato al otro.

El Gato pulsó la tecla y vio explotar el segundo ordenador en una llamarada de fuego azul. Las risas de alegría estallaron por toda la tienda.

—*Gfb jnu jul lks ain iifo do.*

—Dice que ahora va a introducir el disco antídoto.

El jefe introdujo un disco azul en el segundo ordenador y con un pitido volvió a entrar en funcionamiento de manera airosa. Lister encabezó el aplauso general.

—De acuerdo, nos llevamos el virus con el antídoto y los doce indecentes de ahí fuera. Dile que le doy medio tubo de ensayo.

Lister se remangó la pernera del pantalón y sacó un tubo metálico de los que se usan para guardar puros que llevaba atado en el tobillo. Le quitó el tapón y lo volcó dejando caer un tubo de ensayo sobre la palma de su mano.

—¿Trato hecho? —le entregó el tubo de ensayo al jefe.

El jefe le dio unas vueltas en la mano, luego le quitó el corcho y lo olfateó.

—¿*Rjy jio nkji opoiu nmj?'*

—Pregunta que qué es eso.

—¿Qué se piensa que es?

—*Gju ski gimj.*

—Dice que huele a esperma.

—Dile que es mío —dijo Lister con orgullo—. Yo respondo por él.

—*Jy bji* —contestó Kryten.

—¿*Nuj fer gimj?*

—Dice: "¿Y me lo estás dando a mí?"

—Claro que sí —aseguró Lister con entusiasmo.

—Señor, creo que...

—*Proki, mgetm klif kzzen.*

—Dice que esto es un ultraje...

—Con que quiere más —dijo Lister, desenrollándose la pernera izquierda del pantalón—. Pues le doy más.

—Ese es mío —dijo el Gato, señalándose a sí mismo.

Lister se volvió hacia Kryten.

—¿Hay algún problema?

—Lissy, *mon frére* —dijo Rimmer, luciendo una sonrisa del tamaño de una valla publicitaria—. Me parece que los kinitawowis no son estériles y en consecuencia no tienen un sistema monetario basado en los espermatozoides. Y si estoy en lo cierto... imagínate lo que estarán pensando. Porque a sus ojos acabas de darle un tubo lleno de tus pequeños nadadores y luego has puesto cara de cabreo al ver que no le hacía ninguna ilusión recibirlo.

—¡*Jakj nik ikj jan nab ekj!* ¡*Pakj nij imj abe kj!*

—¿Qué está diciendo ahora?

—Está diciendo que para subsanar este agravio tiene usted que probar que siente respeto por él y por su pueblo.

—Dile que sí que les respeto a él y a su pueblo.

—*Fgb jn jm ojm ne im mkij mn dji nakjd pkij bgd be.*

—Dice que tiene usted que probarlo.

—Sí, cómo no, haré lo que sea. Bueno, todo menos un combate cuerpo a cuerpo contra el más fuerte de sus guerreros sin más ropa que unos tangas finos de cuero.

El jefe escupió y levantó un dedo en el aire señalando al grupo de kinitawowis que estaban sentados alrededor del fuego.

—Señor, dice que para probar que siente respeto por él y por su pueblo tiene que casarse con su hija.

—¿Con su hija?

El jefe cruzó la tienda a zancadas y le hizo un gesto a la kinitawowi que estaba sentada en el centro del grupo. Medía dos metros veinte y estaba cubierta de una maraña de pelo marrón, con un morro negro de hipopótamo y saliva reseca alrededor de la boca.

—¿Eso es su hija?

—Una de las tres que tiene, señor. Por lo visto esta es la más guapa.

—Oye, quieto ahí, ¿y Kriss qué? Yo ya tengo novia.

Rimmer ensanchó la nariz.

—Vamos, Listy, es tu obligación; además, has estado con chicas peores.

—Pero porque no se veía nada en la discoteca.

—*Jann abe kj nik nitre kjp.*

—Ha dicho: «si no hay boda, no hay trato».

Los kinitawowis se levantaron y se pusieron a pegarle gritos a Lister, clavándole sus sucios dedos de gorila en el pecho y arrojando las pulseras, sombreros y pantalones vaqueros que habían aceptado como regalos sobre las esteras de paja del suelo. Lister aguantó de pie, con los hombros caídos, intentando protegerse del ataque verbal con su mejor sonrisa estúpidamente encantadora. Escupieron en el fuego, apagándolo, y se fueron. Él les vio marcharse, luego se giró mirando a los otros y sacudió la cabeza.

Lister de pronto se dio cuenta de que los tres pares de ojos le estaban mirando fijamente sin apenas disimular su irritación.

—Un momento, dejaos de historias. No pienso casarme con una tía que tiene menos atractivo que mi sobaco después de veinte partidos de ping-pong.

Rimmer no podía creerlo.

—¿Vas echar todo a perder solo porque no ella no te pone cachondo?

—Rimmer, hazme caso, no saldría bien. Yo soy piscis y ella es medio hipopótamo; eso, a mi modo de ver, nos hace incompatibles.

—Señor, son un pueblo con mucho orgullo. No van a cambiar de parecer. La única forma posible que tenemos de hacernos con el virus y los droides defectuosos es que usted acceda a casarse con Kjakjakjakkjjakjakkkjakkkkkj.

—¿Así se llama ella?

Kryten afirmó con la cabeza.

—Tío, nunca sentaría la cabeza con alguien cuyo nombre suena como un jugador de fútbol limpiándose la nariz.

—Mira, Listy, el plan es simple como una pandereta. Hacemos el trato, tú te casas, y cuando todos están durmiendo venimos y te rescatamos.

Lister sacudió la cabeza.

—Ni lo sueñes. Ni hablar. Quitaos la idea de la cabeza. Lo digo en serio, tíos. Olvidaos de eso. ¿Vale? Olvidaos de eso.

CAPÍTULO 8

Lister permanecía de pie con su traje de boda kinitawowés y una guirnalda de flores en la cabeza mientras el sacerdote oficiaba el servicio.

—*Kan kij giu njh tokja, jan naj wok argjy.*

Kryten se acercó y le dijo en tono confidencial:

—Señor, tiene que decir «*Kan kij giu naj tokja, jan naj wok argjy*», que significa que amará a Kjakjakjakkjjakjakkkjakkkkkj hasta el día en que no haya arena en el desierto y el sol esté tan frío como el pezón de un yak en una noche de invierno.

—*Kan kij giu...* —le apuntó Kryten.

—*Kan kij giu...*

—*Naj tokja...*

—*Naj tokja...* —dijo Lister.

—*Jan naj...*

—*Jan naj...*

—*Wok argjy...*

—*Wok argjy...*

—*Jannaj klajkjet* —dijo el sacerdote.

—¿Qué ha dicho ahora?

—Ha dicho que puede usted besar a la novia.

—¿Cómo, sin una bolsa?

—Todos están mirando —dijo Rimmer imitando la boca de un ventrílocuo malo—. Dale un puñetero beso y calla, antes de que se den cuenta de que eres un timo.

Lister se subió la liga y asintió con la cabeza.

—Kryten, ven, ayúdame a trepar.

Kryten puso las dos manos juntas con los dedos entrelazados y Lister se impulsó con el pie y besó a la novia. Ella le agarró con regocijo por su diminuta cintura y le dio un abrazo de oso que le dejó sin aire. Después se lo echó al hombro y se lo llevó a su choza nupcial. Mientras iba colgado de su espalda, como una doncella a merced de un vikingo en un saqueo, Lister gritó a sus compañeros de tripulación:

—Hasta pronto, chicos. Venid cuando queráis, ¡pero no tardéis mucho!

Ellos se despidieron con las manos en alto y entonces Kryten se dirigió al jefe.

—*Janna bekj yekj bjn knj ele njuj yekj.*

El jefe asintió con la cabeza y le entregó al mecanoide un estuche cerrado al vacío que contenía los dos virus, y unos equipos espaciales de decapado a los que Kryten había echado el ojo. Cuando hubiera tiempo tenía pensado darle una mano de pintura a la nave.

—Les sugiero que subamos los droides de combate a bordo del Starbug y partamos con las primeras luces, señores.

Rimmer y el Gato asintieron con la cabeza.

Se abrió la puerta de la choza nupcial y la novia de Lister lo tiró sin ninguna ceremonia sobre el montón de cojines de piel de yak que formaban la cama nupcial.

—*Jegg onnen nikj jakken* —dijo ella, y empezó a quitarse el vestido de novia.

—Bueno, menudo día, cariño. Pues sí que estoy hecho polvo. Yo me voy a dormir directamente.

Ella dejó caer el vestido sobre la estera de paja y empezó a quitarse las eróticas enaguas de su luna de miel; podían haber servido a un velero de trece metros de eslora para cruzar el Atlántico y volver.

Lister se tapó con la manta hasta la barbilla y soltó una carcajada nerviosa. Era difícil no darse cuenta de que solo la podadora con motor de gasolina más potente podría acabar con esas ingles.

—Estabas deseando que llegara este momento, ¿verdad? No vas a aceptar un no por respuesta.

—*¡Knakjenkj!*

—¿Y si nos tomamos primero una copa? —Lister hizo el gesto de beber.

Kjakjakjakkjjakjakkkjakkkj asintió con la cabeza y señaló a una jarra de barro con dos copas que había en una bandeja al lado de la cama. Lister se llenó la copa hasta el borde, primero bebió un poco y luego propuso un brindis.

—Por las noches de boda sin consumar.

—*Jhyg ge ni juk* —contestó ella, y se pusieron a beber.

Lister dio un pequeño sorbo tamaño medicina de la bebida mientras que ella devoró la suya y se echó otra copa. Estaba pensando que todo iba según el plan cuando de repente hizo una mueca de dolor; el estómago le dolía como si tuviera dentro un cerdo saltarín (una reacción bastante común entre los que no estaban acostumbrados al licor kinitawowi). La tienda de campaña empezó a dar vueltas como un tiovivo y todo lo que había en ella se veía borroso y desenfocado. Entonces los párpados se le cerraron de golpe y cayó de espaldas como una tabla sobre su lecho nupcial.

El alcohol que hacían los kinitawowis era fuerte. Corría el rumor de que una vez que te ponías borracho podías seguir así durante días, a veces incluso durante meses. En opinión de Lister, eso explicaba buena parte de su comportamiento de las tres o cuatro semanas que siguieron.

No era desagradable, pero no podía acordarse de cómo se llamaba. Tenía un nombre, era muy conocido.

¿Cómo demonios se llamaba? Volvió a perder el conocimiento. Luego esa sensación otra vez. Si pudiera acordarse de qué estaba haciendo, todo tendría sentido. Se trataba de algo que uno no debería olvidar. Sí, bien, nadie debería olvidar esto que él estaba haciendo. ¿Por qué se había olvidado él? Porque algo le pasaba en la cabeza. Eso es, alguien o algo le había dado un golpe y le había dejado inconsciente. Bien, muy bien, ya se estaba acercando. Faltaba muy poco para saber qué le estaba pasando a su cuerpo. Esa sensación que le inundaba, que casi le hacía olvidarse de las palpitaciones a ritmo de timbales que continuaban zumbando sin parar bajo su cráneo.

Concéntrate.

Esta vez iba a llegar al meollo de la cuestión. ¿Qué estaba haciendo? Era algo que no había hecho muy a menudo últimamente. Era... estaba... estaba echando un polvo.

Eso es lo que estaba haciendo. Estaba echando un polvo, ¿pero con quién? Abrió los ojos y vio una silueta desnuda cabalgando encima de él. Espera un momento. ¿Un polvo? ¿Estaba echando un polvo? ¿Con un oso pardo?

No, pues claro que no. Qué idea más descabellada. Debe tratarse de Kriss con un disfraz de gorila vieja.

¿Por qué iba ella a hacer eso? ¿Alguna vez había hecho ella algo parecido? La verdad es que no. Entonces, ¿por qué ahora?

Malditos ojos, ¿por qué no podía ver bien? Se los frotó para intentar recuperar el enfoque pero ella le apartó las manos de la cara y las volvió a colocar en sus pechos grandes y cubiertos de pelo.

¿Pechos cubiertos de pelo?

Espera un momento.

Se estaba tirando a Kjakjakjakkjjakjakkkjakkkkj.

Su grito estalló en el aire frío de la noche.

—Soooooocooooorrooo. Kryteeeeeeen. Gaaaaaatoooooo.

Ella le puso la zarpa en la boca y siguió cabalgando más rápido todavía. Oh, Dios mío, estaba a punto de llegar al orgasmo. A ella se le daba muy bien lo que estaba haciendo. Buaj, pero qué asco. ¿Es que no podía controlarse? Era una descendiente de los hipopótamos, por el amor de Dios.

—Ooohhhhhh, aaaaaaaaahhhhh, oooohhh. Socooo… mmmmmm…. rrooo. Ooooohh, aaaahhh. Soco… aaaa…

Los dos ancianos estaban sentados frente a la hoguera asando castañas de la fertilidad para bendecir la boda de la hija de Btrrnfjhyjhnehgewydn cuando la figura desnuda del humano salió disparada de la tienda y empezó a correr a través del campamento hacia la pequeña nave verde de transporte. Abrió la boca y gritó mientras corría:

—¡Cambio de planes! *¡¡Nos piramos por patas!!*

CAPÍTULO 9

La voz del controlador de vuelo ciberiano sonaba por el altavoz del comunicador en medio de una supernova de luces intermitentes en el panel de instrumentos del Starbug. Repitió la petición del número de identificación de la nave y el código de autorización para aterrizar. Por tercera vez en otros tantos minutos el Gato la ignoró. En su lugar, tiró hacia atrás de la palanca de mando y se agarró mientras un tornado impactaba de lleno en la panza del Starbug como un gancho de boxeo bien lanzado y dejaba la nave temporalmente fuera de control.

La voz era implacable. «Tenga la bondad de comunicar el número de identificación de la nave y el código de autorización para aterrizar».

Los ojos de Kryten barrieron el radar en busca de señales de vida. No tenía ningún sentido. Lotomi 5 tenía solo 800 kilómetros de diámetro y ya habían peinado el planetoide dos veces, pero por alguna razón seguían sin poder encontrar Ciberia. El Starbug pasó ladeándose junto a una cornisa gigante de arena mientras él tecleaba instrucciones en el ordenador de navegación.

—Todavía nada.

—Este es el último aviso. Por favor, indiquen el número de identificación de la nave, junto con el código de autorización para aterrizar, de lo contrario una flota de ciberceptores despegará para entrar en combate con su nave.

Lister cruzó una mirada de frustración con Kochanski, luego introdujo un comando de búsqueda en el ordenador. Nuevamente mostró un mensaje de «Lo sentimos, su búsqueda no produjo ningún resultado». Estrujó un vaso de poliestireno con rabia. Tenían tal vez diez minutos antes de que los ciberceptores les atacaran y no podían dejar en tierra a ninguno de los dos equipos de asalto hasta que no tuvieran localizada la colonia penal. Se sentía impotente. Frustrado e impotente. Pasó junto al grupo de droides de combate que estaban sentados en la sección central, armados y listos para saltar, luego entró en la cocina, donde se puso a devorar un paquete de cereales de desayuno. ¿Qué demonios iban a hacer si entraban en combate? El Starbug era un vehículo de transporte de nave a superficie, lo más letal que tenían a bordo era su receta secreta de perritos con chile.

—Allí. ¡Allí está! —el Gato desplegó su famosa sonrisa de cuarenta dientes y señaló en el radar una cruz amarilla intermitente que indicaba una gran fuente de energía—. Debe ser que el radar no lo veía por la tormenta. Agarraos, compadres y compadras, voy a bajar.

El Starbug descendió por debajo de la tormenta de arena y pasó a baja altura sobre una carretera serpenteante que salía de la colonia penal antes de echarse a un lado y hacer un aterrizaje vertical en la cuenca de un grupo de dunas. Las patas de aterrizaje se plegaron como un fuelle y la nave cayó con torpeza sobre la panza, como si fuera un camello bactriano que va a echarse a dormir. Los motores se fueron apagando y los retros se detuvieron con un chirrido.

Se abrió una escotilla en la tarde desértica cada vez más fría y tres figuras se encaramaron al techo de la nave portando diversos equipos en las mochilas. Una vez fuera, cerraron la puerta de la escotilla y empezaron a trepar para salir de la cuenca, en busca de la carretera. Mientras ascendían a duras penas por la duna, el Starbug pasó con gran estruendo por encima de sus cabezas, en dirección a Ciberia.

Rimmer se caló bien el sombrero de safari para protegerse los ojos de la película de arena fina que los vientos alisios estaban levantando de las dunas y bajó con dificultad hasta la carretera. La autopista, construida en el ancho cauce de un arroyo y salpicada de socavones, recorría todo el largo del asteroide, desde las viviendas de los foigs situadas en el sur hasta Ciberia que se encontraba en el noroeste. Durante casi un kilómetro el destacamento de tres miembros caminó en silencio, reservando energías.

Normalmente, Rimmer disfrutaba caminando. De hecho, en otros tiempos le gustaba ir de excursión, subiendo las colinas y escarpaduras de Io, pero el nudo de tensión que se le estaba acumulando poco a poco en el estómago le estaba estropeando el paseo. No por vez primera, se preguntó qué hacía él allí.

¿Por qué él?

Él no estaba hecho para los golpes de mano en instalaciones enemigas. No era el típico machote. Él era alguien que había necesitado apretar una mano amiga cada vez que había ido al dentista, una costumbre que no abandonó hasta los veintiocho años. Era alguien que tenía un certificado médico de padecer miedo a la sangre. Por eso nunca había llegado a ser un neurocirujano famoso. Una pequeña gota de esa cosa y se caía de espaldas antes que su madre en presencia de un oficial de alto rango.

Lo que sí se le daba bien a Rimmer era pensar, conspirar, mandar hombres, no luchar; él valía para sentarse en lo alto de la colina en la tienda del general a planear la campaña y beber vinos de calidad.

Desde luego no era un soldado raso de infantería. Era demasiado inteligente para ser valiente. Por eso nunca había padecido la estúpida subida de sangre a la cabeza que hace a un hombre tirarse encima de una granada para salvar a otro. Sería más probable que él cogiera a un hombre y lo tirara sobre la granada para protegerse a sí mismo.

Se acordó de una antigua novia, Ivonne McGruder. Tuvieron una aventura tórrida en los viejos tiempos del Enano Rojo; no había durado mucho más de un largo y glorioso fin de semana, pero Rimmer todavía pensaba en ella. Ella le había descrito bastante bien una vez. Había dicho que él era un hombre valiente atrapado en el cuerpo de un cobarde. A Rimmer le gustaba esa definición de sí mismo.

—¿Qué os parece esto? —Kochanski se detuvo bajo un poste de telégrafo en el arco de una curva cerrada a la izquierda.

Kryten cambió su sistema visual a largo alcance y examinó la carretera del desierto.

—Excelente. Está bien protegido y podemos enterrar el equipo justo detrás de ese pequeño montículo de arena —señaló un punto a diez metros de la carretera.

Rimmer miraba mientras Kochanski trepaba por los peldaños del poste meneando los hombros y Kryten se ponía a quitar las cubiertas de lona de los ordenadores y a conectar los cables en serie en los puertos.

Un oficial de verdad no habría trepado por el poste meneando los hombros. Un oficial de verdad habría delegado en alguien. Un oficial de verdad habría gritado: «Rimmer, deja de mirar a las musarañas y súbete a ese poste. Eres un puñetero gusano. ¿Qué eres?». Y él habría tenido que responder: «Soy un puñetero gusano, señora, subo ahora mismo al poste, señora. Gracias, señora». En ese caso ella habría sido una oficial de verdad y puede que en ese caso él la habría respetado un poco.

De pronto, se dio cuenta de que ella le estaba hablando.

— …Rimmer… ¿Rimmer?

—¿Eh?

—¿Me está escuchando?

—¿Qué?

—Los cables. Páseme los cables.

—Por supuesto —un trampantojo de sonrisa afectuosa se dibujó en sus labios—. Y seguimos siendo de la opinión de que este es un buen plan, ¿verdad? ¿No hemos cambiado de idea ni nada?

Ella le destripó con la mirada y empezó a conectar los cables a las fibras de vidrio de la línea del telégrafo con unas pinzas de corriente. Rimmer siguió a lo suyo.

—Si no recuerdo mal, en historia militar había un general japonés muy famoso llamado Kamikaze que se distinguió por su forma tan original de entrar en batalla. Es reconfortante saber que estamos siguiendo los pasos de uno de los verdaderos grandes pensadores militares.

Kryten encendió el ordenador e introdujo una serie de comandos en su base de datos. Giró el cilindro, sacó el disco rosa, que reflejó un leve resplandor sobre su placa pectoral, luego instaló el programa en el disco duro del ordenador y esperó. Tras unos segundos apareció un aviso en la pantalla.

Acaba de instalar el VIRUS DE LA OSCURIDAD en su base de datos. El VIRUS DE LA OSCURIDAD desestabiliza la relación electrón-protón de la carga eléctrica a su paso por ella. En realidad, el VIRUS DE LA OSCURIDAD destruye la electricidad.

¿Tiene el disco antídoto? Pulse S/N.

Kryten pulsó la «S» y esperó a la siguiente instrucción.

Por favor introduzca el disco antídoto.

Kryten metió el disco antídoto y recibió la autorización para teclear el código de acceso. Escribió Har Megiddo 46758976/Kry, el código numérico que le habían dado los kinitawowis, y puso en marcha el contador. En diez minutos, el virus de la oscuridad se descargaría en las fibras ópticas del cable telefónico y luego saldría disparado hacia Ciberia. Cinco segundos después de eso ya no habría electricidad en todo Lotomi 5. Justo el tiempo suficiente para que Lister y el Gato se colocaran en posición para el asalto a Ciberia.

Se oyó un ruido.

En el cielo. Un sonido atronador de algo que se acercaba a toda velocidad. De repente la arena se levantó en una multitud de tornados. Los Ciberceptores sobrevolaron la duna en formación de rombo, apareciendo por encima de sus cabezas y alumbrando el desierto con los faros de sus panzas.

—Al suelo —Kochanski le dio un golpe a Kryten a la altura de la cintura y le empujó contra la arena. Se quedaron tumbados durante un rato mientras las naves pasaban por encima.

Kochanski escupió un trozo de desierto.

—¿Nos habrán visto?

—Pues claro que nos han visto: están buscándonos. Los kinitawowis nos han tendido una trampa —dijo Rimmer con cara seria.

—La tormenta de arena no favorece la visibilidad, señor. Creo que hay muchas probabilidades de que no nos hayan visto. De pronto, los cazas dieron la vuelta por la derecha y se dirigieron hacia ellos.

Los ciberceptores aterrizaron a doscientos metros de donde estaban tumbados. Dos portones de carga se abatieron y diez buggies de seis ruedas, con sus enormes ruedas de goma, bajaron a tierra, cada uno con un pelotón de ocho guardias ciberianos. Todos armados y con los cascos puestos, preparados para la batalla. Los buggies salieron disparados en todas direcciones.

Kryten asomó la cabeza por encima de una cresta de arena y observó detenidamente los diez vehículos que inspeccionaban la carretera. Diez minutos para el lanzamiento del virus.

—¿Qué hacemos? —Rimmer arrugó la frente en una marca ininteligible de ansiedad.

Kochanski lo pensó durante un momento. Si los foigs encontraban el virus de la oscuridad estaban acabados. Era la única baza que tenían. Se limpió la arena de la cara.

—Tenemos que coger el virus de la oscuridad antes de que lo hagan ellos y largarnos de aquí.

—¿Y qué pasa con el señor Lister y el Gato, señora?

—Si perdemos el virus de la oscuridad no tenemos nada. No hay otra alternativa.

—¿Está loca? —dijo Rimmer—. No hemos venido hasta aquí...

—¿Quiere acabar en Ciberia también? —gritó ella.

Se oyeron cinco chasquidos fuertes a sus espaldas. Se dieron la vuelta y se encontraron con los cañones de cinco arpones electrónicos T27 con cargador de clip.

—¿Dónde está vuestra nave?

Kryten sonrió con cara de inocente.

—No tenemos nave.

El capitán foig dio un paso adelante. Al igual que los otros guardias ciberianos, era un delamono. Kochanski se echó a temblar: tenía la cabeza gris mate y la nariz de botella de un delfín, las patas largas y flacas de una langosta y los brazos y la parte superior del cuerpo de un mono. Despacio, sacó un hololátigo de su cinturón. La lengua de luz naranja flotó en el aire, como una danza de serpiente.

—¿Dónde está vuestra nave? —dijo en tono rasposo con una voz de pato.

—Se lo prometo, señor, no tenemos...

El estallido del látigo atravesó la noche desértica y rebanó la pierna derecha de Kryten como si fuera una barra de mantequilla. Estupefacto, Kryten vio caer su pierna al suelo con un ruido metálico.

—Dios mío —Rimmer se tapó la boca con la mano.

—Por favor, llevadnos a vuestra nave —dijo el delamono con un tono apacible.

Kochanski recogió la pierna de Kryten y asintió con la cabeza.

El buggy todoterreno enfiló por la carretera del desierto. Kryten iba sentado en la parte de atrás entre Kochanski y Rimmer, agarrando con fuerza su pierna mutilada con láser. Dudaba de que se pudiera reparar; desde luego requeriría una operación a gran escala para reconectar todos los tendones dañados. Comprobó su nivel de trauma: todavía alto. No se había estresado tanto desde que se le cayó el suflé en la Nova 5 tiempo atrás. Era la primera vez que entraba en la cocina y encima era para el cumpleaños del almirante de vuelo. Qué vergüenza, qué ignominia; todavía se ponía colorado solo de pensarlo. Volvió a mirarse la pierna. ¿Quién iba a querer un mecanoide que estaba físicamente imperfecto? No había otra opción: presentaría su cese voluntario.

Comprobó su nivel de autoestima: estaba en cero absoluto. Excelente. Al menos eso seguía estando normal.

Eso es, cuando fuera conveniente borraría su disco duro y cerraría su programa. Era la única solución.

No. Eso era una estupidez. Una idiotez ridícula. ¿Pero cómo iba a apagarse a sí mismo? ¿Quién narices iba a recoger sus restos? Apagándose a sí mismo dejaría todo por medio. Lógicamente, en consecuencia, tenía que seguir vivo. Ahora no podía pensar en eso. Miró su reloj. Tres minutos para el lanzamiento del virus de la oscuridad.

De repente el vehículo aminoró la velocidad al acercarse a una curva cerrada a derechas que le sonaba demasiado. El poste de telégrafos también le sonaba. Kryten contuvo la respiración. Pasaron de largo sin problemas. El buggy cambió de marcha y pisó a fondo por la autopista.

—Alto.

El buggy frenó en seco. El capitán foig levantó la mano y observó la línea de pisadas que venía de la cresta de una duna y llegaba a la carretera. Contempló detenidamente las huellas, luego giró la cabeza por encima del hombro y miró hacia atrás en la dirección por la que habían venido.

—Da marcha atrás.

El buggy retrocedió marcha atrás trescientos metros antes de que el delamono diera el alto en el arco de la curva; justo al lado del poste de telégrafos que tenía los cables del módem.

Kryten miró el reloj otra vez. Dos minutos. Nivel de tensión: a punto de explotar.

—¿Qué es eso? —el capitán señaló la cinta aislante que había alrededor del poste y que sujetaba los cables en su sitio.

Kryten se quedó mirando mientras el delamono bajaba del buggy de un salto y se acercaba despacio hasta el poste. Arrancó la cinta de cuajo y los cables quedaron sueltos. Luego siguió los cables hasta la base del poste.

—¿Qué es esto?

Tiró del cable y lo desenterró de la arena del desierto. El delamono lo siguió hasta el ordenador enterrado dentro de su caja de plomo.

—¿Qué es esto?

El delamono cruzó corriendo hasta el poste de telégrafos y empezó a trepar por él.

El reloj de Kryten. Un minuto.

Llegó a lo alto del poste y se fijó en las pinzas de corriente conectadas a las fibras ópticas de la red de suministro.

—Están metiendo algo en el suministro eléctrico.

Dos soldados delamonos saltaron del buggy y dispararon contra la caja de plomo del ordenador.

Los electrones rebotaron contra el plomo en una lluvia de chispas.

Treinta segundos.

El delamono sacó su hololátigo y lo encendió. El azote de luz naranja cobró vida. Miró a Kochanski con cara de desaprobación mientras levantaba el haz trenzado contra los cables que recorrían de arriba a abajo el poste telegráfico.

CAPÍTULO 10

El gato volvió la cara hacia la pared de monitores.

—Dos minutos.

—Vale.

Lister se colocó el paracaídas y se unió a la fila de droides de combate que esperaban junto a las puertas abiertas de la bodega. Se quedó detrás de uno que solo tenía cintura y un par de piernas, a quien ingeniosamente habían apodado «Piernas», y observó la fila.

Cuando al principio Kochanski había planteado la idea de rescatar a su otro yo, se había imaginado que sería más un trabajo de equipo. Se había hecho a la idea de que a la hora de infiltrarse en la colonia penal, al menos tres miembros de la tripulación le acompañarían. En lugar de eso, le acompañaba un pelotón de droides parcialmente mutilados. Kryten, admitió, no podía venir, por culpa de su programa. Kochanski, con su formación en ingeniería electrónica, era su mejor baza para sabotear las líneas ópticas, de manera que ella también tenía que ir en el primer grupo de asalto. ¿Pero cuál era la excusa de Rimmer? En el último momento se había presentado diciendo que era alérgico a los paracaídas.

—¿Alérgico a los paracaídas?

—Muchísimo.

—¿De qué demonios estás hablando, Rimmer?

—Es por la mezcla de sedas en la tela del paracaídas. Me provoca sinusitis. Los primeros diez minutos después de tocar suelo me lloran tanto los ojos que no me dejan ver nada.

Por supuesto nadie le creyó, pero les prometió que aportaría las pruebas documentales si algún día regresaban al Enano Rojo. No había nada que no fuera capaz de hacer con tal de salvar su propio pellejo huesudo. De modo que solo quedaba el Gato, y aunque él había querido venir, alguien tenía que pilotar.

Así que solo quedaba Lister.

Solo Lister y los Doce Deformes. La voz del Gato volvió a irrumpir en la pantalla.

—Bueno, colegas. Ha llegado la hora. Treinta segundos para el apagón. Estamos en posición. ¡Ahora!

El primer droide de combate se tiró de la nave, seguido rápidamente del segundo. Lister comprobó su bazookoide, se palpó las granadas de reserva ocultas en su mono de vuelo y saltó al vacío en el aire cálido de la noche.

A quince metros de la bóveda de plexiglás de la colonia soltó la primera descarga del bazookoide. El proyectil impactó contra la cúpula e hizo añicos el centro de la estructura, con un ruido sordo y amortiguado. El techo se combó, luego se descolgó al ceder las vigas de apoyo y por último, acompañado de un crujido cómico, se vino abajo. Uno a uno los droides fueron cayendo por el agujero abierto directos al corazón de la colonia penal.

Lister hizo un aterrizaje perfecto como tantas otras veces había hecho en el simulador de realidad virtual pero, para su horror, cuando miró a la derecha para soltarse el paracaídas vio un batallón de albosapos corriendo por el pasillo en su dirección. Casi a cámara lenta, levantaron sus arpones láser y dispararon contra su cuerpo indefenso.

«Piernas», «Zurdo» y «Diestro» aparecieron de ninguna parte y formaron una pared sólida de droides delante de él. Los arpones láser impactaron contra sus cuerpos y explosionaron en una serie de llamaradas inofensivas. Se deshizo de su paracaídas y los tres droides le escoltaron, andando de lado, hasta refugiarse en un recoveco de la pared que albergaba una escotilla.

Lister asomó el ojo derecho y echó un vistazo al pasillo. Los foigs estaban recargando los arpones en un enchufe de pared.

Miró su reloj. El virus ya debería haber entrado. Los arpones láser deberían haber quedado inservibles, se suponía que no iban a tener oportunidad de recargarlos.

Ese era el plan: resistir la primera oleada de fuego y luego, una vez hubiera actuado el virus, la colonia entera estaría indefensa.

Un rayo de arpón estalló en la pared justo encima de la cabeza de Lister, cayéndole una ducha de chispas voladoras. «¿Qué estáis haciendo, tíos?» dijo para sí en voz baja. «¿Por qué sigue habiendo corriente?».

El hololátigo flotaba sin esfuerzo en la bochornosa noche desértica cuando el delamono inició su azote descendente para amputar el virus de la oscuridad del módem.

Entonces algo persuadió al delamono de no hacerlo.

Era Kryten. Bueno, la pierna de Kryten para ser precisos, que voló por los aires como un boomerang y le atizó en la parte derecha de su morro imberbe. El delamono giró a un lado y cayó en picado contra la dura carretera del desierto con un sonido estremecedor de huesos rotos.

El reloj de Kryten. Cero segundos.

El virus de la oscuridad salió despedido del ordenador, subió a toda velocidad por el poste telegráfico, entró en el suministro principal y se lanzó como un cohete por la autopista, destruyendo la carga eléctrica a su paso. A los tres nanosegundos de haberlo soltado llegó a Ciberia. Atravesó todas las defensas y cinco nanosegundos después de eso toda la corriente de la colonia penal había sido exterminada. Luego el virus de la oscuridad llevó a cabo su último ataque mortal. Descendió al núcleo del asteroide y arrasó el generador de gravedad artificial. Con la misión cumplida y toda la electricidad de Lotomi 5 destruida, el virus empezó a crepitar y a echar chispas para acabar ardiendo en llamas.

—Matadle —el delamono yacía en el suelo en una contorsión gimnástica de huesos rotos, llorando en silencio para sus adentros. Levantó su único brazo bueno, señaló a Kryten y repitió la orden—. Matadle.

Kochanski estaba de pie en la parte de atrás del buggy todoterreno.

—Eh, mirad eso.

Unas gafas de ventisca se habían elevado del asiento del vehículo y estaban flotando en el aire. Pronto siguieron a las gafas de ventisca unos prismáticos monoculares que habían dejado en el salpicadero.

Las cejas de Rimmer se hundieron de miedo, como dos coches que frenan a punto de sufrir un choque frontal.

—Estamos perdiendo gravedad.

Su cuerpo levitó sobre el asiento y empezó a flotar a través del techo abierto del transporte hacia el desierto.

—Estoy perdiendo gravedad. Estoy... —el grito de Rimmer dejó de oírse al salir flotando del camión.

Kryten se lanzó a por él y logró agarrarle por el tobillo.

—Cálmese, señor, ya le tengo. No, espere un momento, yo también me voy...

Kryten, sin soltarse del tobillo de Rimmer, también salió por el techo.

Kochanski se apresuró tras ellos, saltó desde el asiento del camión, que parecía desafiar a la gravedad, y consiguió atrapar el pie de Krytren. Intentó sujetarle por el tobillo pero ella también empezó a flotar hacia el cielo. Cuando sus pies llegaron a la altura del chasis del techo, se enganchó a la barra por los empeines. La cadena de cuerpos se detuvo con una sacudida.

—Buen plan. Un plan genial —se quejó Rimmer desde arriba—. Destruir la electricidad de todo el asteroide, incluido el generador de gravedad artificial. A lo mejor nos dan algún premio por este plan tan bueno: el Premio General Custer a la mejor anticipación.

—¿Qué hacemos? —chilló Kryten.

—No voy a aguantar —se lamentó Kochanski.

Los dos soldados delamonos se abrazaron al poste, sin saber muy bien qué hacer. Por fin, el que estaba más cerca del vehículo atravesó de un salto el trecho de cinco metros que había entre el poste y el transporte y logró por poco agarrarse al guardabarros. Se impulsó y montó de nuevo en el camión. El soldado encendió su arpón.

—Fuera. Salga del transporte.

Kochanski dijo:

—¿Podemos discutirlo?

Él le dio un golpe en los tobillos con la culata del rifle y la cadena de tres se soltó del camión.

El delamono arrancó el vehículo, se detuvo a recoger al capitán y al segundo soldado y se marchó por la carretera.

Rimmer, Kryten y Kochanski hicieron un rizo lento en el aire.

—Agárrense al cable del telégrafo —gritó Kryten desde abajo y los tres pasaron a una posición agazapada encima del cable.

Se quedaron mirando mientras el transporte aceleraba por la carretera, hasta que se topó con un bache en medio de la calzada, entró en ingravidez y salió por los aires antes de chocar en la cresta de una duna escarpada y explotar en una llamarada azul con forma de mancha de tinta del test de Rorschach.

Las botas de vuelo con suela de goma de Lister rechinaban en el pasillo mientras corría detrás de Piernas, Bader y Beethoven antes de meterse en un entrante de la pared cuando una ráfaga de llamas abrasó un equipo de generación de oxígeno suspendido a un palmo de su cabeza. Se agachó en cuclillas y trató de recuperar el aliento.

Aplastó la mejilla contra la pared y echó un vistazo a su izquierda; los guardias ciberianos correteaban de un lado a otro por el pasillo ligeramente curvado, yendo y viniendo a las tomas de corriente repartidas por toda la pared. Quince, tal vez veinte guardias. Asomó el bazookoide al pasillo y descargó una ráfaga de disparos hacia el techo. Eso no les detendría más de dos segundos. No podía hacer otra cosa. Iba a tener que retirarse. Miró hacia la derecha: los guardias ciberianos avanzaban yendo y viniendo a las tomas de corriente por ese lado también.

Lo que daría por un poco de ayuda.

Echó un ojo a Saliva, que estaba ocupado intentando hacer una enorme burbuja de baba de quince centímetros, sacudiendo los hombros adelante y atrás con su risa enfermiza, mientras que Sincabeza estaba peleándose a ciegas con un cartucho de munición que intentaba introducir en su bazookoide.

Lister exhaló un suspiro.

—Trae aquí.

Sincabeza le hizo una señal de aprobación con el pulgar.

—Guardias por la izquierda y guardias por la derecha. ¿A alguien se le ocurre algo?

Sincabeza asintió con el cuello efusivamente.

—¿Se te ha ocurrido algo, Sincabeza? A ver, cuenta.

Sincabeza señaló a la pared del otro lado del pasillo.

—¿Quieres saber qué hay en esa dirección?

Asintió con el cuello otra vez.

—Una pared.

Sincabeza volvió a hacer el gesto de aprobación con el pulgar.

—¿Cuál es tu plan? ¿Atravesar la pared?

Asintió de nuevo.

—¿Sabes de qué está hecha la pared?

Sincabeza negó con el cuello.

—¿Te da igual?

Sincabeza agitó el cuello arriba y abajo.

—Vale, si tú crees que puedes hacerlo, a por ello, tío.

Sincabeza se echó para atrás hasta el fondo del entrante y luego salió disparado cruzando el pasillo en dirección a la pared. Lister cerró los ojos. Se oyó un ruido de mampostería rota. Abrió los ojos y vio una fina nube de polvo y un montón de ladrillos rotos delante de un agujero con la forma aproximada de Sincabeza.

Lister se descolgó un segundo bazookoide del cuello y, disparando hacia los dos lados, salió corriendo al pasillo y se metió de cabeza por el agujero, seguido de Piernas, Diestro, Saliva, Van Gogh y Nelson.

Se levantó del suelo. Un mar de cabezas con cascos flotaban en la superficie de un lago rosa gigante. Miles y miles de cabezas, todas prisioneras de sus propias mentes. Lister se quedó boquiabierto sin poder creerlo. Esto era.

Había llegado.

Ciberia.

Sin previo aviso, todo se sumió en la oscuridad. Un manto grueso e impenetrable de tinieblas encarnadas.

Lo único que se oía era el zumbido decreciente del sistema eléctrico agonizante.

Lister sonrió. Por fin algo estaba saliendo bien. Habían conseguido cortar la corriente.

De repente notó que sus pies se estaban levantando del suelo.

Estaba flotando. Flotando en el aire. Se puso a dar patadas de forma inútil mientras ascendía desde el suelo. Entonces se golpeó con algo; algo duro que se movía muy deprisa. Qué era, nunca llegó a saberlo. El dolor hizo estallar dos cargas explosivas detrás de sus ojos y perdió el conocimiento.

Levantó los párpados despacio, con mucha cautela, como si fueran un par de rejas enrollables delante de un escaparate.

Todo seguía estando negro y él seguía flotando en el aire.

Medio grogui, buscó a tientas su bazookoide y encendió la mira de visión nocturna del arma. Estaba suspendido sobrevolando el ciberlago, girando de pie mientras trataba de hacerse sitio entre los ciberprisioneros, que se habían liberado del lago y de sus cascos. Abajo, los guardias foigs estaban agarrados a las columnas de arenisca pidiendo socorro a gritos.

Su mente empezó a pensar con claridad: los asteroides son demasiado pequeños para generar su propio campo gravitatorio, la gravedad de Lotomi 5 debía de ser artificial y ellos se habían cargado el sistema de GA.

Cerró los ojos y se puso a pensar.

No se estaba mal aquí, flotando en la oscuridad. Casi que era relajante. Las refrescantes burbujas de agua, frágiles y suaves, rebotaban en sus mejillas, ascendiendo hacia la bóveda de la estancia aspiradas por el último aliento de los extractores del sistema de oxígeno. Observó a través de la mira nocturna y vio bajo sus pies la enorme hondonada vacía del suelo. ¿Cómo es que no se había dado cuenta antes?

Entonces lo entendió.

No se había dado cuenta antes porque no había estado allí hasta ahora. Esta cuenca, esta gigantesca ensenada seca, era lo que había contenido el ciberlago. Antes de que el agua se hubiera ido.

¿Pero irse adónde? ¿Dónde demonios podía estar el agua?

Apuntó la mira nocturna hacia el cielo. Encima de él estaba el ciberlago. De unos siete, o como mucho nueve metros de profundidad y directamente sobre su cabeza. Libre de gravedad y aspirado por el aire comprimido que escapaba del sistema de generación de oxígeno, su cuerpo fue tragado por las aguas.

El pánico le entró como si fuera una gota de una pipeta letal y empezó a extender su veneno. Se estaba ahogando. Y no había nada que pudiera hacer para impedirlo. Empezó a hiperventilar.

La sola idea de ahogarse le había aterrorizado desde que era pequeño, cuando se había caído en el canal de la ciudad. Aparte de que se lo comieran vivo las ratas y de que le asaran las gónadas a la parrilla, esta era para él la peor forma de decir adiós a la vida.

Tenía que hacer algo. Estaba yendo en la dirección contraria. En dirección contraria y demasiado despacio. Tenía que encontrar algo sólido, algo que le sirviera de trampolín para salir del lago y volver a lo que quedaba de oxígeno. Miró a su alrededor. No había nada.

Nada.

Y seguía subiendo y hundiéndose cada vez más en las aguas rosas del ciberlago.

Pasaron treinta segundos.

Treinta y cinco. Cuarenta.

Una bola empezó a formarse en sus pulmones. Una bola de fuego, como unas brasas candentes en su interior. Sus costillas no podían contenerla. El pecho le iba a explotar. ¿Qué podía hacer?

Entonces le vio forcejeando con un droide rebelde, agarrándole del brazo y utilizándolo de trampolín para impulsarse hacia abajo. Luego se quedó flotando delante de él. Mirándole.

Su otro yo. Su doble.

Le había encontrado. Pero era demasiado tarde, porque ahora los dos iban a morir. Antes de haber llegado a conocerse. Antes de haber hablado siquiera. Su otro yo le miró, con la cara indiferente, luego se le subió a los hombros, se impulsó alejándose del cuerpo de Lister y desapareció tras el batiburrillo de cuerpos agitados.

Lister siguió nadando. El carbón del interior de su pecho cada vez quemaba más. Cada vez se hacía más grande.

Y allí arriba lo vio: el techo abovedado de la sala cibernética. Lo miró con los ojos entrecerrados a través de la oscuridad de las aguas. Ahí estaba la superficie sólida que buscaba para poder impulsarse, para poder bajar de vuelta al aire, de vuelta al oxígeno.

Se giró boca abajo, apoyó los pies en el techo con las piernas separadas como una rana y se dio impulso. Por fin estaba bajando hacia la superficie.

Por fin estaba bajando hacia el oxígeno.

Entonces se paró y empezó a subir otra vez arrastrado por la corriente. Nulo. Ni siquiera un par de metros.

Se notaba los pulmones como si fueran balones medicinales.

Iba a perder el conocimiento. No, todavía no. Un intento más. Uno más.

Por segunda vez plantó los pies en el techo y se dio impulso.

Comenzó a bajar y bajar.

Tres metros. Cuatro metros. Agitó los pies y las manos batiendo el agua mientras se estiraba para alcanzar la superficie. Cuatro metros y medio. Cinco. Cinco y medio.

Iba a conseguirlo. Podía ver la luz. Podía ver el aire. El oxígeno. Seis metros y medio.

Abrió la boca preparándose para aspirar todo un continente de aire cuando sucedió algo. Algo que le arrancó el alma. A diez centímetros de la superficie empezó a subir.

Por diez centímetros. Por diez cochinos centímetros.

¿Y ahora qué? ¿Otro intento? No tenía las fuerzas. No tenía más tiempo. Con suerte le quedaban diez segundos. Diez segundos antes de quedarse inconsciente. Diez segundos en los que tenía que hacer algo. ¿Cuál era esa palabra que Kryten solía utilizar? Esa forma especial de pensar. Cuando te planteas un problema de otra forma diferente. ¿Darle la vuelta y enfocarlo desde esa perspectiva?

Seis segundos.

La falta de oxígeno le había nublado la mente. La palabra. ¿Cuál era esa palabra?

¿Cuál era?

Qué más daba. Tenía que hacer esa palabra cualquiera que fuera. Hazlo. Haz eso. Se llame como se llame.

¿Cómo era? Pensamiento lateral. Esa era la expresión. Piensa de forma lateral. Muy bien, eso era lo que iba a hacer. Una voz interior empezó a hablar con él.

—*¿Qué te hace falta para sobrevivir?*

—Oxígeno.

—*¿Dónde está el oxígeno?*

—En la superficie.

—*Entonces, ¿cuál es el problema?*

—No tengo fuerzas. No puedo alcanzarla.

—*¿Y cuál es la única alternativa que te queda entonces?*

—No hay alternativa.

—*Piensa.*

—No puedo pensar. Estoy demasiado cansado.

—*Piensa de forma lateral.*

—¿De forma lateral? Piensa de forma lateral. Vale, ya lo tengo. Convertirme en pez.

—*Eso es lateral pero estúpido. Prueba otra vez.*

—Una alternativa a coger oxígeno de la superficie.

—*Date prisa.*

—Una solución.

—*¿Cuál?*

—Encontrar otra fuente de oxígeno, en otro sitio.

—*Bien.*

—En algún sitio que esté A MI ALCANCE.

—*Lo estás haciendo muy bien.*

—¿Dónde?

—*¿Qué es lo único que tienes al alcance?*

—El techo. Tengo que romper el techo. El agua será succionada al exterior a través del agujero. Y el oxígeno remanente podrá ascender flotando hasta mí.

Lister se hundió hasta el fondo del ciberlago y examinó la superficie del techo. Una filigrana de grietas se extendía por su superficie. La presión del agua estaba quebrantando la capa exterior de la cúpula. Pegó un golpe fuerte con el talón en una placa agrietada. Una nueva filigrana se dibujó en el cristal. Volvió a pegar un golpe con el pie una segunda vez.

Y una tercera, y una cuarta.

Poco a poco, el agua empezó a colarse por las grietas, como si estuviera siendo atraída hacia fuera por un aspirador increíblemente potente.

Saltó de nuevo, esta vez golpeando con los dos talones en la plastiplaca. La placa se rompió y el agua empezó a desaparecer por el agujero perdiéndose en el cielo de la noche.

El lago empezó a vaciarse.

Pero sus pulmones ya no tenían nada para darle. No les quedaba nada con que poder mantenerle consciente. Ni siquiera durante los pocos segundos que tardó el lago en desbordarse en el cielo anochecido del asteroide.

Se desmayó.

Vio unas caras. Oyó voces. Y luego se desvanecieron y no quedó nada.

Tan solo una paz y una tranquilidad que nunca antes había experimentado y Lister supo con seguridad, con más seguridad que nada de lo que había sabido en su vida, que estaba a punto de morir. Hizo un ruido como el de un niño pequeño privado de su juguete favorito. Un gemido de decepción de una sílaba. «Oooh».

Y se murió.

CAPÍTULO 11

Kochanski estaba colgada de los cables del poste telegráfico, agarrada a los cables de goma aislante mientras sus ojos escudriñaban el cielo anaranjado buscando alguna señal del Starbug.

Durante los últimos treinta y seis años Lister y ella habían vivido como marido y mujer en una realidad en la que el tiempo corría hacia atrás. Habían vivido sus vidas al revés; empezaron siendo un par de viejos chochos y fueron rejuveneciendo juntos poco a poco.

Habían llevado una buena vida. Habían regentado su propio Depósito de Recogida de Alimentos, al que los miembros de la sociedad reversa habían acudido con asiduidad y, a cambio de dinero, habían regurgitado comidas sobre los platos vacíos que Lister y Kochanski ponían en las mesas cada día con diligencia. Una vez que las comidas eran regurgitadas se llevaban a la cocina para descocinarlas. Las patatas se metían en sus peladuras, los huevos en sus cáscaras, el pan se descortaba y los plátanos de los *banana splits* se encerraban herméticamente en sus pieles amarillas. Cuando la comida estaba finalmente descocinada y empaquetada lista para su recogida, ellos pagaban para que se la llevaran. Después los camiones transportarían la comida a unos almacenes gigantescos donde se guardaría hasta que finalmente la carne se convertiría en animales vivos y estos serían liberados en granjas.

La vida en la realidad revertida no era fácil. Habían descriado juntos dos niños estupendos, Mij y Yelxeb; ella a menudo los tenía en su pensamiento. Les habían ayudado a superar los miedos de la adolescencia revertida, una época de lo más confusa, en la que el pus les saltaba de los espejos a las caras, y habían observado embelesados cómo sus hijos empequeñecían hasta que al final se convirtieron en bebés diminutos y regresaron al útero de Kochanski.

Durante treinta y tantos años habían vivido así, treinta y tantos años de vida revertida por los que Kochanski estaba agradecida; después de todo, los dos habían muerto en realidad y transportarlos a un universo revertido era la única forma de devolverlos a la vida. Pero cuando se habían reunido en las cataratas del Niágara, como acordaron, el día del vigesimocuarto cumpleaños de Lister, y Kryten y la pandilla les habían transportado de vuelta a su propia dimensión, o eso pensaban, ella creyó que por fin los dos iban a poder establecerse y llevar una vida normal juntos. Siempre se había imaginado algún tipo de luna desierta que ellos podrían irrigar; y algún tipo de granja y una familia. Una familia normal, creciendo hacia delante. Y entonces tal vez algún día encontrarían un laboratorio médico en alguna nave estelar abandonada y podrían empezar a reconstruir poco a poco la raza humana.

Una vida normal: eso era lo único que pedía. Y para ella, normal era una realidad en la que el tiempo corriera hacia delante y nadie quedaba abandonado a su suerte en un poste telegráfico en una dimensión equivocada de la realidad.

Una nave pequeña y verde apareció en el cielo del amanecer, sobrevolando a baja altura una serie de dunas. Las tres figuras empezaron a gritar y a hacer señales desde el cable del telégrafo. Kochanski arqueó los labios en una sonrisa de alivio. Por fin iban a poder largarse de allí y empezar a buscar a Lister.

¿A quién le importaba qué le hubiera pasado a su otro yo? A ella desde luego ya no y menos si significaba poner en peligro las vidas de todos.

Sonrió. Ahora que había venido el Gato podrían ponerse en estacionario sobre el ordenador, introducir el disco antídoto, extender el virus sanador por el sistema eléctrico y resucitar el generador de gravedad artificial.

Eso era lo primero que tenían que hacer: restaurar la gravedad en Lotomi 5.

Después irían a buscar a Lister. Y ella le pediría perdón por obligarle a embarcarse en esta estúpida misión para encontrar a su otro yo. Luego se largarían a toda prisa a su propia dimensión, recuperarían el Enano Rojo y a Holly y empezarían a buscar un planetoide en el que formar un hogar.

Eso es lo que harían.

CAPÍTULO 12

Pum.

Dolor. En el pecho. Alguien le está pegando.

Pum.

Las costillas le duelen.

Pum.

Tiene que hacer que pare.

Tormento.

Pum.

Levantó los párpados y se quedó mirando a su agresor a los ojos. La persona que estaba haciendo flexiones de brazos sobre su pecho, que le estaba aporreando las costillas con la base de su mano derecha. Tenía los ojos marrones, del color del barro.

Conocía esos ojos.

Los había visto antes, pero no podía recordar dónde. Le sonaban, le sonaban mucho. De repente los ojos se fueron y no veía nada, tan solo la negrura de una noche salpicada de estrellas.

Entonces sintió unos labios pegarse a los suyos, luego unos dedos que le taparon la nariz y por último un chorro de aire que le entraba en los pulmones. Le hizo toser. Un arco de agua salió a presión de su boca, como si fuera un bidón de agua agujereado. Tosió escupiendo y volvió a mirar a los ojos. Ahora también veía una boca. Dos labios, hablándole, gritándole, luego volvieron a ponerse encima de los suyos y le insuflaron aire en los pulmones. De nuevo, le giraron de lado y otra vez un arco de líquido dibujó una C en el aire.

Tosió y se incorporó sentado, resollando encorvado, incapaz de hablar. Levantó la mirada y la clavó en la cara de quien le había salvado la vida.

La cara, exactamente igual que la suya propia, le sonrió.

—Estabas muerto. El corazón no latía. Tenías agua en esos pulmones como para regar el desierto de Cirius 3 —la cara se echó a reír, con brillo en los ojos—. Te he salvado la vida. ¿Sabes por qué?

Lister sacudió la cabeza.

—¿Un tío tan guapo como tú? No me lo podía creer —se echó a reír otra vez—. Me picaba la curiosidad, tío. ¿Quién demonios eres tú?

—Soy una versión alternativa de ti.

—¿Pero qué me estás contando?

—¿Has oído hablar del Omniespacio? El punto en el espacio tiempo donde todas las... —un nuevo ataque de tos le dobló el cuerpo por la mitad. Se sujetó los costados y pasó un rato hasta que fue capaz de continuar—. Es el punto en el espacio tiempo donde suceden todas las trillones y trillones de posibilidades de la existencia. La pifiamos con los cálculos del navegador cuando estábamos atravesando el Omniespacio y fuimos a parar a tu dimensión.

—¿Cómo has conseguido encontrarme?

Lister sacudió la cabeza desconociendo hasta dónde sabía su doble, con miedo de mencionar la nave siniestrada y los cadáveres.

—Suerte. Conocí a un tío en el mercado de Blerios 15. Dijo que te había tendido una trampa.

—Sí, ya sé quién dices... el muy hijo de prostidroide —su cara, movida por el recuerdo, se empañó con fealdad—. Y entonces viniste a sacarme de aquí, ¿verdad?

Lister asintió con la cabeza.

—Y acabaste muriendo tú —su otro yo se echó a reír a carcajadas—. Acabaste muerto por un tío como yo.

—Sabía que íbamos a ser diferentes, teníamos que serlo para justificar nuestra existencia, pero vi tu dormitorio y me dio la sensación de que éramos algo parecidos también. Sentí, no sé, como una especie de lazo, ¿sabes?

Su otro yo le miró con curiosidad y luego moduló la cara en una sonrisa de pocos amigos.

—Bueno, yo no estoy del todo seguro de haber sentido lo mismo.

—¿Dónde demonios estamos, exactamente?

—El tejado reventó unos cincuenta segundos después de que te desmayaras.

Lister echó un vistazo al suelo a través de la mira de visión nocturna. Estaban a unos veinticinco metros, tal vez treinta, por encima del fondo del ciberlago; ambos atados por las muñecas con tiras de ropa rasgada a una de las vigas de un metro de grosor que sustentaban la bóveda.

—He podido atarnos a los dos a esta viga de apoyo.

Ambos miraron al suelo.

—¿Cómo se supone que vamos a bajar de aquí?

La respuesta fue casi inmediata.

Hubo un fogonazo de luz que chisporroteó y se apagó, luego chisporroteó otra vez cuando el sistema eléctrico volvió a funcionar.

—Ha vuelto la luz...

—Eso significa va a haber gravedad en...

Nuca llegó a terminar la frase. En lugar de eso los dos Lísteres empezaron a caer hacia el tanque cibernético vacío que aguardaba treinta metros más abajo, antes de detenerse con un tirón que casi les arranca el brazo al llegar al final de su cadena de jirones.

Lister pegó un grito ante la descarga de dolor que le recorrió el cuerpo. Se balanceó de un lado a otro, chocándose con su otro yo mientras colgaban de la viga del techo.

Se agarró a la cuerda de tela con las dos manos y había empezado a trepar por ella cuando finalmente la gravedad alcanzó el ciberlago del techo abovedado y empezó a caerles encima como un aguacero torrencial.

Lister soltó las manos, resbaló por la cuerda de tela y se quedó allí colgado, sin poder hacer nada, hasta que un ruido entrecortado de rasgadura anunció que la soga había decidido dimitir como soga. El tejido se partió en dos y una vez más los dos Lísteres empezaron a caer hacia el suelo.

Mientras se despeñaban, Lister vio a través de las cortinas de agua que caían cómo los cuerpos de otros internos chocaban contra el suelo en una amplia gama de despachurramientos sangrientos. Los preciosos instantes que había estado colgado de la soga de tela le habían hecho ganar unos segundos muy valiosos. Con un poco de suerte una parte del agua habría vuelto ya al lago cuando él llegara a la superficie. Solo quedaba una duda por resolver: ¿habría suficiente como para amortiguar su caída?

Sólo había una forma de saberlo.

Los dos Lísteres cayeron de pie al lago y se hundieron en sus aguas rosas hacia el fondo. Lister sintió el encontronazo contra el suelo demasiado pronto y se torció el pie izquierdo de un modo salvaje.

Su grito se tradujo en un banco de burbujas arriba en la superficie. Varios segundos después asomó la cabeza en la superficie y nadó con un pie hasta la orilla. Su otro yo registró a un guardia ciberiano ahogado, le quitó el arpón láser y echó a correr hacia la salida.

Lister cojeaba tras él.

—Eh, ve un poco más despacio, hombre, me he hecho polvo el tobillo.

Con el pie medio arrastrando, medio a la pata coja, Lister siguió a su otro yo por una montaña rusa de pasillos, grupos de internos huyendo a la carrera y guardias apurados recargando los arpones láser en las tomas de corriente. Doblaron una esquina y vieron a un droide aturdido vagando en solitario hacia ellos con un arpón láser robado en las manos.

—Tenemos que conseguir un arma para mí de algún modo. Si nos separamos me quedo vendido.

Su otro yo afirmó con la cabeza y descargó su arpón contra el sorprendido droide, que se encogió y cayó al suelo. El otro yo de Lister se detuvo y le lanzó el arpón del droide.

—Tus deseos son órdenes para mí, amo.

—Le has matado.

—Has dicho que querías un arma.

—No quería decir que le mataras. Ni que le quitaras el arma. Me refería a conseguir una en algún momento.

—Bueno, pues haberlo dicho así desde el principio.

—Le has matado. Sin ningún motivo. No hacía falta. Solo era un recluso.

—Tú me has dicho que le matara.

—¿Qué?

—Venía corriendo hacia nosotros y tú has dicho que querías un arma. Cualquiera habría dado por supuesto que querías matarle.

—De eso nada.

—Pues claro que sí.

—¿En serio?

—Sí.

Una sensación de culpa bramaba en su interior como un viento mordaz dejándole pálido. ¿Había ordenado él la muerte de un droide inocente? ¿El miedo a que le capturaran le había llevado a una especie de locura temporal? ¿Había sido culpa suya?

Su otro yo le rescató de sus pensamientos y le devolvió a la realidad.

—Ahora no hay tiempo para esto. Vamos, tenemos que salir de este lugar de mala muerte.

Echaron a correr por el pasillo y llegaron a un cruce.

Lister señaló a la izquierda.

—Por aquí es por donde he venido yo.

Su otro yo sacudió la cabeza.

—Mira, tío, no me digas por dónde se va. Llevo cuatro meses encerrado en este agujero apestoso. Sé perfectamente por dónde se va —giró a la derecha y empezó a correr por el pasillo.

Lister se paró en el cruce, con la cara arrugada en un reflejo de confusión.

—No es por allí. Es…

A su espalda oyó que venían los guardias corriendo. Miró a su otro yo que iba disparado por el corredor de baldosas blancas y se puso a seguirle.

Aunque estaba seguro de que no era por allí.

Giraron a mano izquierda y luego a la derecha, cruzaron dos intersecciones y giraron otra vez a la derecha antes de que su otro yo abriera una puerta situada en el arco de una curva y desapareciera tras ella.

Lister miró la inscripción en código máquina de la puerta, pero no sabía leerlo. No es que importara mucho. Tan pronto entró en la sala resultó obvio a primera vista dónde se encontraban. La enfermería.

—¿Qué estás haciendo? ¿Es por mí? ¿Por mi tobillo? Estoy bien.

Su otro yo reventó de un disparo la cerradura del armario de medicamentos y cogió una botella de alcohol medicinal. Desenroscó el tapón de la botella y se echó dos buenos tragos.

—Cuatro meses sin beber. Juré que sería lo primero que haría.

Lister se quedó pasmado.

—¿Hemos venido aquí para que tú te echaras un trago?

Su otro yo sonrió y se metió otro lingotazo.

—¿Quieres relajarte un poco? Te lo tomas todo muy a pecho.

Lister respiró hondo una serie de veces, tratando de controlar su ira.

—¿Te has equivocado de dirección a propósito para venir aquí a echarte un trago?

Su otro yo apuró el bote y dijo con una sonrisa burlona:

—¡Pero seré sinvergüenza! Lo mío no tiene perdón.

De pronto se oyó el ruido de los guardias registrando la sala contigua. Lister levantó la mano para acallar a su otro yo. Él le ignoró y empezó a desvalijar las reservas de medicinas, leyendo las etiquetas de los frascos de pastillas y metiéndoselos a puñados en los bolsillos.

—Estupendo, bueno, vamos a ver qué más hay por aquí.

Lister le dijo en voz baja:

—Haz el puñetero favor de callarte. Están ahí al lado.

Su otro yo se dio la vuelta y le miró; una fina capa de sudor le cubría la frente, como la condensación que se forma en una pared húmeda.

—No me digas lo que tengo que hacer, ¿vale? Nadie me dice a mí lo que tengo que hacer —se puso el arpón láser debajo del brazo izquierdo, mirando hacia su espalda, y cogió a Lister del cuello. Entonces empezó a golpearle la cabeza contra la pared al ritmo de las palabras de su discurso—: No-me-di-gas-lo-que-ten-go-que-ha-cer. ¿Va-le?

La puerta se abrió con un chirrido y dos guardias aparecieron en la sombra de la entrada, armados con arpones.

—¿Entendido? No se te ocurra volver a decirme...

Una jabalina de luz salió despedida del arpón y explotó contra las dos figuras, matándolas al instante. Los guardias foigs se desplomaron contra el marco de la puerta, luego se tambalearon y cayeron al suelo.

El otro yo de Lister le sonrió a la vez que se sacaba el arpón láser de debajo del brazo y le daba la vuelta para ponerlo bien.

—Perdón por eso. Tendré más cuidado la próxima vez, papá. Venga —hizo un gesto con la cabeza—, cojo mis cosas y nos largamos de aquí.

El otro yo de Lister fue hasta el fondo del almacén de suministros médicos y entró en una sala que partía en ángulo recto. Le dio al interruptor de la luz y caminó por los pasillos de cajas metálicas. Miró el código de su pulsera de identificación, YT6564354, y varios minutos después localizó una caja con el mismo número. El doble de Lister cogió la caja de la estantería y se la puso debajo del brazo.

—Mis pertenencias —dijo a modo de explicación.

Se abrió la puerta y dos cabezas idénticas se asomaron al depósito de vehículos. El aire estaba cargado con el olor de los arpones láser de una banda de reclusos que tenían acorralados a un grupo de ciberguardias que intentaban llegar a la salida de la planta baja gateando por entre los buggies de arena aparcados. A la izquierda Lister vio un jeep aparcado con un lanzacohetes de montura giratoria en la parte de atrás. Agachados, cruzaron deprisa el depósito de vehículos, escondiéndose entre bidones de queroseno y coches aparcados, hasta que llegaron al jeep. Lister hizo un cortocircuito en el sistema de ignición y salieron como un rayo del depósito atravesando la puerta corredera bajo una lluvia de disparos.

Lister se sentó en la parte trasera del transporte mientras su otro yo pisaba a fondo el acelerador hacia el calor del desierto. Durante unos cuantos minutos recorrieron la valla del perímetro buscando una salida de la colonia penal. Echó un vistazo a la parte trasera del vehículo: estaba repleta de arpones láser. Los examinó: estaban todos cargados y con la batería llena. Podrían venirle bien en un momento dado.

—¿Sabes disparar un lanzacohetes? —gritó su otro yo desde delante.

Lister sacudió la cabeza.

—Pues ya puedes ir aprendiendo —le señaló a un grupo de treinta guardias ciberianos que venían corriendo hacia ellos.

Lister sacó unos monoculares del bolsillo del respaldo del asiento y apuntó la mira hacia ellos.

—No van armados.

—¿No llevan armas?

—No.

El otro yo de Lister frenó el jeep en seco junto al batallón de ciberguardias.

—¿No vais armados?

Los guardias se agruparon y retrocedieron ligeramente. Lister se puso de pie.

—¿Qué demonios estás haciendo?

—Solo estoy hablando.

—Conduce el puñetero jeep. Hay que pirarse.

El otro yo de Lister se giró para atrás, cogió un puñado de arpones y se los tiró a los guardias.

—¿Estás mal de la cabeza?

—Es que no es justo que nosotros vayamos armados y ellos no —respondió su otro yo sonriendo abiertamente—. Con esto —arrojó al suelo otro montón de armas—, estamos un poco más igualados.

Con un ligero desconcierto, los guardias recogieron los arpones y empezaron a abrir fuego contra los dos Lísteres.

El jeep se marchó levantando una nube de polvo, perseguido por una oleada de disparos de arpón. Lister se tiró al suelo cuando uno le pasó casi rozando por encima de la cabeza.

—Tú no estás bien.

Su otro yo se doblaba de la risa.

—Oye, en vez de cabrearte conmigo, te sugiero que averigües cómo se dispara el lanzacohetes.

Lister veía a los guardias encoger en la distancia a medida que el jeep aceleraba saliendo de su alcance. Se puso de pie y tiró al suelo los monoculares.

—¡Estás como una verdadera cabra! ¿Se puede saber qué bicho te ha picado? ¿Qué ha sido eso, una especie de broma? Nos ha faltado un pelo para acabar hechos picadillo.

—Aprende a usar el lanzacohetes.

—Ya no hace falta, estamos fuera de alcance.

El jeep dio la vuelta en semicírculo.

—Sí que hace falta porque vamos a volver.

Lister se quedó de pie sonriendo, negándose a aceptar lo que acababa de oír.

—Ya casi estamos —dijo su otro yo en tono burlón—. Vamos de frente a por ellos. Si no aprendes a usar ese lanzacohetes en unos veinte segundos tú y yo vamos a tener un serio problema.

Lister se puso deprisa detrás del lanzacohetes y empezó a toquetear con furia el panel de control. Un cohete salió silbando del cañón y cruzó en llamas la colonia penal antes de explotar contra la alambrada eléctrica del perímetro y echar abajo los postes de cemento. Se asomó a través de la mira e intentó bajarla para apuntar al grupo de ciberguardias que se habían puesto todos en fila para recibir la carga kamikaze del jeep.

La mira no se movía, tenía un sistema de control automático. Aporreó el teclado a la desesperada. Era inútil: necesitaba el código de anulación.

Su otro yo se reía a carcajadas como un loco. Con los ojos inyectados en rabia, daba vueltas en círculo alrededor de los guardias en la periferia de su alcance de fuego.

—Voy a entrar —dijo su otro yo sonriendo—. ¡Allá vamos!

Lister se abalanzó sobre él y empezó a forcejear con el volante. Su otro yo le pegó un fuerte codazo en el hombro y le tiró al suelo de la parte trasera. Se puso de pie a toda prisa, cogió un arpón y le golpeó a su otro yo en la cabeza. Este se desplomó inconsciente en el asiento del conductor.

Los arpones láser pasaban silbando por encima de su cabeza mientras apartaba a su doble del asiento del conductor y se lanzaba con el jeep hacia la valla del perímetro que había hecho explosión. Pasó botando sobre el alambre destrozado y se fue quemando goma por la carretera del desierto lejos de Ciberia.

Después de cinco días y cinco noches casi sin dormir, lo había conseguido. Había rescatado a su otro yo. Miró al cuerpo inconsciente, cuya sonrisa demente seguía plasmada en su cara, y se preguntó si no acabaría siendo el mayor error de su vida.

CAPÍTULO 13

Lister echó unas ramas de arbustos sobre las brasas de la hoguera, luego empezó a pelar el fruto rojo del cactus saguaro con la hoja de su cuchillo. Su otro yo estaba sentado con las piernas cruzadas junto a la fogata, con las manos atadas con una cuerda.

—¿Quieres saguaro?

Su otro yo asintió con la cabeza. Lister le puso el fruto en la boca y le ayudó a comérselo.

—Mira, han sido los tragos. Me han hecho perder la cabeza, pero —levantó las manos atadas— esto no hace ninguna falta.

Te vas a quedar así hasta que averigüe quién eres en verdad.

—Llevo cuatro meses metido en Ciberia, tío. Cuatro largos meses. Eso te trastoca la cabeza. Se tarda un tiempo en adaptarse a la realidad. ¿No te das cuenta?

—¿Qué hay en la caja? —Lister señaló la caja metálica que estaba en la parte trasera del jeep.

—Cosas mías personales. Cartas. Fotos. Ropa. ¿Me estás escuchando? Los perdí a todos —Rimmer, Gato, Kryten, Kochanski— a todos, luego acabé en Ciberia por unos delitos futuros y tú me estás tratando como si estuviera loco de remate porque al salir me he desahogado un poco.

—¿Te importa que la abra?

—¿Abrir el qué?

—La caja.

—Sí que me importa.

—¿Por qué?

—Porque es privado. Hay cosas ahí que nadie tiene por qué saber.

—Por eso mismo quiero verlo.

—Mira, cuando te encierran en Ciberia por un delito futuro, también evalúan con un programa estocástico lo que vas a hacer durante el resto de tu vida. Cuándo te vas a morir y toda la movida. Eso es lo que hay en la caja.

—¿Y no lo has leído?

—No.

—Y naturalmente no quieres que nadie lo lea antes que tú.

Su otro yo le mostró una sonrisa lánguida.

—Ni siquiera sé si me atreveré a leerlo yo. Supongo que lo guardaré hasta que decida qué hacer.

Lister se levantó, reventó la cerradura de un disparo y destapó la caja.

—¿De verdad crees que soy tan tonto como para tragarme una historia como esa?

Miró en el interior y sacó una bolsa de diamantes en bruto de Baquaii, una caja de puros baratos, una vieja pistola de radiación —con la que un día tendría pesadillas— y un puñado de botellas de plástico con pastillas de información. Leyó las etiquetas: la mayoría eran de pastillas de datos, cosas sobre la geografía del cinturón. Las puso en el suelo y miró una vez más dentro de la caja.

—¿Qué es esto?

—¿Cómo es?

Lister lo sacó de la caja.

—Como un brazo.

El otro yo de Lister se encogió de hombros.

—Entonces será un brazo.

—Es más, parece el brazo de Kryten.

Lo sostuvo en las manos dándole la vuelta. Era un brazo derecho, el mismo que le faltaba al cadáver del mecanoide que encontraron en el Starbug siniestrado. había sido cercenado a la altura del hombro con algún tipo de sierra de luz. Se fijó en la pistola de radiación a ver si tenía un dispositivo láser: lo tenía. Luego se dio cuenta de que los dedos atenazados estaban agarrando un trozo de papel. Un trozo de papel por cuya salvaguardia el mecanoide había dado tanto su brazo como su vida. Lister le abrió la mano y desenrolló el papel.

—Son coordenadas galácticas.

Su otro yo permaneció en silencio.

—¿Pero coordenadas galácticas de dónde?

Su otro yo se encogió de hombros.

—Tú los mataste, ¿verdad? Los mataste por esto. ¿Por qué?

Antes de que le pudiera responder el Starbug apareció en el horizonte, sobrevolando a baja altura el desierto con sus característicos reflectores en forma de pera. Lister avivó las llamas de la hoguera con frenesí y subió corriendo a la duna más cercana, agitando en círculos su chaqueta por encima de la cabeza, pegando saltos y gritando. Sin que le vieran, su otro yo se acercó a rastras hasta el fuego y metió las piernas en las llamas.

Un chillido, como el lamento de un lobo de la pradera, hizo a Lister darse la vuelta. Vio, horrorizado, cómo su otro yo se retorcía en el fuego, llorando y pegando alaridos, hasta que varios segundos después sacó sus miembros abrasados de las llamas con sus ataduras de cuerda totalmente quemadas.

Lister bajaba corriendo por la duna cuando su otro yo se puso de rodillas y metió las manos en el fuego. Su grito helado empapado en saliva cortó el aire. Sacó sus manos calcinadas de las llamas y rompió en pedazos las ataduras.

Entonces se puso de pie y empezó a andar hacia Lister.

CAPÍTULO 14

Kochanski colocó el cuenco de copos de avena en la bandeja de desayuno al lado de un plato de huevos con beicon. Miró su reloj: las dos y media de la tarde hora de a bordo; probablemente ya se habría despertado. Subió las escaleras que daban a los camarotes del Starbug.

—Hola, príncipe encantado, te traigo el desayuno. ¿Has dormido bien? —ella le dio un beso en los labios con dulzura.

Lister le correspondió con una sonrisa pícara.

—Como un Tutankamón —se incorporó con dificultad mientras ella le colocaba las almohadas detrás de la espalda—. Dios, tengo menos fuerzas que un perezoso recién nacido.

—No me extraña, con lo que has tenido que pasar. Kryten dice que tienes que hacer reposo absoluto en cama por lo menos durante una semana.

—Me voy a volver loco.

—Pobrecito mío —le echó la leche sobre los copos de avena y les puso una cucharada de miel que dejó caer haciendo un movimiento lento en espiral—. Escucha, hay una cosa que quiero que sepas —dijo a modo de introducción—. Yo... ejem... siempre, desde que era pequeña, siempre me ha costado mucho, bueno, ya sabes, pedir perdón y... esto... y solo quería decirte, bueno, pues eso.

—¿Pues qué?

—¿Eh?

—¿Qué quieres decirme?

—Pues eso que... no me hagas decirlo, puñetero.

—¿Decir el qué?

—Que lo siento, ¿vale? Hala, ya lo he dicho. Lo siento, lo siento, lo siento.

—¿Qué es lo que sientes?

—¿Además de tener que decir lo siento, te refieres?

Lister sonreía de oreja a oreja.

—Pues todo. El haberte hecho perder el tiempo dando vueltas de aquí para allá —removió los copos de avena y cogió una cucharada para dársela a Lister—. ¿Cómo van tus quemaduras?

Lister se miró los vendajes de las manos y los pies.

—Duelen como un demonio. Probablemente tardaré semanas en poder volver a andar.

—Después de desayunar te voy a cambiar las vendas.

—Yo solo estaba ahí de pie intentando hacerle entrar en razón y el muy desgraciado me empujó al fuego.

Ella inclinó la cabeza hacia un lado sintiendo lástima.

—Ya ha pasado todo. El pobre maníaco chiflado está muerto.

Ella le llevó a la boca otra cucharada de copos de avena. Él puso mala cara.

—¿Está muy caliente?

—No, es que no me gusta mucho la miel en los cereales.

Ella le miró sorprendida.

—Pero si te encanta.

—¿Qué?

—Te encanta.

—Bueno, sí, es verdad, antes me encantaba. Pero, no sé, creo que me ha dejado de gustar.

Ella le miró extrañada, luego le sonrió y se puso a cortarle el beicon.

Él se quedó mirándola mientras tanto. ¿Lo sabía Kochanski? No, no creía que lo supiese. Y aunque lo supiera, ¿qué iba a hacer él? Sus heridas eran tan graves que estaba prácticamente inválido. Su cuerpo necesitaba tiempo para curarse. Las manos, sobre todo, le hacían ver las estrellas: el haber cogido esa pala con las palmas de las manos quemadas, humeantes y llenas de ampollas y haberle golpeado a Lister en la cabeza no les había venido muy bien.

Ni tampoco el haberle enterrado vivo, ya puestos.

Fijó la mirada en los pechos de Kochanski. Qué cuerpazo. Más tarde le hincaría el diente.

Él sonrió y ella le devolvió la sonrisa mientras pinchaba el beicon con el tenedor y se ponía a darle de comer. Se sentía un tanto estúpido, como si fuera un niño pequeño otra vez.

Pequeño e indefenso. Se puso a recordar a sus padres adoptivos.

Tom y Beth Thornton.

Tom, con su cara de spaniel tristona y redonda y su postura desastrosa, y Beth, con su horrible sonrisa y su perfume asqueroso. Todavía podía olerlo. Le entraban náuseas. Podía oír la risa de la vieja Cara de Pasa; las horribles y espantosas carcajadas que podían haber talado los bosques de Canadá. Y luego se puso a recordar las palizas con el palo de la escoba. Ahora podía ver los ojos de la vieja Cara de Pasa y la oscuridad que descendía sobre ella cuando estaba «irritada». Podía sentir el dolor desgarrador que le recorría el cuerpo, como si le estuvieran abriendo en canal. Podía oír sus propios gritos ahogados en saliva, gorgoteando en su garganta.

¿Por qué había elegido a los Thornton?

Su instinto le había dicho que no estaban del todo bien la primera vez que pasó el fin de semana con ellos cuando estaba haciendo las rondas de visita con los posibles padres adoptivos y a la vieja Cara de Pasa se le fue la pinza porque a él no le gustaba su bizcocho de frambuesa.

—A todos los niños les gusta el bizcocho de frambuesa.

—Es que a mí no me gustan las frambuesas.

—A todos los niños les gusta MI bizcocho de frambuesa.

—No me gustan las pepitas...

Entonces ella se había puesto a hacer añicos la vajilla. Todas y cada una de las piezas. Lo cual era CULPA SUYA porque a él no le gustaba su BIZCOCHO DE FRAMBUESA. Y estaba echando a perder el DÍA PERFECTO que ella llevaba meses planeando.

CULPA SUYA.

Ella se había sentado en un mar de loza rota, sollozando en silencio para sus adentros.

—Lo siento, señora Thornton.

—¡Llámame maaaaaamiiiiiiiii! —había gritado la vieja Cara de Pasa, con el maquillaje corrido por toda la cara como un accidente de carretera.

No se atrevió a contárselo a nadie. Después de todo ella iba a ser SU NUEVA MAMI y aquello había sido CULPA SUYA.

Y desde luego podría llegar a cogerle el gusto al puñetero bizcocho de frambuesa.

De manera que había pasado por alto el incidente, como si nunca hubiera ocurrido. Después de todo, los Thornton eran ricos. Muchísimo más ricos que los Wilmot, la otra pareja que quería adoptarle.

Los Wilmot le caían mejor. Se hubiera ido con ellos muy a gusto, pero el señor Wilmot no era más que un simple empleado de oficina, por lo que nunca tuvieron mucho dinero. Ellos no se podían permitir comprarle el coche eléctrico que le habían prometido los Thornton; no tenían una piscina de interior con una estrella de mar hinchable, no tenían una sala de recreativos, con todas las paredes cubiertas con máquinas de juegos diferentes. Conque había enterrado sus recelos en un lugar secreto, había acallado una voz interior que le suplicaba que hiciera la elección «correcta» y el Lister de siete años había elegido a los Thornton.

Gato y Rimmer entraron por la escotilla agachando la cabeza y saludaron al paciente, mientras Kryten giraba la mesa del radar hacia un lado.

—El sistema de navegación acaba de terminar el análisis de las coordenadas, señor —Kryten cogió un mando a distancia y encendió la pantalla—. El resultado es de lo más extraordinario.

—¿Ah sí? —preguntó, incorporándose con esfuerzo.

Kryten fue pasando una serie de cartas estelares.

—Esto es un mapa del cinturón de asteroides que ha hecho el sistema de navegación durante nuestro recorrido —Kryten describió un círculo alrededor de una pequeña área al sur-suroeste—. Aquí estamos nosotros, a 5.000 kilómetros de Lotomi 5 y acercándonos a estos cúmulos de aquí. Según el sistema de navegación las coordenadas son coordenadas cartesianas tridimensionales que se cortan aquí, bajo este mar de lava fundida en esta luna volcánica.

Kochanski fijó la mirada en el cursor luminoso del mapa.

—¿Se sabe lo que hay allí? ¿Por qué es tan importante?

Kryten empezó a dar pasos, con ciertas reservas al principio. Por el momento su pierna reparada estaba aguantando de un modo alentador. Kochanski y él se habían pasado buena parte de los dos últimos días renovando el cableado de los tendones y sustituyendo algunas de las sinapsis eléctricas. Ahora solo tenía que aprender a confiar otra vez en su pierna, algo que le estaba resultando más difícil de lo que se había imaginado. Siguió hablando:

—He estado investigando un poco, leyendo los libros que compramos en Blerios 15 sobre la historia del cinturón. Creo que esas coordenadas marcan la ubicación de un buque estelar siniestrado llamado Mayflower. Se trataba de un carguero espacial de 2 millones de toneladas que transportaba a los foigs hasta el cinturón de asteroides cuando se vio obligado a realizar un aterrizaje forzoso. La misión de la nave era terraformar un planeta de la galaxia de Andrómeda. Durante la ruta estalló un motín, el sistema de navegación quedó destruido y la nave acabó siendo absorbida por el Omniespacio, que la expulsó a esta misma dimensión. Los que sobrevivieron al amaraje cogieron lo que pudieron y se marcharon en las cápsulas salvavidas.

—¿Y ellos son las criaturas que habitan ahora en el cinturón? —preguntó Rimmer.

Kryten afirmó con la cabeza.

—Lo que no pudieron llevarse con ellos fue la mayor parte de la tecnología de ingeniería genética que había a bordo del buque; la tecnología que puede crear la vida y algunos de los virus clave que son necesarios para terraformar un planeta.

—¿Y entonces cómo es que ninguno de estos foigs ha regresado a la nave?

Kryten sacó el rollo de papel que contenía las coordenadas cartesianas y lo extendió sobre la mesa.

—¿No ve nada raro?

143 |

Rimmer lo examinó detenidamente durante unos segundos.

—Está partido en cuatro trozos y luego pegado. Y cada una de las cuatro partes está desgastada de forma diferente.

—La nave está atrapada en el fondo de un inmenso océano de lava fundida. Un equipo de rescate tendría que saber su posición exacta para tener alguna oportunidad de desvalijarlo y regresar a la superficie sin daños.

—¿Y qué tiene eso que ver con el que hayan partido en cuatro trozos las coordenadas?

—Creo que los foig dividieron las coordenadas entre las cuatro especies principales que iban a bordo; lo acordaron así para que ninguna especie pudiera regresar allí sin contar con las demás. Su otro yo, señor —dijo Kryten, dirigiéndose al otro yo de Lister—, consiguió de algún modo reunir las cuatro partes y con eso obtuvo acceso a un poder ilimitado.

Lister le miraba fijamente con un rostro imperturbable. Kochanski le puso la mano en el muslo.

—¿Pero qué es lo que hay a bordo de la nave? ¿La posibilidad de regenerar la raza humana?

—Tienen el genoma de todos los seres vivos. El mapa, base a base, de todas las secuencias de ADN de toda vida posible.

Rimmer dejó escapar un silbido.

—¿El genoma para regenerar individuos artificiales en laboratorio?

—Más conocido por sus siglas, G.R.I.A.L.

—Pero es imposible que, cuando abandonamos La Tierra, el Consejo Mundial permitiera que el genoma se perdiera de vista.

—Debieron considerar que la misión de la nave era más importante que su seguridad.

—¿Y para qué lo iba él a querer, colega?

—Conseguir el G.R.I.A.L. le convertiría en Dios. Podría modificar su propio código genético, hacerse inmortal. Podría utilizar la tecnología para comerciar con las criaturas del cinturón. Y, si se hacía con los virus terraformadores, podría incluso venderles planetas inhabitables. ¿Cuánto pagarían por eso?

Lister miraba a Kryten a través de unos ojos marrones inmutables.

—Si lo que dices es cierto, entonces deberíamos ir a por ese... ¿cómo lo has llamado?

—Genoma, señor.

— ...deberíamos ir a por ese genoma y quedárnoslo nosotros.

Kryten se le quedó mirando durante un buen rato sin sonreír, luego asintió con la cabeza.

—Estoy de acuerdo, señor.

TERCERA PARTE

La Furia

CAPÍTULO 1

En una época diferente, en un lugar diferente, en una dimensión bastante diferente, John Milhous Nixon, el tercer presidente del Consejo Mundial, se miraba los diez dedos destrozados de sus manos. Se había dado un festín de uñas en una orgía de ansiedad delirante, y ahora que veía la crudeza sangrienta de sus cutículas roídas sentía una profunda repulsión. Estaba mordisqueando el extremo de un lápiz, la metadona de los que se muerden las uñas, mientras un hombre menudo con una cara del color de la masilla le lavaba las heridas con unas bolas de algodón empapadas en alcohol desinfectante. Al terminar, el manicuro abrió un estuche de terciopelo que contenía el nuevo juego de uñas del presidente y empezó a pegárselas con pericia sobre las originales deformadas.

—Señor, espero que esto no esté fuera de lugar —empezó el manicuro—, pero solo quería decirle cuánto lo siento y que espero que todo se arregle —el hombre de repente subió la voz media octava y se echó a llorar—. Dios mío, qué tragedia, aún no me lo puedo creer.

Las cejas del presidente subieron por su frente como dos ascensores exprés elevándose por la fachada de un rascacielos.

—¿Te has enterado? ¿Cómo te has enterado? Se supone que es un secreto de estado, por el amor de Dios. ¿Quién te lo ha dicho?

El manicuro sintió el foco de interrogatorio cegándole los ojos y se quedó paralizado de miedo.

—¿Señor?

—¿Quién te lo ha dicho?

—Ernie Simpson, señor, el portero.

—¿El portero está al corriente de la situación?

—Todo el personal lo sabe, señor.

Se abrió la puerta.

—El doctor Sabinsky, señor Presidente —anunció un ayudante.

Sabinsky entró con su guardaespaldas, un joven marine de postura rígida, la cara tersa y radiante, y el pelo corto y rubio como un campo de trigo recién cosechado.

Sabinsky se secó la frente con un pañuelo.

—Perdón por el retraso, señor. Un tráfico horrible. La cola del molecularizador era larguísima en el Washington Central. He tenido que esperar dos horas para materializarme. Y luego cuando lo he hecho me entero de que han mandado mis piernas a Tokio por error —se dio unas palmadas en los muslos—. Les he explicado la situación y han podido conseguirme unas de alquiler.

El presidente despachó al manicuro y le lanzó una mirada de bayoneta a Sabinsky.

—Todo el mundo lo sabe, Bob. Todo el personal. Todos. Necesito una respuesta hoy mismo.

—Señor presidente, ahora mismo no estamos en posición de ofrecerle un pronóstico exacto, francamente.

—Ha salido a la luz, doctor. Va a crucificar la economía. Necesito una respuesta y la necesito ya. ¿Cuánto tiempo?

—Todavía tenemos que hacer una serie de pruebas y nos faltan montones de datos por analizar y procesar.

—Pues dime algo aproximado, maldita sea.

Sabinsky le dirigió una sonrisa apretada, con la que esperaba suavizar las malas noticias.

—¿Cuánto tiempo?

—Sí, maldita sea, ¿cuánto tiempo? Contesta de una puñetera vez.

—Unos cuatrocientos mil años, señor.

Nixon se dejó caer en su sillón.

—¿Sólo?

—Parece ser que al explosionar esos artefactos termonucleares tan cerca del sol...

—Sí, sí, sí —dijo Nixon en tono irritado—, casi con total seguridad han debilitado la atracción gravitacional de las moléculas de hidrógeno. He cometido un error, ¿vale? ¡Lo siento!

—A un ritmo lento pero seguro la maldita estrella se va a deshacer en pedazos. Ha metido la pata hasta el fondo, señor.

—Pero nosotros solo estábamos intentando controlar el clima. Y si hubiéramos controlado el clima, eso habría ayudado a la economía. Habría sido bueno para el mercado de valores. Me habrían reelegido para un segundo mandato. Ahora voy a ser recordado como el presidente que acabó con la raza humana y destruyó el sistema solar.

Dos uñas saltaron por los aires en direcciones diferentes y cayeron sobre la alfombra persa.

—Por todos los santos, ¿cómo voy a poder recuperarme de esto? Cuando un presidente destruye un sistema solar, Bob, eso es algo que el electorado no olvida fácilmente. Los muy desgraciados te lo tienen en cuenta durante toda tu carrera. Ni siquiera mi tatara-tatara-tatara-tatara-tatara-tataratío cayó tan bajo. ¿Qué demonios voy a hacer?

—Venga conmigo, señor.

—¿A dónde vamos?

—A Hilo, señor, en Hawái.

—¿A Hawái?

—Si se acuerda, señor, tenemos un instituto biotecnológico allí. Han estado haciendo algunas cosas de gran interés muy recientemente.

Nixon estrechó las manos de una serie de científicos cuyos nombres relegó al olvido de manera instantánea, luego avanzó por el pasillo de la sala de proyecciones y se sentó en uno de los lujosos sillones con tapicería de cuero.

McGruder, el guardaespaldas con pelo de trigo de Sabinsky, apagó las luces y una película comenzó a visualizarse en la pantalla del proyector. Al principio era una serie de perfiles moleculares de cierto tipo de virus con el que Sabinsky parecía estar excesivamente entusiasmado. Un virus que había sintetizado uno de los biodiseñadores de Sabinsky allí en el instituto. La mayoría de los detalles eran incomprensibles para el presidente y su cabeza había empezado a divagar cuando frases del tipo «plásmidos», «ley de Avogadro» y «resonancia magnética nuclear» empezaron a repetirse de forma regular.

—Bob, empieza otra vez y simplifica, recuerda que estás hablando con el presidente.

—Perdone, señor. Lo abordaré desde otro ángulo.

—Y nada de cartas estelares ni gráficos ni esas cosas alargadas en espiral llenas de bolas… ¿cómo se llaman?

Sabinsky no pudo controlar una reprimenda interior, que se reflejó de forma visible en su cara.

—Volvamos al principio. Hemos destruido el sol. Dentro de cuatrocientos mil años, puede que menos, se apagarán las luces. De hecho, a menos que logremos encontrar un remedio para reparar todas esas moléculas de hidrógeno, el sistema solar quedará destruido. ¿Así que qué podemos hacer? —hizo una pausa para lograr el efecto deseado—. En mi opinión, la única solución que le queda a la raza humana es llamar a la empresa de mudanzas y empezar a embalar la porcelana.

—¿En serio estás sugiriendo que deberíamos trasladarnos?

—Nuestra generación no, ni siquiera la generación de después, pero no hay duda de que la raza humana tiene que poner el traslado en su agenda.

—¿A otro sistema solar?

—Creo que es posible que tengamos que irnos a otra galaxia.

—¿A otra galaxia?

—Señor, mudarse de casa es siempre un motivo de enorme estrés. Eso es inevitable. Sin embargo, creo que podemos hacer que este traslado sea lo menos doloroso y estresante posible. Preste atención.

Una nueva imagen apareció en la pantalla.

—Hemos encontrado un nuevo sistema solar, en otra galaxia, que creo que es absolutamente perfecto. Un lugar al que invitarías a la raza humana a quedarse sin ningún problema. Fíjese en esto

Una serie de imágenes borrosas fueron pasando, una detrás de otra; en todas aparecía un conjunto de estrellas con una espiral difuminada de color azul en el centro.

—Señor Presidente, le presento nuestro nuevo hogar. Se llama la galaxia de Andrómeda.

Los científicos con trajes de pata de gallo irrumpieron en un fuerte aplauso. Nixon observó la pantalla.

—¿Dónde demonios está eso?

—No muy lejos. De hecho, en términos de galaxias, está prácticamente a la vuelta de la esquina.

—¿A cuánto de aquí?

—A solo 2,2 millones de años luz. Además, tiene otras ventajas.

—¿Como cuáles?

—Bueno, para empezar es más grande que la Vía Láctea. Tiene 130.000 años luz de diámetro, lo que nos da 30.000 años luz de más con los que poder jugar —la risa le salió resoplando por la nariz—, que nos vendrían de perlas en caso de tener invitados. Creo que este de aquí —marcó con un círculo una pequeña área en la parte derecha—, bien podría acabar siendo nuestro nuevo sistema solar.

El presidente se fijó en la mancha borrosa.

—¿Y este sistema solar incluye un planeta con atmósfera respirable, con árboles, lagos, puestas de sol y todo eso? ¿Y la atmósfera tiene suficiente de esas cosas alargadas en espiral llenas de bolas?

—No, señor. Este planeta en concreto, en realidad, está cubierto de lava fundida y ceniza volcánica, y su temperatura es de unos 300º centígrados, pero por eso precisamente es un gran hallazgo.

Estaba loco. Nixon lo veía ahora muy claro: su principal asesor científico estaba más loco que una de esas vagabundas de Nueva York que van con carritos de supermercado paseando perros de peluche con correa.

—Lo cual nos lleva de nuevo al virus del que hablábamos antes.

—¿El virus que habéis sintetizado aquí?

—Justamente.

Se abrió la puerta y tres hombres que llevaban trajes idénticos de color marrón entraron en la sala de proyecciones.

—Señor presidente, le presento a los caballeros que son responsables de un descubrimiento sin precedentes en el campo de la investigación viral.

El presidente extendió la mano mientras Sabinsky les presentaba uno a uno.

—El profesor Michael Longman.

Un hombre de ojos marrones llorosos y barba negra recortada dio un paso adelante y estrechó la mano del presidente.

—Tanto gusto, profesor.

El segundo hombre dio un paso adelante. Él también tenía unos ojos marrones llorosos y una barba negra recortada

—El ayudante del profesor Michael Longman, el profesor Michael Longman.

Nixon inclinó la cabeza.

—Tanto gusto, profesor.

—Y en tercer lugar, pero no por eso menos importante, el otro ayudante del profesor Michael Longman, el profesor Michael Longman.

Un tercer hombre de ojos marrones llorosos y barba negra recortada dio un paso adelante y estrechó la mano de Nixon.

—Tanto gusto, profesor.

El primer Longman empezó a hablar.

—Sin mis dos clones trabajando a mi lado, no creo que hubiera podido alcanzar este logro en toda mi vida.

Los otros dos Longman asintieron con la cabeza enérgicamente, compartiendo la opinión.

Sabinsky les indicó que se sentaran, las luces se bajaron y empezó a proyectarse una película del Kilauea, uno de los dos volcanes activos de Hawái. Sabinsky comenzó a explicar que los volcanes habían sido un motivo de gran preocupación para todos los habitantes de la isla. Durante los últimos diez años las erupciones se habían vuelto más frecuentes y los inmensos ríos de lava se habían hecho cada vez más largos, extendiéndose algunos de ellos hasta una distancia de doscientos kilómetros de la cima, llegando hasta los límites de algunas poblaciones. El metraje, filmado desde un helicóptero, se interrumpía de repente para mostrar el gigantesco cráter con sus enormes lagos de lava fundida.

—Los tres profesores Longman han creado un virus cuya acción es sorprendente. Principalmente, se come la lava —comenzó Sabinsky—. O, para ser más precisos, corrompe su estructura celular. Lógicamente queríamos averiguar si el virus funcionaba de verdad fuera del laboratorio. Así que decidimos inyectar el virus en una cepa de bacterias con capacidad de autorreproducción; luego sellamos el área y mandamos los aviones fumigadores sobre Kilauea. Obviamente fue un acto completamente ilegal, y, bueno, tal vez incluso un poco irresponsable, sí, pero bueno, creímos que era un acto ilegal e irresponsable que merecía la pena. Fíjese en esto.

Nixon vio una flota de biplanos pasar sobre Kilauea soltando enormes cantidades del virus en el cráter del volcán.

Sabinsky señaló la pantalla.

—Cinco semanas y media después.

El presidente se quedó mirando la pantalla boquiabierto cuando la proyección pasó a mostrar una nueva secuencia del cráter. Los lagos de lava habían desaparecido, y también las erupciones y las fuentes de lava. En su lugar lo único que quedaba era un lodo oscuro, denso y tóxico, similar a la melaza quemada. Unas gruesas columnas de humo negro se alzaban en la superficie.

—El virus se come la lava y la reduce a esta especie de mantillo, que, como ve, es bastante desagradable. Pero si ahora introducimos una segunda cepa de virus bacteriano genéticamente modificado, una cepa diseñada para corroer el mantillo, esto es lo que sucede.

La película pasó a mostrar una nueva secuencia, otra vez tomada desde un helicóptero. La cámara ascendió con velocidad por la falda del gigantesco volcán. Al llegar a la cima del cráter, la pantalla entera de repente se cubrió de un amarillo mostaza.

El cráter era una cuenca desértica. Las dunas de arena fina y suave ondulaban todo el ancho de su superficie. Casi era imposible reconocer el Kilauea. Únicamente la forma de la propia cuenca indicaba que se trataba del mismo lugar.

—El segundo virus convierte el mantillo en desierto y además despide una mezcla de oxígeno y nitrógeno en el proceso. También contamos con un tercer virus que es capaz de transformar el mantillo en un océano. Estos virus, actuando en armonía, son capaces de terraformar planetas para nosotros.

Se produjo un silencio casi absoluto a medida que las implicaciones del descubrimiento se perfilaban en el cerebro del presidente.

Nixon se puso a aplaudir.

—¡Qué hijos de perra! ¡Es una idea brillante! —se giró hacia los Longman—. ¿Cuánto tardará el nuevo mundo en ser habitable?

—Después de haber terraformado el planeta...

—Todavía será un mundo salvaje e inhóspito...

—Nos harán falta criaturas de gran fortaleza, ingenio y durabilidad para construir nuestra nueva civilización.

—Tendremos que crear formas de vida, criaturas que levantarán un nuevo hogar para nosotros, cuyas vidas sean prescindibles y que sean capaces de hacer frente a las fuerzas de la naturaleza del Nuevo Mundo.

—¿Y todo eso es posible?

Sabinsky empezó a tartamudear.

—La ve-ve-verdad es que ya hemos hecho algún progreso que otro en esa dirección, señor. No que-que-queríamos importunarle con los detalles hasta que tuviéramos todos los...

Dejó sin terminar la frase. Nixon le dirigió una mirada penetrante.

—¿Quieres decir que ya habéis creado formas de vida nuevas?

Los tres biodiseñadores permanecieron en fila con cara de vergüenza.

—Nada de lo que nos sintamos muy orgullosos... —dijeron, acordándose de la jibacobra.

—Permiso para hablar, señor.

McGruder, el guardaespaldas de Sabinsky, estaba cuadrado con el pecho hinchado y el brazo levantado en un saludo enérgico.

—Permiso concedido.

—Me gustaría presentarme voluntario, señor, para viajar con los pioneros genéticamente modificados, señor. Estoy dispuesto a sacrificar mi vida, si es necesario, señor, por la salvación de la raza humana, señor.

Los Longman sonrieron amablemente.

—No cabe duda de que la tripulación necesitará supervisores humanos.

—Permiso para hablar de nuevo, señor.

—Permiso concedido.

—Graduado en West Point, señor. Número uno de mi promoción, señor. Combatí en Hiperión, señor. Condecorado, señor. Soltero, señor.

Nixon intervino.

—¿Por qué tienes tanto interés?

—Mi madre, señor, me contó muchas grandes historias sobre las hazañas de mi padre en su odisea por las inmensidades del espacio profundo. Ellos nunca llegaron a casarse, señor. Él murió antes de que mi madre pudiera comunicarle que estaba embarazada. Su nave, señor, el Enano Rojo, señor, sufrió una fuga de radiación.

Sabinsky asintió con la cabeza.

—¿No cayó la caja negra de la nave en el Pacífico hace un par de años?

—Confirmó todo lo que mi madre me había contado, señor. No profundiza en detalles, señor, pero al parecer, el ordenador de abordo eligió a mi padre de entre toda la tripulación, señor, para devolverlo a la vida en forma de holograma. Creemos que recibió ese honor porque era un magnífico soldado, señor, y el ordenador consideró que era el único miembro de la tripulación capaz de reconducir la nave a una región segura del espacio profundo con el fin de evitar un desastre mayor.

Nixon asintió con la cabeza.

—¿Cómo se llamaba, hijo?

—Se llamaba Rimmer, señor —McGruder sonrió lleno de orgullo—. Arnold J. Rimmer, señor.

—¿Y una parte de ti cree que él todavía sigue ahí fuera en alguna parte?

—Sí, señor, eso es cierto. Pero eso no afectará a mi misión, señor.

Nixon esbozó una sonrisa.

—Aunque, si está ahí fuera, está claro que te gustaría tener la oportunidad de encontrarte con él.

—Ya lo creo, señor, ha sido un ídolo para mí desde que tenía tres años, señor. Si no lo hubiera tenido a él como modelo a imitar no creo que hubiera llegado a nada en la vida, señor.

El rostro del presidente se iluminó con una sonrisa.

—Empezad a preparar a McGruder. Vas a ir en esa nave.

Michael R. McGruder levantó el brazo en un saludo perfecto.

—Sí, señor. Gracias, señor. Dios le bendiga, señor.

Levantó la vista al cielo a través de la ventana de la sala de proyecciones. Siempre había tenido la certeza de que su padre seguía ahí fuera en alguna parte. El viejo Pelotas de Acero en persona. El tipo al que había admirado toda su vida. Si fuera verdad que él seguía por ahí y pudieran encontrarse de algún modo.

Ese sería un gran día.

CAPÍTULO 2

Una lluvia angustiosa dejaba caer su melancolía sobre la arteria de luces de neón de moral distraída que se extendía a lo largo de una infinidad de salas de billares, cines y restaurantes, cuando se puso en camino con su porte desgarbado a través de la muchedumbre que abarrotaba la calle. Por quinta vez en menos de cinco minutos un vehículo pasó a toda velocidad pisando un charco de agua de lluvia maloliente y le empapó desde lo alto de su cabeza quemada por el sol hasta la suela de sus zapatos de un número menos. Las carcajadas de hiena de los transeúntes se elevaban en la noche al verlo pasar goteando, cubriendo a nado su camino a través del terreno minado de basura.

El Ciberinfierno le recordaba a Lister a la calle 12, en Tritón, con su mar agitado de caras desconsoladas y su atmósfera asfixiante; era como vivir dentro de la boca de un perro con demencia senil que se ha fumado un paquete entero de cigarrillos turcos.

Su mente retrocedió veintinueve semanas, a la noche de la hoguera en el desierto, cuando su otro yo se había desatado quemándose en el fuego y le había dejado sin sentido golpeándole con una roca del desierto. Cuando volvió en sí se encontró con que le estaban enterrando vivo. Justo en ese momento el Starbug apareció y aterrizó en una hondonada detrás de una duna cercana. Su otro yo le había arrojado una última palada de arena sobre su maltrecho cuerpo y había echado a correr hacia el pico de la duna, agitando una chaqueta en círculos por encima de la cabeza. La nave tomó tierra, embarcó a su otro yo y se marchó en medio de una nube de polvo. Durante tres horas estuvo temblando bajo una manta de arena hasta que un buggy lleno de ciberguardias pasó por allí más tarde aquella mañana.

Les explicó la situación. Él no era Lister el recluso, él venía de una realidad alternativa. Él no había hecho nada malo si no tenían en cuenta ser el cabecilla de la fuga y ayudar a la mitad de los prisioneros a escapar de la colonia penal, medio destruir el complejo e intentar acabar él solito con el sistema de justicia que controlaba la totalidad del cinturón de asteroides. Si eso no contaba, no tenían nada contra él. Tristemente para Lister, eso sí que contaba. Hasta el último detalle. Lo enviaron a Arranguu 12 para el juicio, en el que se defendió a sí mismo, y varias semanas después, fue sentenciado a dieciocho años de profunda reflexión en Ciberia, la cual, para su desgracia, habían terminado de reconstruir.

Así que Lister había regresado a Ciberia, esta vez en una nave transporte de clase tres destartalada como prisionero del Estado foig.

Comenzó a cumplir sentencia atormentado por la idea de que su otro yo le había suplantado a bordo del Starbug, con el conocimiento de que se dirigían al Omniespacio para poder regresar a su propio universo. Con toda probabilidad jamás volvería a ver a ninguno de ellos. Su otro yo le había robado su novia, su tripulación y su vida.

Se había instalado en el infierno como mejor había podido, había limpiado y ordenado su piso, se había remendado la ropa y había salido a buscar trabajo. Pero cada detalle de este escenario estaba pensado para socavar su estado de ánimo, cada cosa que veía, cada cosa que olía, cada cosa que oía. En cada manzana parecía haber una doble de Kochanski colgada de los brazos de algún tipo fornido. En todos los billares de la ciudad había fotos de él con frases en tono de mofa, por lo general haciendo referencia al hecho de que le habían abandonado siendo un recién nacido y no sabía quiénes eran sus padres, o a que él era el último humano masculino de su universo. Y así se había quedado, encarcelado en Ciberia en la flor de la vida, resignado a ver pasar los años.

El último día de la tercera semana había encontrado un trabajo. Era un trabajo de tardes a media jornada en la consulta de un dentista. Pasaba unas horas malísimas pero al menos estaba bien pagado. Tenía que trabajar de seis a diez haciendo de conejillo de indias para estudiantes de odontología que venían a hacer sus prácticas. Le pagaban diez libradólares al día por dejarse cambiar los empastes, con lo que le daba para comprarse una sopa de coles de Bruselas y una entrada para uno de los cines, en los que solían poner *Chitty-Chitty Bang-Bang*. Con eso mataba el tiempo hasta que sus vecinos se iban a la cama y apagaban su música de solos de batería.

Pasó junto al grupo de maulas habitual que parecía haber en cada esquina de la calle: fulanas, chulos, camellos y, por alguna razón, aquí en su Ciberinfierno, vendedores de enciclopedias. No estaba muy seguro de por qué su imaginación había escogido a los vendedores de enciclopedias, pero no cabía duda de que eran de lo más molesto: le perseguían por la calle agitando ofertas de lanzamiento superespeciales e insistiendo en que no se lo pensara dos veces y firmara cuanto antes.

Se paró a mirar un escaparate de televisores, sin prestar mucha atención al documental checoslovaco sobre las formaciones de nubes en el siglo quince, cuando de repente le sacaron del Ciberinfierno. Le extrajeron las agujas del cerebro, le limpiaron la ciberespuma del cuerpo, le vistieron, le ataron en una camilla y lo llevaron al despacho del comandante.

Lister estaba tumbado en la camilla atado con las correas. La jibacobra se inclinó sobre él, babeando sus jugos indescriptibles.

—Alguien ha venido a verte.

Lister intentó sentarse derecho, pero las correas se lo impedían.

Un delamono se inclinó sobre él también. Era de hechura pesada, y brillaba con el sudor del sobrepeso.

—Me llamo Kazwa. Trabajo para el Programa Reco.

—No me digas.

—Llevas cinco meses en el Ciberinfierno. Tu sentencia es de dieciocho años. Dieciocho años de la misma vida degradante, inútil y angustiosa.

—Sí, pero puede que me den la condicional dentro de doce.

—¿Has oído hablar del Programa Reco?

—¿No son una banda de rock? ¿Con miles de fans adolescentes?

—El Programa Reco. Recombinación de ADN.

Lister mostró su mirada de «no sé de qué me hablas».

—La misma técnica con la que se crearon todas las criaturas del cinturón —añadió la jibacobra—. Consiste en ensamblar un cóctel genético en una célula huésped de una especie diferente. Cuando la célula se reproduce el resultado es un organismo completamente original.

—¿Qué pasa con eso?

—Como sabrás, esta galaxia está siendo arrastrada hacia el Omniespacio. Las estrellas, los planetas, los asteroides… todo va ser tragado irremediablemente por el anillo de agujeros negros que gira alrededor de su entrada. Solo los objetos de gran masa puede sobrevivir al cruce.

—Ah, y por eso has dejado de hacer dieta, ¿verdad?

El delamono le asestó un fuerte golpe en la cabeza.

—Como los planetas.

—Vale, queda claro.

—Si queremos sobrevivir tenemos que terraformar uno de los planetas de esta galaxia, antes de que se pierdan todos en el anillo. Usarlo como una especie de nave espacial para pasar el cruce hacia las otras dimensiones.

Lister se rascó su barba de tres días.

—El planeta puede que sobreviva, pero los que estén en él acabarán de igual forma hechos picadillo.

—No si están bajo tierra. Si están en las entrañas del planeta cuando pase a través del anillo creemos que sobrevivirán.

Lister ladeó la cabeza medio asintiendo.

—Puede que sí. Pero primero tenéis que encontrar un planeta habitable.

—O crear uno.

—Que es de lo que va todo eso del Programa Reco, ¿no?

—En años anteriores hemos indultado a los reclusos ciberianos que aceptaban donar sus cuerpos a la recocirugía y pasaban a formar parte de la sopa primigenia del nuevo planeta. Una especie de caldo protoplásmico del que evolucionan todas las cosas; el ecosistema, la vida animal y marina… todo.

—¿Y eso ya ha pasado?

Kazwua asintió con la cabeza y le soltó las correas a Lister, luego le señaló una silla para que se sentara.

—Los donantes perdían sus personalidades individuales y pasaban a formar parte de una inteligencia gestáltica que controlaba el planeta. Una entidad uniforme que aceleraba la creación de la biosfera de millones de años a apenas tres. La creación ya no estaba en manos del azar aleatorio. Estaba controlada por esta gestalt inteligente la cual pensábamos que tendríamos bajo control.

—¿Y entonces por qué estáis aquí todavía?

El delamono se acarició el morro.

—Utilizamos ADN extraído de reclusos de Ciberia. Después de haber creado la gestalt nos dimos cuenta de que era una entidad maligna.

—¿Por qué?

—Porque había sido creada a partir de la escoria de nuestra sociedad. Era un Dios mentiroso y resentido que castigaba a los justos, recompensaba a los canallas y daba rienda suelta a la maldad. La gestalt solo dejaba que prosperara el lado oscuro de nuestras naturalezas y pronto el planeta estuvo habitado por la flor y nata del mal. Finalmente el Planeta Negro, como llegó a conocerse, pasó a través del anillo y ahora existe en alguna otra dimensión de la realidad.

—¿Entonces empezasteis otra vez?

—Con una nueva gestalt en un nuevo planeta. Pero esta vez no usamos reclusos culpables de una colonia penal, cogimos a inocentes.

—¿Los reclusos de Ciberia son inocentes?

El delamono se quedó callado un segundo viendo cómo se le desencajaba la cara a Lister.

—Los místicos y el sistema jurídico para futuros delitos nos permite detener a los inocentes y coaccionarles para que accedan a participar en el Reco.

—Pero mi otro yo era culpable. Se cargó a sus compañeros de tripulación.

—Nosotros no lo sabíamos. Fue juzgado por contrabando de emociones. Algo de lo que él sabía que era inocente.

—Bueno, ¿y para qué me queréis a mí?

—El planeta está terminado. La nueva gestalt «inocente» está completa. Necesitamos comprobar que es inofensiva. Queremos que

163 |

te ofrezcas para ser uno de los primeros en pisar el planeta. Ya hemos enviado una nave pero no ha regresado. Tú irás a bordo de la segunda nave. O, si lo prefieres, puedes volver al Ciberinfierno.

—Si dijera que sí ¿cuándo se haría?

—Dentro de veinticuatro horas —dijo el delamono sonriendo—. Pero somos muy considerados con los que se ofrecen voluntarios. Se te permitirá pasar la última noche con un simbimorfo.

—¿Qué es eso?

—Un organismo simbiótico de forma mutante. Intuitivamente, reconoce tus necesidades y adapta la forma que más te satisface —el regulador empujó una declaración escrita a máquina sobre la mesa y le extendió un bolígrafo—. Firma.

Lister cogió el bolígrafo y miró el documento que tenía delante. Si se quedaba en el Ciberinfierno no tenía ninguna posibilidad de fugarse. Si accedía a probar la gestalt entonces quizás, solo quizás, hubiera una oportunidad de intentar alguna artimaña antes de aterrizar.

Estampó su firma.

CAPÍTULO 3

Las compuertas iban abriéndose y cerrándose a medida que, piso tras piso, nivel tras nivel, Lister y el destacamento de guardias bajaban por un laberinto de pasillos para llegar a la sección de simbimorfos en las profundidades de la colonia penal. Salieron del último ascensor y recorrieron un largo pasillo de mármol blanco, con habitaciones a ambos lados y patrullado por una serie de guardias de seguridad que iban con ratas de ingeniería genética de más de un metro de altura. Lister se quedó mirándolas horrorizado, con la cara retorcida de asco como una bolsa de papel arrugada. Se detuvieron en el mostrador de la recepción.

—¿Apellido?

—Lister —dijo el dingotán esposado a la muñeca de Lister.

El guardia recorrió con el dedo índice de su zarpa negra la lista de entrada.

—¿Número de autorización?

—3454H —respondió de nuevo el guardia.

—No podemos cogerlo en esta tanda. Todos los simbimorfos están fuera.

El guardia de Lister zarandeó una hoja de papel marrón en la cara del otro foig.

—Ese no es mi problema, aquí te lo dejo.

—Pero si se han ido todos. La dotación al completo.

—Quieren que vaya en el próximo envío.

—Pero el único simbimorfo que queda libre es Reketrebn, y no está roto.

El guardia sacudió de nuevo el trozo de papel marrón.

—Ese es tu problema.

El foig se encogió de hombros.

—¿Quién demonios va a enterarse?

—¿Qué quieres decir? —preguntó Lister, mientras se lo llevaban a rastras por el pasillo—. ¿Cómo que no está roto? ¿Eso es malo? Es algo malo, ¿verdad? Oye, perdona, yo quiero uno que esté roto.

Completamente roto. Lo más roto que se pueda. ¿Me has oído? ¿Me está escuchando alguien? ¿Qué significa roto, de todas maneras?

La compuerta se abrió deslizándose e hicieron pasar a Lister al interior. Se estampó de narices contra la piedra y cayó resbalando por la pared como un espagueti sin terminar de cocer. Se levantó del suelo y echó un vistazo a la habitación. De hecho no era una celda, se parecía más a un apartamento de lujo, elegantemente decorado en tonos crema y negro. En el centro de la habitación había una mesa dispuesta para una cena romántica a la luz de las velas: un vino azul se mantenía frío en una cubitera y algo con pinta de pollo se asaba lentamente en una enorme bandeja plateada.

Lister se dio una ducha, se vistió con la ropa limpia que había tendida en la cama de cuatro columnas y más de dos metros de ancho, y se arponeó el cuerpo con una serie de suplementos vitamínicos que había a su disposición en el cuarto de baño. En general, se encontraba bastante bien ahora; bueno, se habría encontrado bien si hubiera sido capaz de ignorar el mar agitado de náuseas que se arremolinaba en su tripa, lo cual no pudo hacer. Había elegido mal. Se daba cuenta ahora. No había forma de salir de allí. Le había entrado el pánico y en lugar de esperar al momento oportuno, volver al Ciberinfierno y pensar un plan, se había apresurado a aceptar el trato del programa Reco, con la esperanza de que algo bueno pasara. No pensaba las cosas a fondo; pensaba las cosas a medias y daba por hecho que lo demás saldría siempre bien. No se le daba bien hacer planes. Kriss tenía razón en eso.

Se oyó un alboroto fuera. Lister miró a través de la rejilla y vio una dingotán hembra que dos guardias dingotanes traían a la fuerza por el pasillo. La llevaban arrastrando los pies y sollozando hacia la suite de Lister.

—No, no quiero ir, te quiero a ti, Deki. Solo a ti. No…

El dingotán llamado Deki la golpeó convincentemente en la cara con su inmenso brazo de orangután y continuó arrastrándola hacia la suite de Lister. Se oyó un extraño ruido de burbujas y la forma de la hembra se volvió de color azul metálico y empezó a doblarse sobre sí misma.

Lister se echó para atrás al oír que se abría el sellado hermético de la compuerta y aparecieron los dos guardias en la entrada luchando con un sofá enorme, intentando meterlo por la puerta. Uno de los guardias sacó una porra y golpeó al sofá varias veces en los cojines, soltando tacos y gritándole. Los guardias volvieron a intentarlo, esta vez inclinando el sofá de lado, pero también resultó en vano.

Más palabrotas y otra paliza. Lister sonrió. Con que esto era un simbimorfo sin romper. Se había transformado en un sofá y no pensaba moverse de ahí. De repente, los dos foigs giraron los mangos de sus porras, unos pinchos surgieron de los extremos y empezaron a destrozar la tapicería de dralón del sofá con estas nuevas armas de aspecto espeluznante. Lister miraba, dudando qué hacer. ¿Debería ir a socorrer a un tresillo de dralón en apuros? No estaba seguro de cómo podía ayudarle, ni siquiera de que pudiera.

Se oyó otro burbujeo cuando la criatura cedió ante la paliza y empezó a derretirse en una forma líquida multicolor preparándose para metamorfosearse en una nueva apariencia que la protegiera. Cogiéndola en su estado maleable y viscoso, los dingotanes lograron meterla a empujones en la suite de Lister, donde volvió a convertirse en la dingotán hembra y empezó a suplicarle de nuevo al foig llamado Deki.

—Yo solo quiero estar contigo, Deki, complacerte a ti. No quiero cambiar de forma para otro. Deki, por favor.

El dingotán le escupió y le dijo que si no hacía lo que le decían se iba a arrepentir. Ella se tiró al suelo y se echó a llorar.

Deki se giró y se dirigió a Lister.

—Si te da cualquier problema, pégale una paliza; si eso no funciona, toca la alarma e intentaremos traerte otro.

El dingotán se volvió hacia el simbimorfo, que todavía seguía adoptando la forma de su alma gemela, y le gritó:

—¡Lanza el gancho!

—No, Deki, por favor.

—¡Lánzalo!

—No.

Levantó la mano y el simbimorfo asintió en señal de conformidad. Se transformó de nuevo, esta vez convirtiéndose en un disco translúcido que giraba y cambiaba de color a cada vuelta. Un dardo negro diminuto salió disparado del disco y le dio a Lister justo encima de la ceja derecha. El dolor inicial fue una sorpresa desgarradora: un dolor de cabeza de esos que dan por comer mucho helado, peor aún, como si alguien le hubiera arrancado de cuajo todos los pelos de la nariz con unos alicates oxidados. Poco a poco el dolor se fue extendiendo por todo su cráneo hasta hacerle tambalearse y desplomarse.

Se quedó tumbado en el suelo, hecho un ovillo, meciéndose adelante y atrás. Durante el siguiente minuto el dolor se disipó gradualmente. Luego de repente ya no lo tenía. El dardo de veneno telepático había sido absorbido por su hipotálamo. Él y el simbimorfo estaban unidos.

El dingotán habló.

—Te has presentado voluntario para el programa gestalt y, de acuerdo con el Tratado de Xion, segunda enmienda, se te concede el poder para ordenar a este simbimorfo que satisfaga cualquier deseo tuyo, ya sea sexual o de otro tipo. Durante las próximas veinticuatro horas, no hay nada prohibido.

El dingotán se volvió hacia el simbimorfo.

—Complácele.

Se oyó un ruido de burbujas y el simbimorfo empezó a transformarse otra vez. Lister notó de repente un olor de lo más insoportable; un aroma que era tan repugnante que tuvo que agarrarse fuerte a la mesa para no perder el equilibrio. Miró a la montaña amarillenta y humeante y vio al simbimorfo ahí plantado con aire desafiante y la forma de un montón de excrementos de yak.

El guardia gritó al estiércol:

—Vale ya. Cambia. Complácele. ¿Me oyes? ¡Cambia!

El estiércol de yak se agitaba de modo incontrolable, casi como si se estuviera desternillando de la risa. Lister sonreía de oreja a oreja.

—Nunca he conocido a un simbimorfo tan testarudo. Todos los demás están rotos. Tú también lo estarás. Vamos a volver dentro de medio ciclo. Si todavía te sigues negando a cumplir sus órdenes entonces serás castrado.

Lister vio a los dos guardias derrotados marcharse de la suite. Miró al estiércol a lo ancho y levantó la mano derecha saludándole amablemente.

—¿Cómo va eso?

El estiércol no le contestó.

—Yo soy Lister. Menudo espectáculo acabas de montar.

Silencio.

—Oye, no te ofendas, tío, o debería llamarte Yaki, pero ¿no hay otra cosa que puedas ser? ¿Algo que sea un poco menos apestoso que el estiércol de yak? ¿Qué te parece estiércol de alce?

Silencio.

—Mira, no quiero tener una bronca contigo. Solo te estoy pidiendo que seas algo un poco más aromático.

El estiércol se transformó en un ramo de rosas blancas.

—Gracias, tío, te lo agradezco —Lister se sentó a la mesa y empezó a servir el pollo en los dos platos—. ¿Cómo te llamas?

Silencio.

—Yo soy Lister. ¿Te lo he dicho?

Silencio.

—Vamos a dejar una cosa clara: no quiero que satisfagas mis deseos sexuales, ¿vale? Si eso es lo que te preocupa, puedes estar tranquilo. No eres mi tipo.

El ramo de rosas se dobló sobre sí mismo y se metamorfoseó en Kochanski. Allí estaba ella sin más ropa que un minúsculo tanga rojo y sonriéndole de forma provocativa. Lister tragó saliva.

—Está bien, sí que eres mi tipo. Está claro que eres exactamente mi tipo, pero es igual, sigo sin estar interesado.

La Kochanski simbimorfa le dirigió una amplia sonrisa.

—Yo solo tengo un maestro y es el foig llamado Deki.

—Me harías un favor muy, muy grande si te pusieras algo de ropa, ¿sabes? Vamos a acabar con toda la comida resbalándose hacia tu lado de la mesa.

Un rizo plateado onduló el cuerpo de Kochanski como una ola que recorre la superficie de un lago empujada por un viento fuerte. Cuando Lister volvió a mirar el simbimorfo estaba delante de él, todavía en la forma de Kochanski, pero ahora con un elegante vestido de fiesta. Lister no pudo evitarlo. Se quedó mirando a la copia casi perfecta de la mujer que amaba y le invadió la tristeza.

—No puedo funcionar si vas a quedarte así. Entiéndeme, la he perdido, ella está ahora en otro universo. Con otro hombre.

El simbimorfo cambió de forma una vez más y reapareció como Rimmer.

—Listy, *bon appetit!*

—Tampoco puedo funcionar si vas a ser él.

El simbimorfo asintió con la cabeza y luego, como un imitador de segunda clase, rotó las manos por delante de su cara y cambió de forma de nuevo, esta vez adoptando su estado neutral: una figura humanoide con un entramado de luz en blanco y negro. Se sentó a la mesa.

—¿Así eres en realidad?

La forma humanoide asintió con la cabeza. Lister le señaló el plato.

—Seguro que tienes hambre. ¿No quieres comer? ¿O es que tú no comes?

El simbimorfo asintió de nuevo con la cabeza.

Lister sirvió un poco de vino azul en cada vaso.

—Bueno, ¿quién es ese tal Deki?

—Es mi huésped, aunque quiere compartirme con otros. Tiene cuatro de mis ganchos.

—¿Y yo?

—Tú eres mi huésped secundario, sólo tienes uno, que te quitaré cuando hayamos acabado el tiempo que tenemos.

—¿Y los cuatro ganchos, son cuatro veces más fuertes que uno?

—No estoy capacitado para interpretar tus patrones de pensamiento con tanta precisión; nuestra ruta telepática solo tiene un punto de conexión; estamos unidos solamente en un nivel.

—¿Qué pasa cuando alguien tiene tus cinco ganchos?

—Puedo servirle completamente, ser cualquier cosa que desee en todo momento. Sólo así me siento realizado. Cuando estoy totalmente unido a alguien.

Comieron en silencio durante unos minutos. Luego Lister levantó su copa.

—Por los prisioneros.

El teléfono comenzó a sonar como un suave ronroneo. Lister se levantó de la silla y descolgó antes del tercer toque. Era Deki. Habían pasado dos horas desde que el dingotán se había marchado y quería saber si el simbimorfo se estaba comportando. Lister lo vio acurrucado en la cama profundamente dormido. Habló por el micrófono.

—Sí —le dijo—. Sin pega.

Volvió a colocar el auricular en su sitio. El simbimorfo abrió los ojos y se incorporó sentado.

—¿Por qué has mentido por mí?

—Te habría castrado. Habrías perdido tu capacidad de metamorfosis.

El simbimorfo le lanzó una mirada torva.

—Tú quieres que te ayude, ¿no es cierto? Que te ayude a escapar. Bueno, pues no puedo. Deki es mi amo.

—Ya lo sé.

—Piensas que acabaré transigiendo. Pues no pienso. Deki es mi huésped.

—Él te pega. Te trata como si fueras un… perro. No, peor, te trata como si fueras una ramera.

—Es mi huésped.

—Él no te merece.

—Si no le sirvo a él, no soy nada.

—Si le sirves a él, no eres nada. Así eres más prisionero de lo que yo lo soy —Lister se acercó a él—. Ayúdame.

—No puedo.

—Sólo tienes que ser Kryten durante diez minutos. Déjame hablar con él.

La criatura se le quedó un rato mirando.

—Venga, hazme ese favor. Diez minutos, es todo lo que te pido.

Lister vio cómo el simbimorfo burbujeaba pasando a su estado viscoso y luego volvía a tomar forma delante de él. Al poco rato estaba mirando la cara rosa y angulada de su mecanoide favorito.

—Señor Lister, señor. ¿En qué puedo servirle?

—Kryten, tío, ¿eres tú? —Lister sonrió de un modo estúpido.

—Soy lo que el simbimorfo ha creado usando todos los datos sobre él que usted guarda en la mente, señor.

—¿Puedes hacer lo que hace Kryten? ¿Darme la información que necesito para salir de aquí?

—En muchos aspectos, señor, a menudo las respuestas que busca en Kryten ya las conoce de antemano. En ocasiones pasadas ha solicitado el consejo de Kryten sabiendo perfectamente lo que había que hacer porque no confiaba en su propia opinión. Incluso esto que acabo de decirle usted ya lo sabía.

—Kryts, quiero que me hables de los simbimorfos. Lo que pueden hacer, cómo funcionan, todo.

Kryten sacudió la cabeza.

—No, señor, lo que usted quiere es una confirmación de lo que ya sabe. De lo que ya ha deducido por medio de la observación y la intuición. Pero el oír esos pensamientos de mi boca le dará más seguridad y confianza en lo que usted ya se imagina.

Lister rechazó su pedantería con un ademán de la mano.

—Los simbimorfos, háblame de ellos.

—Los simbimorfos son criaturas que se convierten en esclavos de sus amos. Más perros que personas, poseen la capacidad de mutar y redefinir su estructura molecular para ser cualquier cosa prácticamente, incluso objetos hechos con partes mecánicas, pero solo pueden mantenerse así durante cortos periodos de tiempo.

—¿Y yo cómo sé eso?

—Escuchó de modo inconsciente una conversación entre dos foigs en el bar que visitó en Blerios 15.

—¿Yo?

—Sí, señor. Usted.

—Sigue, ¿qué más?

—Como sugiere su nombre, los simbimorfos son organismos simbióticos que tienen la capacidad de cambiar de forma para satisfacer los deseos de su huésped. Tienen una dependencia con el otro organismo, el cual suele ser un miembro de otra especie distinta. Con este huésped establecen una relación de gran fuerza y sofisticación, que por lo general beneficia a ambas especies.

—¿Yo ya sabía todo esto?

—Su subconsciente adquiere conocimientos con los seis sentidos. Le sorprendería saber las cosas que sabe sin que su consciencia esté al corriente de ello.

—¿Por ejemplo?

—Bueno, por ejemplo lo que acabo de decirle.

—Ponme otro.

—La fotografía que encontró en el Starbug siniestrado. Aquella de Kochanski y su otro yo cubiertos de espuma artificial.

—¿Qué pasa con esa foto?

—No era su otro yo. Era Rimmer el que estaba debajo de toda esa espuma artificial. En esta alternativa de la realidad es él el amante de Kochanski y no su otro yo.

—¿Y yo ya lo sabía?

—Su subconsciente lo sabía. Se dijo a sí mismo que había una conexión, pero nunca estuvo muy de acuerdo en ir a buscar a su otro yo.

Lister asintió con la cabeza.

—Bueno, ¿cómo salgo de aquí?

—Tiene que establecer una relación con el simbimorfo y convencerle de que es usted mejor huésped que su amo actual. Luego pídale que le ayude a escapar usando sus formidables habilidades. Tiene que conseguir que comprenda lo mal que lo está pasando y contarle que su otro yo le ha robado la vida y la nave.

—¿Cómo hago para que lo entienda?

—Sin duda eso es obvio, señor.

Lister asintió con la cabeza despacio.

—Diciéndole que se transforme en mí. Así podrá sentir lo que yo siento.

—Justamente. Sabrá lo que está sufriendo.

CAPÍTULO 4

El Mayflower atravesó fugazmente la tormenta de meteoros mientras aceleraba de forma inexorable hacia la galaxia de Andrómeda, con su gigantesco embudo colector al frente devorando con glotonería las corrientes del espacio que lo impulsaban. Los ocho miembros de su tripulación humana, junto con nueve especies nuevas (todas diseñadas con ingeniería genética en la Tierra), un pelotón de simulantes, distintos droides y una variedad de bacterias y entes virales, dormían profundamente en la atemporalidad de la animación suspendida, ajenos a la batalla que la nave estaba librando contra los elementos.

La puerta del ascensor se abrió con un traqueteo y el teniente coronel Michael R. McGruder con su metro ochenta y tres de altura salió a la cubierta. Con cuarenta y dos años, aparentaba estar más cerca de los veintitantos largos porque, al igual que al resto de la tripulación humana del Mayflower, le habían extirpado de su estructura genética el gen responsable del envejecimiento. Se pasó la lengua alrededor de la boca. Todavía tenía ese regusto a muerte que siempre quedaba después de salir del sueño profundo. Escupió en un pañuelo de papel, lo dobló cuidadosamente en ocho y lo depositó en un colector de basura. Después torció a mano derecha y empezó a recorrer el pasillo.

Estaba de servicio. Cada diez mil años uno de los marines entraba de servicio de manera que los ocho iban rotando. Este era su quinto. Por lo general, duraba un par de días. Tenía que comprobar que todo funcionaba correctamente, arreglar lo que no fuera bien y luego escribir un informe en su elegante y pulcra caligrafía. Había oído que algunos se tomaban un descanso para despertar a un simbimorfo, emborracharse y divertirse un poco. Él no. No, señor. Había jurado servir a su planeta y eso era precisamente lo que pensaba hacer. Cierto, nunca sería el hombre que fue su padre, pero qué demonios, nadie podría serlo jamás.

Miró a los arcos del techo del pasillo: qué raro, estaban cubiertos de telarañas; ¿dónde estaban los skutters? Caminó a lo largo de la rejilla metálica del pasillo y giró a la izquierda en la intersección en forma de T con un cartel que decía: «Sección de foigs».

La inspección de los «pasajeros» formaba parte del servicio. Los primeros en la lista de comprobación eran los delamonos. McGruder pasó entre las unidades de sueño y llegó al primer cubículo de estasis. Seis delamonos daban saltos dentro de las cabinas de cristal.

Algo no iba bien. Se habían reanimado. Debía haber sido por algún fallo eléctrico temporal.

Continuó hacia el siguiente cubículo para pasar revista a los simulantes.

Los simulantes eran los sustitutos humanos artificiales más complejos y caros jamás creados por el *homo sapiens*. Eran humanos con mejoras; vivían más tiempo, eran más inteligentes y sus cuerpos eran más fuertes y más duros que cualquier cosa con cromosomas. Estaban programados para ser implacables, para que su principal preocupación fuera su propia supervivencia, y la razón de esto era muy simple: habían sido diseñados para ser como los humanos, para que reprodujeran las características de la especie que había escalado a la cima de la pirámide evolutiva, pero habían sido programados para perseguir este objetivo por encima de todas las cosas, con mucha más determinación e instinto de preservación que los humanos, lo que les convertiría en verdaderas máquinas de la supervivencia. En teoría, si hacían que el individuo solo mirara por sí mismo, la especie florecería.

Las leyes de segregación fueron necesarias.

Los simulantes habían sido programados para «sobrevivir» y en el pasado se habían producido incidentes que dejaban de manifiesto que estos droides no dudaban en matar a sus amos humanos si les parecía que con eso contribuían a la supervivencia de su especie. Sin remordimiento alguno, sin sentimiento de culpa, no dudarían ni un nanosegundo en aniquilarlos. No tenían elección, era el motivo por el que habían sido creados: sobrevivir y florecer en una tierra lejana; librar una batalla contra la lava y dominar un planeta en un nuevo sistema solar de una galaxia ajena.

Las leyes de segregación eran largas y complejas, pero la única ley que había que tener siempre presente era esta: nunca te fíes de un simulante. Trátalos como si fueran pitbulls: témeles siempre. Sólo así estarás a salvo. McGruder lo sabía.

Miró en el interior del cubículo. Los simulantes también estaban reanimados. Se reían, chillaban y chupaban el interior de las cubiertas de cristal con sus largas lenguas grises. Pasó al cubículo siguiente: un lote de simbimorfos. El siguiente de dingotanes. En el siguiente un par de jibacobras. Todos estaban reanimados.

Se asomó al siguiente cubículo. Estaba... vacío.

Había un letrero: «Simulantes/Lote 2» Las siete cámaras de sueño estaban desocupadas. Siete simulantes se habían liberado. Un hilo de sudor resbaló por su cara suave y atractiva y cayó goteando desde el borde de una mandíbula que le habría servido de cartabón a un arquitecto.

Tenía que mantener la calma.

¿Qué habría hecho su padre? Respiró profundamente. Probablemente arrestarlos a todos él solo después de un baño de sangre titánico, luego meterse otra vez en sueño profundo y no molestarse en mencionar siquiera el incidente a nadie. Pero él no era su padre. No era más que un buen soldado. Y en este momento estaba asustado. Tenía que sacar a la tripulación del sueño profundo.

Entonces se dio cuenta de algo. ¿Dónde estaba el segundo lote de simbimorfos? Había visto el primer lote, pero según la lista del itinerario debería haber un segundo. ¿Acaso andaban sueltos también? Volvió atrás para comprobarlo.

Caminó sin hacer ruido por la cubierta de rejilla. Al llegar a la unidad de simulantes vacía se asomó al interior. Parecía como si hubieran levantado las rejillas reforzadas con barras de plomo y hubieran salido por el techo. Quizá debería echar un vistazo. Abrió la puerta y se metió dentro. Nada más entrar se dio cuenta de que le habían tendido una trampa. Eso ni siquiera era la unidad de sueño profundo de los simulantes. Eran los simbimorfos que estaban sin romper adoptando la forma de una unidad de simulantes vacía para atraerle a su interior. Las paredes mutaron y los simbimorfos se le echaron encima.

Veinte minutos más tarde McGruder volvió en sí para descubrir que le habían encerrado en la unidad. Activó la alarma de su transmisor.

Indefenso e impotente, vio el motín desatarse con furia durante los siguientes tres días y tres noches. El fallo eléctrico que había causado la reanimación temporal de las unidades de sueño de los foigs junto con su propia estupidez habían permitido que todas las formas de vida de ingeniería genética escaparan. Ahora, comandados por los simulantes, estaban librando una batalla campal con la tripulación humana por el control de la nave.

Al final de la tercera noche el sistema de navegación del Mayflower fue destruido en la lucha y poco después la nave cayó en un agujero de gusano. La nave atravesó la grieta en el espacio tiempo y fue arrastrada por la hiperpista dimensional hasta el Omniespacio, que la expulsó a una nueva dimensión de la realidad.

La nave cruzó la estratosfera de esta nueva realidad y finalmente cayó en la órbita de una luna volcánica, donde se zambulló en un mar de lava fundida y se hundió en el fondo del lecho marino.

Al cuarto día el desafortunado McGruder fue rescatado de la unidad de sueño por un grupo de dingotanes victoriosos, que de inmediato le hicieron prisionero. Les divertía tener un esclavo humano y entró a formar parte de su tripulación cuando por fin lograron salir a la superficie en una de las cápsulas de escape del Mayflower.

Mientras se elevaban fuera de la órbita de la luna volcánica, en busca de un asteroide desértico en el que instalarse, McGruder se desplomaba en la bodega. Sabía que nunca llegaría a ser el soldado que había sido su padre. Nunca sería ni una décima parte del hombre que fue Arnold J. Rimmer. Ahora rezaba para que no se encontraran jamás.

No podría soportar la vergüenza.

CAPÍTULO 5

El charco plateado se filtró por debajo de la puerta, luego se absorbió a sí mismo y se convirtió en una mosca. El insecto subió con cuidado por la superficie de la compuerta antes de introducirse en la cerradura electrónica y convertirse en una llave de tarjeta. El panel de la compuerta se abrió con un silbido y Lister salió al exterior. Un guardia foig apareció junto a él de repente y le acompañó por el pasillo hasta el mostrador de la recepción.

Llegaron a la ventanilla y el escolta de Lister le mostró un documento al guardia de la recepción.

—Los papeles del traslado.

—¿Qué traslado?

—Está todo en el formulario. Léelo.

Sin perder el paso Lister y Reketrebn, todavía en forma de guardia, dejaron el documento en el mostrador y continuaron hacia la salida.

—¡Eh, esperad un momento!

Ellos apretaron el paso.

—¡Eh! Esto no es un formulario de entrega.

Llegaron a unas compuertas cerradas patrulladas por dos guardias de seguridad. La mano de Reketrebn se convirtió en una llave y entraron decididos con paso firme.

—Detened a ese prisionero.

Corriendo por el largo y ancho pasillo que se extendía ante ellos unos cincuenta metros, Lister poco a poco empezó a oír la voz de Reketrebn corriendo junto a él y gritándole:

—¡Sube!

Miró a su lado. Junto a él iba una yegua blanca y negra.

—Súbete —dijo el caballo.

Lister subió de un salto y Reketrebn recorrió el pasillo a galope tendido. Al llegar a la bifurcación doblaron la esquina con cautela, se lanzaron por un segundo tramo de pasillo y entraron en un ascensor justo cuando se cerraban las puertas.

Las puertas del ascensor se abrieron chirriando y Lister se asomó al exterior. Al parecer estaban en una especie de sala de máquinas. No había nadie. Lister se puso al trote por la rejilla metálica que revestía el suelo, pasando junto a varias filas de torres metálicas de cien metros de altura que giraban lentamente sobre sí mismas. Estaba claro que se encontraba en una especie de planta generadora que suministraba la energía al asteroide. Se asomó desde el borde y vio una bomba de petróleo que desaparecía en la infinidad del orificio de perforación.

A su espalda oyó que se abría la puerta del ascensor y un ruido de pisadas fuertes anunció la presencia de un pequeño batallón de guardias acercándose por detrás. Reketrebn galopó por una serie de pasillos de rejilla con vistas al abismo y finalmente llegó a un extremo cortado. Miró hacia abajo y vio la caída de vértigo a la cámara de petróleo.

El ruido de las pisadas se oía cada vez más fuerte. No había salida por ninguna parte.

—Maldita sea.

Reketrebn volvió a mutar a su forma neutral.

—Escóndete detrás de ese bidón.

Lister se agachó detrás del bidón mientras el simbimorfo se ponía a cambiar de forma una vez más. Unos minutos después doce guardias foigs estaban inspeccionando el extremo del pasillo. Uno de ellos se quejó de que aquello no tenía sentido. No podían haberse desvanecido en el aire sin más. Entonces un segundo guardia señaló al ascensor que estaba situado al final del pasillo y descendía en picado al abismo que se abría debajo. Teclearon el código de acceso y los doce guardias entraron en mogollón. Reketrebn dejó de fingir que era un ascensor y se quedó mirando mientras el destacamento de guardias se precipitaba al vacío del orificio de perforación.

Lister se levantó de detrás del bidón sonriendo.

—Vamos, sé dónde está la plataforma aérea. Cogemos un transbordador espacial y nos largamos de aquí echando virutas.

El humano y el simbimorfo se asomaron con sigilo por detrás de una pared de cajas y vieron a un grupo de foigs que empezaban a cargar la nave estelar dispuesta para su despegue. Basándose en sus marcas, Lister estaba bastante seguro de que se trataba de una de las naves de suministros de Arranguu 12, una que llevaba comida y agua del asteroide menos árido situado en el perímetro del cinturón.

Avanzaron a hurtadillas hasta el final de la fila. Reketreben se transformó en una caja de madera idéntica a las que estaban cargando y Lister se metió dentro de buen grado. Al poco rato les estaban subiendo por la rampa y depositando en la bodega de carga de la nave. Estaba oscuro y hacía calor, por lo que Lister en seguida se quedó dormido dentro de la última forma de Reketrebn.

Se despertó varias horas después. Ya no estaba dentro de la caja. Reketrebn había adoptado su forma neutral y andaba dando vueltas por la bodega de carga intentando averiguar dónde estaban. Él abrió los ojos y se incorporó sentado.

—¿Qué estás haciendo?

—¿A dónde has dicho que iba esta nave?

—A Arranguu 12. Es una nave de suministros.

Reketrebn meneó la cabeza.

—Te equivocas. Mira —señaló a la ventanilla de plexiglás que daba a la parte principal de la nave. Las plazas estaban todas ocupadas por prisioneros atados a sus asientos por las muñecas y los tobillos—. Esta es la nave de voluntarios para la gestalt. Esta es la nave de la que intentabas escapar. No sé cómo, hemos acabado en ella.

La cara de Lister se puso gris.

—No es posible.

—¿Y sabes otra cosa?

—¿Qué?

—No creo que podamos atacar por sorpresa a la tripulación.

—¿Por qué?

—No hay tripulación. La nave está en piloto automático.

—Salir de la boca del lobo para meterse en la misma e idéntica boca del lobo. Estamos arreglados.

Lister levantó la tapa de una caja que había cerca.

—Comida y suministros para los voluntarios.

Le pegó una patada a una de las cajas con la puntera reforzada de su bota y luego se puso a dar golpes en una de las paredes.

CAPÍTULO 6

La unidad de sueño profundo descendió lentamente hasta el suelo desde su posición encajada en el techo. Kryten se incorporó sentado mientras su sistema óptico se ajustaba a la luz. Tras unos segundos salió medio dormido del habitáculo onírico y fue con sus andares de pato a comprobar las otras unidades.

Siempre le gustaba salir del sueño profundo alrededor de una semana antes que el resto de la tripulación. Eso le daba un margen de tiempo para ponerse al día con sus obligaciones y solucionar cualquier problema que hubiera surgido mientras ellos estaban en animación suspendida.

Sus ojos recorrieron rápidamente el listado de datos biométricos. El resto de la tripulación dormía a pierna suelta. Todo estaba bien. Echó un vistazo al ordenador médico que estaba escupiendo un sinfín de datos sobre los cuatro durmientes: ritmo cardíaco, presión arterial, colesterol; información de los oídos, nariz y garganta; hasta registros dentales actualizados.

Qué extraño.

Kryten miró el registro dental de Lister. Estaba mal. La máquina estaba afirmando que tenía veintiséis dientes, cuando Kryten sabía perfectamente que tenía veintisiete y una funda. Pidió una segunda comprobación de los datos, la máquina la llevó a cabo. Seguía afirmando que Lister tenía veintiséis dientes. Kryten pidió al ordenador que ahondara en el diario médico y confirmara que el invierno pasado Lister se había reemplazado un incisivo central por una funda y al mismo tiempo se había extraído los cuatro terceros molares. El ordenador mostró una vieja radiografía de la dentadura de Lister: ningún tercer molar y una funda. Kryten pidió ver el gráfico dental actual del Lister durmiente: tenía todos los terceros molares presentes, ninguna funda, y le faltaban dos segundos premolares, tres primeros molares y un primer premolar.

Extraordinario.

A Lister le habían vuelto a crecer algunos dientes.

183 |

Improbable.

Kryten buscó en el ordenador médico el historial de cicatrices de Lister. Sabía que tenía cuatro cicatrices en total: dos cicatrices de apendicitis (debido a un extraño fenómeno de la naturaleza que le había dotado con una ración doble del órgano menos necesario del cuerpo), una cicatriz en el hombro derecho que había sido causada por un accidente en la infancia, y un lóbulo de la oreja artificial debido a un encuentro fortuito con un poco de lluvia ácida.

Kryten se sorprendió al leer el historial de cicatrices del Lister que estaba entonces durmiendo: tenía tres cicatrices; una en el muslo derecho, otra en el brazo izquierdo y otra en la rodilla derecha. Miró al cuerpo que dormía a pierna suelta bajo el abrigo de la ausencia de tiempo.

Él no era Lister.

O más bien, él no era su Lister.

Allí estaban ellos, a punto de entrar en la órbita del planeta de lava, a treinta y tantas semanas de Ciberia, y llevaban a bordo al otro Lister. Gracias a Dios que había salido antes del sueño profundo. Al menos así tendría tiempo para evaluar la situación y calcular la línea de actuación más ventajosa. Este era el Lister que había sido prisionero de Ciberia. ¿Por qué fingía ser su Lister? ¿Qué pretendía?

Kryten necesitaba más información. Salió agachándose por la compuerta, subió a toda prisa las escaleras de la sala de operaciones y encendió el canal de comunicaciones. Minutos después un pitido anunció que había conseguido conectarse al ordenador de a bordo del Starbug naufragado. Una hora más tarde había logrado burlar el sistema de seguridad y había podido acceder a los archivos personales de la tripulación, informes confidenciales que habían sido escritos antes de la fuga nuclear que había aniquilado a la tripulación del Enano Rojo. Kryten descargó el archivo con la etiqueta «Lister, David» y empezó a leer.

Confidencial

Evaluación de personal sobre el miembro de la tripulación: Lister, David.

Técnico, tercera clase.

Informe completado por

    Comandante de vuelo Dra. Alice Kellerman.

Mi primer contacto con el caso de Lister se produjo cuando el Dr. Nicholas Thompson me informó de que tenía un paciente particularmente difícil y me pidió que le viera. En opinión del Dr. Thompson, Lister era un sociópata de segundo grado y necesitaba que yo le examinara. La única información previa que tenía de Lister eran las constantes infracciones que había cometido estando en el espacio profundo y que había pasado la mayor parte de su viaje o bien en el calabozo o recluido en su propio camarote por una variedad de delitos menores que abarcaba desde hurtos en establecimientos hasta agresión a un oficial. Naturalmente tenía curiosidad por saber cómo una personalidad como la de Lister había logrado pasar el tribunal de ingreso inicial y había sido aceptado en la Flota Estelar.

En total tuve seis reuniones con Lister, que accedió de buen grado a hablarme de su vida y de sus antecedentes.

En conformidad con el modelo de conducta sociopática, me pareció ser un hombre tremendamente encantador, un rasgo que utilizaba con frecuencia para manipular a los demás y aprovecharse de ellos. Es más, utilizaba esta aptitud y su talento para proyectar una sinceridad absoluta para salir de muchos de los aprietos en los que se metía. Me habló de sus días de estudiante, que estaban plagados de situaciones de ausentismo, suspensión y expulsión. Antes de alistarse en los Cuerpos Espaciales a la edad de veintitrés años, había pasado el tiempo saltando de un trabajo a otro; me dijo que tras unas pocas semanas en el empleo se sentía inquieto y descontento y le resultaba imposible aguantar en un trabajo por más de un par de meses. Durante este tiempo también hubo dos periodos de encarcelamiento; el primero por robo y el segundo por conducir bajo los efectos del alcohol. Incluso alardeaba de que había cometido varios atracos y había salido impune.

A lo largo de su vida, me explicó, le había resultado casi imposible establecer relaciones duraderas con ninguno de los dos sexos. Decía que nunca había estado enamorado y dudaba de que el concepto existiera siquiera. En total, tenía tres hijos, los tres de madres diferentes, pero en el momento de escribir esto ha perdido todo contacto con ellos.

No mostraba remordimiento alguno sobre su vida ni sus circunstancias y no tenía sentimientos de culpa por los comportamientos o acciones que habían dado lugar a los delitos; la mayoría de los cuales habían sido cometidos sin pensar y de modo totalmente imprevisto. Sabía que su falta de planificación casi siempre le había traído problemas, pero su impulsividad y su imprudencia general le impedían hacer frente a esta característica.

Estoy de acuerdo con el Dr. Thompson en que su trastorno de personalidad es causado por sus influencias tanto genéticas como de su entorno.

Huérfano de nacimiento, su padre adoptivo fue condenado a diez años de prisión por malversación de fondos de la Compañía de Seguros Miranda cuando Lister tenía nueve años. Después fue criado por su madre adoptiva, Beth Thornton, que padecía un trastorno maníaco-depresivo, un hecho que las autoridades ocultaron para permitir a los Thornton que adoptaran a Lister.

El caso de Lister sigue un patrón clásico. Los niños nacidos de padres con antecedentes criminales que luego son adoptados por padres de clase media con tendencias infractoras similares aumentan drásticamente la probabilidad de desarrollar una sociopatía. Además, desde un punto de vista genético...

—¿Qué estás leyendo?

Kryten se dio la vuelta, buscando el origen de la voz. Lister estaba bajo el arco de luz de la compuerta bebiendo a sorbos una taza de café, con el rostro serio y sombrío.

Kryten revolvió las hojas de papel que tenía en la mano.

—Ha salido del sueño profundo, señor —dijo de modo innecesario.

La pausa fue larga y siniestra.

—Y tú también.

Kryten se quedó inmóvil mientras un manto de terror paralizador le envolvía el cuerpo.

—Siempre me despierto unos cuantos días antes, señor. Eso, ejem, me permite ponerme al día con cualquier pequeña tarea que pueda haber por hacer.

—¿Qué son esos papeles? Parecías estar muy absorto.

—Ah, son solo unos archivos, señor. Nada especial.

Lister empezó a quitarse las vendas de las manos.

—Después de cinco meses en sueño profundo ya deberían haberse curado. Hice unos ajustes al programa para mantener las manos y los pies en tiempo real —dejó caer las vendas al suelo y levantó sus palmas blancas para que Kryten las viera—. Están como nuevas —cogió un bote de espray que usaban para evitar los reflejos en las pantallas de los ordenadores y lo vació en el aire—. Dame las hojas.

—¿Señor?

—Dame las hojas.

—Creo que debería oír mi explicación, señor, yo...

Lister le arrebató las hojas a Kryten y leyó la primera página.

—Con que nada especial, ¿eh? —empezó a avanzar hacia él a la vez que Kryten retrocedía hacia la pared—. Mi informe confidencial solamente, nada especial, ¿verdad?

—Señor, yo...

—Me has mentido.

Kryten rompió con el codo la caja de cristal que había a su derecha y sacó el hacha contra incendios. Lister detuvo su avance.

Kryten empezó el suyo.

—¿Dónde está Lister? ¿Qué ha hecho con él?

Entonces Lister empezó a retroceder. Agitó los papeles en la mano.

—Todo esto es mentira. Te lo puedo demostrar.

—¿Dónde está Lister?

—Kellerman me tenía manía, de verdad, te lo puedo demostrar.

—¿Dónde está Lister?

—¿Me estás escuchando? No soy un pirado ¿vale? Nada de esto es cierto.

—¿Dónde está Lister?

Lister sacudió la cabeza.

—Está muerto.

La noticia le cayó a Kryten como una bomba de racimo.

—Hable.

—Murió en Ciberia cuando perdimos la gravedad. Fue absorbido por el ciberlago y se ahogó.

Kryten torció el gesto.

—No es posible, las moléculas de agua no podrían formar un lago, estarían dispersas por todas partes.

—La unidad de generación de oxígeno todavía tenía suficiente dentro para actuar como un ventilador y aspirar el agua hacia el techo.

Kryten asintió con la cabeza.

—Ya veo.

—No sabía cómo decíroslo y cuando vi cuánto le quería Kriss pensé que si intentaba ocupar su lugar nadie tendría por qué sufrir. ¿Tan terrible es eso?

Kryten no respondió.

—Mira, deja que te demuestre que este informe no es cierto. Abre el archivo de Kellerman y verás que todo lo que digo es cierto.

Kryten asintió con la cabeza.

—Está bien.

Se dio media vuelta delante del ordenador y empezó a conectarse al sistema informático del Starbug siniestrado. El asiento metálico de vuelo le golpeó en la parte de atrás de su bóveda craneal, seguido de un segundo porrazo con una llave inglesa que le dio encima del hombro derecho; al darse la vuelta recibió un puñetazo en el puente de la nariz y cayó largo en el suelo. Lister se le tiró encima y empezó a arrancarle la placa pectoral para llegar a su CPU.

Los aullidos de la sirena de alarma salieron por los altavoces del panel de comunicaciones. Al principio el doble de Lister creyó que Kryten la había activado de algún modo, pero unos segundos después un cañón láser hizo explosión en la proa de estribor y la nave sufrió una violenta sacudida como consecuencia. Kryten parpadeó varias veces hasta que su sistema óptico volvió a estar enfocado. Lister estaba sentado encima de él, dándole golpes en la placa pectoral con el hacha contra incendios. El mecanoide se giró a la izquierda y tiró a su atacante hacia un lado mientras intentaba ponerse de pie.

—Señor, nos están disparando.

Lister le agarró por las piernas y empezó otra vez a intentar quitarle la placa del pecho. Kryten se puso a jurar en código máquina. ¿Por qué no tenía permitido hacer daño a los humanos? Estaba claro que su programador nunca vio la necesidad de hacer frente a versiones alternativas homicidas de la tripulación mientras se es atacado al mismo tiempo por una nave espacial extraña. Un descuido que no podía perdonar.

Un segundo cañonazo láser sacudió la nave, esta vez impactando contra el morro del Starbug y desencadenando una serie de pequeños incendios en la cabina. Lister empujó a Kryten contra el banco de lecturas de datos y empezó a darle una paliza de muerte con el lomo del hacha contra incendios cuando apareció una cara en la pantalla del panel de comunicaciones.

Era la cara de una mujer. Una cara de lo más oportuna. Nada más y nada menos que la cara de Kjakjakjakkjjakjakkkjakkkkkj, la novia de Lister.

—*Ig negga bu nilk nju mnje njki njj.*

El otro yo de Lister miró enfadado la cara sin comprender nada.

—¿Qué demonios es eso?

—Eso —dijo Kryten, esquivando un golpe y abriendo el canal de comunicaciones con su mano izquierda libre—, es una vieja amiga de un amigo. Me perdonará si hago un poco de casamentero, ¿verdad, señor?

Kryten abrió las frecuencias de comunicación y se puso a conversar en kinitawowés.

—*Ji nju nbv mnkl negga njw rtjy njki.*

—¿Qué estás diciendo?

—Son kinitawowis, una tribu de nómadas que viajan por los desiertos del cinturón de asteroides vendiendo emociones y buscando petróleo. Hicimos un trato con ellos para conseguir suministros.

—¿Y qué pasó?

—Nos fuimos sin saldar la cuenta. Están diciendo que si no la saldamos ahora mismo, van a reducir esta nave y todo lo que hay en ella a algo más pequeño que el paquete de un levantador de pesas.

—Pues dales lo que quieren.

—Muy bien, señor.

La nave kinitawowi se acopló al Starbug y cuatro miembros de la tribu kinitawowi se dirigieron a través de la cámara de descompresión a la sección central.

Kjakjakjakkjakjakkkjakkkkkj echó un vistazo alrededor de la sala mientras Kryten y Lister bajaban por las escaleras de la cabina.

El otro yo de Lister levantó las manos en señal de súplica.

—El follón lo tenéis con él. Coged lo que necesitéis y largaos de aquí.

Kjakjakjakkjakjakkkjakkkkkj le lanzó un derechazo en la mandíbula que sonó de forma horrible. Un gesto de perplejidad se apoderó de su rostro y cayó al suelo como una torre de agua derribada.

Kjakjakjakkjakjakkkjakkkkkj se sentó encima de sus muslos, le agarró del cuello y le levantó la espalda del suelo. Ella le besó con ansia, explorando con su lengua verde todos los rincones de su boca; con su lujuria saciada por el momento, le levantó en el aire como un guiñapo y lo cargó sobre el hombro izquierdo.

Ella hizo un ademán violento con la mano derecha y dijo en kinitawowés:

—Nadie engaña a los kinitawowis. Nadie.

Escupió en la bota de Kryten e hizo un gesto indicando que era hora de irse. Se colocó mejor al desmayado otro yo de Lister sobre el hombro y los kinitawowis se fueron por la puerta de la sección central en dirección a la cámara de descompresión.

Kryten les vio marchar y no pudo evitar sonreír de oreja a oreja. Sabía que el Universo carecía de un sentido de justicia innato, por lo que resultaba tanto más grato cuando, por pura casualidad, se llegaba a hacer justicia. Una risa como una corta ráfaga de ametralladora resonó en la sección central, agitándole las placas de los hombros arriba y abajo. Se lo habían llevado. Podía imaginarse la cara que pondría cuando se despertara en la nave kinitawowi y descubriera que Kjakjakjakkjakjakkkjakkkkkj estaba dando botes encima de él a más no poder.

Kryten estaba pensando en lo bien que viene a veces estar levantado cuando su sistema olfativo detectó el incendio. El incendio causado por los cañones láser que había ocupado la cabina y expelía unas columnas de humo asfixiantes hacia el interior de la sección central.

El incendio era ya imposible de sofocar.

CAPÍTULO 7

El Starbug se precipitó a través de la atmósfera del planeta de lava. Su morro vibraba de un modo salvaje mientras traspasaba las capas de nubes de un blanco nuclear una tras otra hasta que finalmente las nubes dieron paso a una inmensa extensión de cielo. El cielo parecía la paleta de Van Gogh en un mal día: tonos furiosos de rojos, naranjas y amarillos, todos entremezclados hasta la locura. Bajo el cielo un mar de lava fundida estaba de un humor igual de irascible. Se oyó un estruendo horrible procedente de los alojamientos de los motores: caían en picado mortal.

Las tres unidades de sueño profundo se abrieron lentamente y los tres ocupantes se incorporaron sentados en sus plazas y empezaron a ponerse en pie.

Kryten estaba frente a ellos, sonriendo felizmente.

—Bienvenidos de nuevo a la actividad, señores y señora —emitió el saludo sin ninguna muestra de pánico. En ningún momento su voz hizo sospechar que la nave estaba fuera de control y despeñándose hacia un planeta cuya temperatura en el suelo era más ardiente que un pollo en salsa phal. Les concedió unos pocos segundos para aclimatarse—. ¿Están todos despiertos?

—¿Ya hemos llegado al planeta de lava?

—Sí, señora —la tranquilizó.

—¿Hemos entrado en órbita?

—Sí, señora, de eso no hay duda.

—¿Cuándo tocaremos tierra?

Kryten dirigió la mirada a un reloj en la pared.

—En unos treinta y dos segundos. Me temo que estamos en medio de una pequeña caída en picado mortal.

—¿Picado mortal? —dijo Rimmer.

—Eso no es todo. Me temo que además hay fuego en la nave.

—¿Fuego? ¿Qué clase de fuego?

—Uno muy caliente.

—Bueno, pues apágalo.

—No es posible apagarlo. Al menos, yo solo. Si no tienen nada que objetar les sugiero que nos saltemos el té de la mañana y activemos los circuitos de pánico de inmediato.

—Dios, vaya forma de despertarnos —dijo Rimmer—. ¿Alguna otra mala noticia? Quiero decir, vamos a oírlo todo si es que hay más.

—Ah pues sí, una cosita sobre el señor Lister, señor.

—¿Qué le pasa?

—No está aquí. Se quedó en Ciberia. El otro caballero era la versión alternativa. Le he mostrado la salida, señora.

Kochanski apretó los labios llena de rabia.

—Sabía que algo raro pasaba, lo sabía.

—De todas maneras ya da igual —dijo Rimmer con mala cara—. Lo más probable es que vayamos a morir calcinados en menos de medio minuto.

—Si hay que abandonar la nave, mis trajes salen con las mujeres y los niños.

Kochanski, Gato y Rimmer subieron aprisa las escaleras de la cabina, lanzando espuma pulverizada con unos grandes extintores naranjas mientras Kryten iba de un teclado a otro como un loco introduciendo comandos para intentar frenar la caída en picado.

Rimmer se puso a hacer unos ejercicios de respiración de los dos primeros capítulos de *Relajación: Guía para Principiantes,* pero finalmente reconoció que no podía aguantar más la tensión.

—¿Cuánto falta?

Kryten gritó por encima del zumbido de los motores:

—Cinco segundos.

—¿Cuánto tiempo necesitas para recuperar el control?

—Ya casi está, solo un par de…

El Starbug penetró como una bala en el calor abrasador del océano de lava y se hundió en medio de las densas corrientes.

Diez brazas.

Veinte brazas.

Cuarenta brazas.

El cristal que protegía los monitores de temperatura de la cabina se hizo añicos con el calor extremo y las agujas de plástico de los indicadores se derritieron adoptando poses surrealistas.

El Gato forcejeaba con la palanca de control.

—Pásame a manual, colega.

—Lo estoy intentando —dijo Kochanski a voz en grito—. Prueba ahora.

—Nada. No funciona nada.

El Gato aporreó inútilmente los paneles de control.

—Esto está más muerto que las camisas de cuellos redondos.

La imagen holográfica de Rimmer se ondulaba como un espejismo en el desierto cuando la temperatura sofocante empezó a corromper la transmisión de su cápsula lumínica.

—Si no hacemos aaaalgoooo, nos quedan unos veeeeeeiiiiinte seguuuuundos para cooooooonveeeeertiiiirnos en coooooomiiiiidaaaa de microooooondaaaaas

Kryten miró el remolino de luces que tenía encima de la cabeza.

—Ya está, señor. Ahora tendría que funcionar en manual.

—Es verdad, colega. Lo tengo.

El Gato tiró hacia atrás de la palanca de control. El sonido del motor pasó a ser un murmullo agónico al luchar contra las corrientes de lava. Chirriaba y rechinaba, pero la nave no era capaz de cambiar de dirección; era imposible vencer el abrazo de la lava.

Los dedos de Kochanski revoloteaban sobre el teclado de comandos.

—Lanzando unidad de reconocimiento. Vamos a ver si hay alguna otra forma de salir de aquí.

La sonda de exploración de control remoto salió disparada de su rampa de lanzamiento mientras el Starbug continuaba su descenso en espiral.

Kochanski se quitó el traje de vuelo y lo usó de toalla improvisada para secarse los monzones de sudor que le caían de la cabeza en riadas que le escocían y le impedían la visión.

—Estamos a casi 35 grados —chilló—. ¿Podemos abrir los aspersores?

—Ahora mismo, señora.

El breve respiro de una lluvia fina y refrescante apaciguó el interior de la cabina. La imagen de Rimmer se enderezó al enfriarse su cápsula lumínica y resopló con alivio. Al menos ahora podría ayudarles a salir de este lío. Al menos ahora podría pensar con claridad, con calma y con lógica.

—Por el amor de Dios, socorro, auxilio, por favor, no quiero morir —dijo entre sollozos sin vergüenza ninguna.

El Gato metió la mano en el centro de la imagen de Rimmer y atrapó su cápsula lumínica. La golpeó tres veces contra el radar y la volvió a soltar.

—Lo siento —se disculpó Rimmer—. El calor ha debido llegar a mi programa y ha corrompido los rasgos de mi personalidad —chasqueó la lengua en tono de censura—. Casi me hace quedar como un cobarde con menos agallas que una gallina en medio de la autopista.

Los chorros de agua helada continuaban saliendo como agujas de los aspersores, dando lugar a unas nubes de vapor que emanaban de la cubierta y de las consolas. Medio cegada por el sudor, Kochanski bebió un trago de agua de los aspersores que había quedado recogida en un estuche de discos. Le quedaban treinta o tal vez cuarenta segundos para perder el conocimiento.

El Gato seguía echando un pulso reñido con la palanca de control.

—No podemos maniobrar dentro de esta cosa. Es más densa que mi mollera. Es como atravesar un batido de plátano con magdalenas. No hay forma de salir de aquí.

El transmisor de la unidad de reconocimiento comenzó a pitar y la niebla del monitor del control remoto de repente dio paso a una imagen turbia y marrón. Al principio era imposible distinguir nada.

—¿Ha encontrado algo? —Rimmer se acercó al monitor.

Kochanski le dio un fuerte golpe a la pantalla del transmisor.

—¿Pero qué?

Tras varios segundos, los datos recogidos comenzaron a mostrarse en la consola en código máquina.

Kryten tradujo.

—Ha encontrado un océano. Bajo la lava. Al parecer la lava solo cubre las primeras 500 brazas. Por debajo de eso hay un fondo marino normal con cierto grado de vida subacuática.

Kochanski frunció el ceño sin comprender bien del todo.

—¿Eso significa que no podemos volver a la superficie, pero al menos si conseguimos llegar al océano no nos asaremos como pollos?

—No es una noticia maravillosa, no hace falta que lo diga, pero al menos nuestro fallecimiento ha sido pospuesto lo suficiente para que me dé tiempo a terminar de planchar la ropa de la semana —Kryten meneó la cabeza aliviado—. Odiaría haberme ido sabiendo que su ropa interior se quedaba arrugada.

El Starbug consiguió liberarse del abrazo asfixiante de la lava y alcanzó las aguas refrescantes del océano.

La nave se estabilizó y el fuselaje de acero y hierro chirriaba de dolor a medida que la temperatura en descenso retorcía y abollaba la nave dejándola irreconocible.

Examinaron los daños con la cámara externa. El casco estaba intacto pero tremendamente deformado. Parecía un juguete barato de plástico que había estado muy cerca del fuego.

El Gato introdujo los comandos para cambiar los motores a propulsión marina, el Starbug se inclinó hacia la amura de estribor y se puso a explorar el mundo bajo la lava fundida.

Navegando justo por debajo del techo de lava, la nave cubrió más de 600 kilómetros en un periodo de cuatro días, en busca de algún tipo de chimenea que les pudiera servir de ruta de escape. No encontraron nada. Mientras tanto las reservas de oxígeno y de combustible seguían disminuyendo.

La señal de alerta amarilla sonó en la cabina.

Rimmer observó la lectura.

—La unidad de reconocimiento ha encontrado algo. Algo grande.

Tecleó las instrucciones de aumento de imagen en el transmisor remoto y de repente una figura apareció enfocada.

Un buque estelar con forma de sacacorchos y del tamaño de un festival de música de tres días yacía medio enterrado en un banco de arena gigante. Cien mil ojos de buey agujereaban un lateral de la nave.

La unidad de reconocimiento rastreó el casco del buque, pasando los amarraderos vacíos donde una vez habían estado las cápsulas de evacuación, pasando los laberínticos alojamientos de los motores que albergaban la propulsión de gravedad negativa de la nave espacial, hasta que por fin se detuvo frente al nombre del buque, oscurecido por las algas y el musgo. Apenas se podía leer. El sistema óptico de la unidad de reconocimiento hizo zoom en el nombre y aumentó la imagen varias veces.

El buque era el Mayflower.

CAPÍTULO 8

La esclusa de aire se abrió con un silbido y tres figuran entraron en la cámara de recepción del Mayflower goteando agua de mar. Kryten sacó la cápsula lumínica de Rimmer de su bolsa estanca y la puso en funcionamiento.

Rimmer inclinó la cabeza con cortesía.

—Gracias, Krytie.

Kochanski le lanzó una linterna al Gato.

—Muy bien. Vamos a separarnos. Rimmer, usted vaya con el Gato, yo iré con Kryten.

Rimmer miró el laberinto de pasillos oscuros.

—¿Por qué? ¿Por qué tenemos que separarnos?

—Así haremos el registro más rápido.

—¿Qué prisa hay? ¿Es que tiene que irse corriendo a un almuerzo importante? —Rimmer señaló al Gato con la nariz—: Yo no pienso ir con él.

—¿Por qué? ¿Qué te he hecho yo? —preguntó el Gato.

Rimmer levantó la voz con desprecio.

—Eres totalmente egocéntrico, solo te preocupas por ti mismo, echas a correr al menor síntoma de peligro, eres vanidoso, egoísta, narcisista y ególatra.

—Acabas de enumerar todas mis mejores cualidades —dijo el Gato confundido.

Kochanski mandó a Kryten por el pasillo con un solo movimiento de cabeza.

—Rimmer, usted va con el Gato.

Rimmer bufó en señal de protesta antes de recuperar el control de su rostro.

—Sí, señora —dijo sin apenas mover los labios.

Se abrió una puerta de seguridad y Kochanski y Kryten entraron en una galería repleta de unidades de sueño Profundo. Con doscientos metros de largo y veinte metros de ancho, podía albergar unos ciento veinte compartimentos en total. Las pisadas de Kryten crujían sobre los fragmentos de cristal que se esparcían por todo el suelo; las unidades habían sido asaltadas, sus contenidos saqueados. Un extraño moho naranja con pústulas amarillas goteaba del techo. El escáner les informó de que era totalmente inofensivo. Lo sometieron rápidamente a voto y decidieron no hacerle caso al escáner. Estas estúpidas máquinas de multianálisis marcianas no eran más que unos malditos chismes baratos con exceso de potencia. Kryten juró que escribiría una carta para quejarse a los fabricantes. La verdad es que no se paró a pensar que casi con toda seguridad los fabricantes ya no existían.

Desatornillaron una plancha del suelo y emprendieron un lento y arriesgado recorrido por los conductos de ventilación del subsuelo. Cuando salieron a la superficie se hallaron en una especie de laboratorio de investigación. Kryten se detuvo frente a un banco de terminales de ordenador de aspecto imponente.

—Vaya, mira por dónde, ¿qué tenemos aquí?

Le dio a un interruptor de su placa pectoral y sacó un cable de ordenador extensible que conectó a uno de los terminales.

—Estoy descargando la caja negra, señora —las pupilas de sus ojos desaparecieron de repente y en su lugar aparecieron dos pequeños relojes. Una manecilla giraba a toda velocidad en cada uno de los instrumentos hasta que finalmente la transferencia de información se completó. Kryten escudriñó los datos farfullando incredulidades—. ¡Asombroso!

—¿Qué ocurre?

—La nave lleva dos cepas de bacterias nuevas que tienen la capacidad de terraformar planetas.

—¿Virus de diseño?

—Creados en el Instituto de Hilo en Hawái, están diseñados para hacer que ciertos planetas con actividad volcánica sean habitables para ciertas especies que respiran oxígeno.

Kochanski sonrió comprendiendo.

—Creo que han sido estos dos virus los que, actuando en combinación, han creado este océano en el que estamos, señora. Poco después de que el Mayflower se estrellara en el mar de lava fundida, uno de los supervivientes debió liberar los virus terraformadores dando lugar a este mundo bajo el techo de lava.

—Seguramente para poder resistir el calor abrasador de la lava.

—Exacto. ¿Pero por qué terraformaron solo una parte del planeta?

—Tal vez el manto de lava les servía de defensa contra los simulantes y los foigs que de otra manera habrían regresado a desvalijar la nave.

—Pero si eso es cierto, señora, ¿dónde están ellos? Según el escáner, la nave está desierta.

—Ha habido ocasiones en las que el escáner ha resultado estar equivocado.

Kryten afirmó con la cabeza.

—Lo importante ahora es que si encontramos los viales de los virus terraformadores, quizá podamos usarlos para abrirnos camino a través de la corteza de lava.

—Según el ordenador central, todas las variedades de virus se encuentran en la próxima antecámara.

El panel de la compuerta se abrió y entraron en la cámara contigua. La sala entera había sido destrozada sin ningún sentido, por puro vandalismo, en el frenesí del motín; un mar de ampollas, miles y miles de viales que contenían virus, cubría el suelo alcanzando el metro de altura en algunos lugares. Todas las gradillas en las que debían haber estado almacenados y etiquetados los tubos de ensayo estaban tiradas por el suelo hechas pedazos.

Kryten se agachó y recogió un puñado de tubos de cristal finos como lapiceros. Cambió su visión de normal a microscópica y examinó el contenido del vial. Cientos de miles de viriones se retorcían en su interior, empujándose unos contra otros, buscando en vano una ruta de escape para salir de su prisión de cristal.

Kryten ordenó a su sistema óptico que ejecutara el «máximo aumento» y luego hizo zoom en un virión en concreto; tenía una cabeza grande y una cola larga y delgada que se iba estrechando cada vez más. Dentro del vial era totalmente inocuo, solo una simple molécula de ácido nucleico de ADN, incapaz de reproducirse mientras no entrara en contacto con una célula huésped.

¿Pero qué era?

¿Qué clase de virión era?

¿Para qué servía?

Identificar los diferentes virus iba a ser casi imposible. El agua había borrado la mayoría de los códigos de identificación y sin eso no podrían cotejarlos con el ordenador principal para descubrir la naturaleza de las diferentes cepas. Lo que tenían que hacer era encontrar tubos con el número de identificación en buen estado.

Después de casi una hora Kryten por fin halló un vial que sí que tenía número de identificación. Regresó a la galería y se puso a buscar en los bancos de datos del ordenador principal del Mayflower. Había una breve descripción de la estructura del virus y de lo que hacía; estaba pensado para actuar en el décimo año del programa de terraformación para ayudar a crear una especie de trigo gigante de crecimiento rápido. El virus modificaba las instrucciones de crecimiento del trigo. Fascinante pero no les servía para nada.

Kochanski se pellizcó el lóbulo de la oreja.

—Aquí hay cientos de miles de viales. Hemos tardado más de una hora en identificar uno y nos quedan escasamente cinco horas. Jamás lo encontraremos a tiempo. Las probabilidades son de una entre un millón.

Kryten volvió a entrar en la antecámara.

—Es la única posibilidad que tenemos, señora. Tenemos que seguir buscando.

Los dos haces de luz idénticos zigzaguearon por el pasillo y se detuvieron ante un pasadizo con muy mala pinta. Un suave zumbido de máquina que salía de la mochila del Gato era el único ruido que hacían. Llegaron a una bifurcación y torcieron a la izquierda, siguiendo un cartel que decía «Sección de Foigs». Caminaron en silencio, pasando junto a una serie de cabinas de sueño; delamonos, dingotanes, simbimorfos… todas estaban vacías. Rimmer se asomó al interior de la quinta; había algo ahí dentro. Algo tirado en un rincón.

Echó el aliento en el cristal e intentó limpiarlo con la manga. Aun así no se distinguía bien.

—¿Ves aquello? ¿Qué es?

El Gato miró fijamente al interior de la cabina.

—No estoy seguro, y tampoco puedo oler nada.

Pulsó el botón de apertura y se subió el cristal de la puerta. El Gato entró en la cabina, se agachó y lo recogió del suelo. Era una guerrera, perteneciente a un marine de apellido McGruder. Rimmer odiaba a los marines. Iban por ahí creyéndose la élite de la tropa. El Gato la tiró a un lado y continuaron su recorrido por la nave siniestrada.

Mientras iban andando, Rimmer esbozó una sonrisa. Él había salido una vez con una chica que se apellidaba McGruder. Tuvo una pequeña aventura con ella.

Empezó a recordar cómo se habían conocido en los días del Enano Rojo. Llevaban solo unos pocos meses en el espacio y él acababa de terminar sus obligaciones del turno z y volvía de regreso a su dormitorio cuando coincidieron los dos en el mismo ascensor. Ella era guapa. Morena, con los ojos de un azul intenso. De modo insólito en él, pues normalmente se mostraba muy tímido delante de las mujeres atractivas, había empezado la conversación preguntándole por qué llevaba una venda blanca en la cabeza, ¿era budista o algo así? Ella le había sonreído y le había contestado que acababan de darle el alta tras sufrir una conmoción cerebral: una pieza grande de maquinaría le había caído encima desde una gran altura, pero ya estaba completamente recuperada.

En seguida se hicieron muy amigos. Ella le encontró gracioso y atractivo y se lo dijo, incluso le invito a ir a su habitación aquella noche para cenar. Por supuesto Lister se había burlado de él, diciéndole que si ella había salido con él era solo porque se pensaba que él era un tal Simon.

No le había hecho ni caso.

Durante dos días y medio todo fue fantástico. Era lo mejor que le había pasado. Entonces, de repente y sin saber por qué motivo, los comentarios de Lister le habían dado qué pensar; de manera que se propuso demostrarse a sí mismo que Lister no tenía razón.

Decidió dejar de llamarla. Iba a esperar a que ella le llamara. Era solo un pequeño detalle, pero en cierta manera con eso le demostraría que ella sentía algo por él.

Yvonne no llamó nunca. Nunca volvieron a salir juntos. Y aunque se saludaban con un gesto de cabeza cuando se cruzaban por los pasillos de la nave, nunca volvieron a dirigirse la palabra.

¿Cómo había podido dejar que se le escapara? Menudo capullo.

Lo que no sabía era esto: veinte minutos después de haber salido de su habitación, McGruder se había desmayado en el cuarto de baño. Pasó la noche ingresada en la enfermería, donde llegó a la conclusión de que su «relación» con él había sido producto de su imaginación; algo que deseaba con tantas fuerzas que su mente conmocionada le había hecho creer que de verdad había pasado (había estado colada por él desde mucho antes de conocerle en el ascensor).

La solución era muy sencilla: iba a esperar a que Arnold la llamara. Si lo hacía, confirmaría que sí que había pasado; si no, demostraría que su mente le había jugado una mala pasada, la más cruel de todas.

Él no llamó nunca. Nunca volvieron a salir juntos. Y aunque se saludaban con un gesto de cabeza cuando se cruzaban por los pasillos de la nave, nunca volvieron a dirigirse la palabra.

Rimmer y el Gato llegaron a un nuevo pasillo y se metieron por un pasadizo que se abrió al detectar su presencia, revelando una enorme cripta con forma de herradura. Entraron en la cripta.

Los terminales de ordenador cubiertos con una capa de polvo del grosor de una alfombra de pelo largo se alineaban a lo largo de tres de las paredes. Al fondo de la cámara un panel de colores gigantesco escrito con signos extraños dominaba la sala. Parecía una especie de teclado, pero el jeroglífico que había en las teclas gigantes era la cosa más rara que habían visto.

Rimmer apuntó con la linterna a la izquierda y se puso a explorar el banco izquierdo de terminales de ordenador; el Gato fue derecho hacia el panel de cuadrados de colores. Apretó uno, aunque solo fuera por determinar el grosor de la capa de polvo. Un suave zumbido empezó a sonar, luego la cámara cobró vida a medida que los tubos de neón de diferentes colores se iban encendiendo uno detrás de otro avanzando por la herradura de maquinaria como un incendio forestal.

Rimmer se dio la vuelta.

—No juegues con eso. No sabemos lo que hace.

El Gato apretó un segundo cuadrado.

—Solo estoy probando una cosa.

—Pues no pruebes nada, es una orden.

El Gato bufó por lo bajo, luego se puso otra vez a apretar las teclas.

De repente se oyó un ruido que venía de arriba y cuando Rimmer levantó la vista, un cilindro de cristal se desprendió del techo y descendió con cuidado sobre él atrapándole en su interior. Rimmer puso los ojos en blanco, desesperado.

—¿Por qué a mí? ¿Por qué me toca siempre a mí? ¿Cuántas veces te he dicho que no tocaras nada?

—Soy un gato, soy curioso por naturaleza. Demándame si quieres.

Rimmer aporreó el interior del cilindro de cristal.

—Como no me saques de aquí en seguida te vas a enterar de lo que vale un peine. ¿Me has oído?

—*Tranqui*, colega. Sé lo que estoy haciendo —el Gato volvió a pulsar las teclas.

—Ve a buscar a Kryten.

Una luz roja intermitente inundó la cámara, acompañada de unos zumbidos graves y potentes. El sonido hacía vibrar la maquinaria levantando una polvareda que oscurecía las luces con nubes temblorosas.

El Gato se quedó paralizado.

—Oh, qué cosa más bonita.

—Olvídate del espectáculo de luces. Ve a buscar a Kryten.

—Espera, ya casi está.

Se encendió un ordenador. «Secuencia de transmogrificación iniciada».

—¿Transmogrificación? ¿Qué demonios es eso?

—Eh, a lo mejor es algo bueno. No seas cenizo.

«Muestra genética aceptada y clonada», dijo el ordenador. «Por favor introduzca nueva estructura genética».

—¡No hagas nada! ¡No toques nada! Vete a buscar a Kryten.

—Oye, ¿crees que no puedo manejar esto yo solo? ¿Tengo que salir corriendo a buscar a cabeza de condón barato para que te saque de ahí? Yo te he metido en este lío y yo te voy a sacar, ¿vale?

—Trae a Kryten —repitió Rimmer en el mismo tono rotundo y categórico.

—Relájate, ¿quieres? Sé muy bien lo que estoy haciendo. El Gato empezó a dar golpes sin sentido en el teclado con los puños apretados.

«Nueva estructura genética aceptada. Metamorfosis en diez segundos a partir de ahora».

El gato sonrió con un brillo encantador en los ojos.

—Oye, se me ha ocurrido una idea genial. ¿Por qué no voy a buscar a Kryten?

—Olvídate de Kryten. Pulsa los botones. Cualquier botón. ¡No dejes de pulsar!

Sin previo aviso el cilindro se puso blanco y cortó a Rimmer en mitad de su protesta. El Gato se acercó y miró a través del cristal. Un humo denso y arremolinado daba vueltas dentro del cilindro, prácticamente imposibilitando la visión. Poco a poco, de modo agónico, los rizos de vapor empezaron a disiparse. La cara del Gato de repente parecía como si le hubieran estampado un enorme signo de interrogación. Sus ojos iban de un lado a otro, buscando algún rastro de Rimmer. No estaba allí. Allí no había nada aparte de un pollo. Un pollo que le miraba con cara de enfadado.

«Secuencia completa», dijo el ordenador en un tono impasible.

El Gato salió de la cámara y se fue corriendo por el pasillo llamando a gritos a Kochanski y a Kryten.

Kochanski miró en el interior del cilindro y observó petrificada al pollo que estaba dando picotazos en el cristal con un enfado notable.

—¿Ese es Rimmer?

El Gato asintió con la cabeza.

—No sé qué decir excepto «huy».

Kryten se fijó en el despliegue de equipos informáticos.

—¿Para qué es todo esto?

Kochansky se puso derecha.

—Debe ser una especie de modificador de ADN para facilitar la terraformación.

El Gato miró a su alrededor a la enorme red de bancos de ordenadores.

—Pues sí que les tenía que gustar el pollo para tomarse tantas molestias, colega.

Kochanski examinó uno de los tableros de instrumentos de la memoria.

—Parece que tiene almacenado en el disco duro en algún tipo de formato digitalizado el ADN fosilizado de una variedad increíble de formas de vida. Una especie de biblioteca de la vida, bueno, de la vida potencial. Se supone que solo habría que reunir cualquier combinación de genes que se necesite y fusionarlos en la forma de vida resultante.

—Pero Rimmer es un holograma de luz dura, señora. Él no tiene ADN.

—El ordenador ha debido conseguir hacer una transposición, intercambiando luz dura por genes. No me preguntes cómo lo ha hecho.

Kryten chasqueó la lengua intentando tranquilizar al pollo que daba vueltas enfadado dentro del cilindro.

—La cuestión es si podemos volver a cambiarle.

El Gato sacudió la cabeza.

—No, la cuestión es si queremos hacerlo.

Kryten se apartó a un lado y alzó la vista al panel.

—En teoría, no debería haber ningún problema para volver a cargar la forma original del señor Rimmer. Sólo es cuestión de descodificar el teclado. Parece un sistema hexadecimal bastante sencillo. Lógicamente, esta debería ser la secuencia para volver al estado anterior

Kryten pulsó las teclas cuadradas del panel como un auténtico experto.

—Vamos a ver qué pasa.

Por segunda vez el cilindro se puso blanco y tres pares de ojos intentaron ver a través del humo.

Un jerbo mongol con el lomo marrón y el vientre blanco, dotado de unas orejas innecesariamente ridículas, les devolvió la mirada con los ojos encendidos de rabia. Ondeó su larga cola en el aire como un lazo de vaquero y se puso a limpiarse los bigotes con vehemencia, intentando apartar de su cabeza el hecho de que un grupo de supuestos compañeros de tripulación estaban tonteando con su estructura molecular.

—No era esa, ¿verdad?

Kryten y Kochanski se miraron y los dos se pusieron a estudiar el modificador de ADN como si estuvieran a solo unos segundos de encontrar la solución.

Les costó cuatro horas. Cuatro horas en las que Rimmer se sometió a cerca de trescientas remodelaciones genéticas utilizando ADN de la mayor parte del reino animal. Adoptó diversos tamaños. Desde un rimmerfante, que se dio un paseo por la sala y dejó todo patas arriba, hasta un pequeño rimguro que no paraba de dar saltos, con las patas del marsupial australiano y la cabeza y parte superior del cuerpo de lo mejor del Enano Rojo.

Al final Kryten descifró el jeroglífico, introdujo la secuencia correcta para la cancelación y el cilindro de cristal se retiró hacia el techo. Un Rimmer lívido salió de entre las columnas de humo y se marchó por la escotilla tambaleándose y con paso tembloroso.

Mientras los demás se marchaban, Kryten se quedó rezagado en el interior de la sala mirando el enorme panel de colores con ojos de deseo. Allí en esa sala había una máquina que podía hacer realidad su mayor sueño: podía hacerle humano. Ya no sería nunca más un ciudadano de segunda, ya no sería nunca más prisionero de su cara angulosa con forma ridícula y de su absurdo cuerpo. Esta máquina podía hacerle humano.

Cuando llegara el momento oportuno volvería.

CAPÍTULO 9

La nave descendió en picado a través de un banco de nubes y la luz del procedimiento de aterrizaje del piloto automático se encendió en el panel de control de la propulsión. Lister aporreó los botones lleno de impotencia.

Era inútil.

Le gustase o no iban a aterrizar en este planeta que se hallaba bajo dominio de la gestalt creada por los foigs. Bajó la mirada al ordenador de navegación de la nave y no pudo evitar fijarse en algo bastante grande al nor-noroeste. Era como un enorme tornado de casi un kilómetro de ancho que se desplazaba a toda velocidad por la superficie del planeta.

—¿Qué es eso? —dijo sin dirigirse a nadie en particular—. ¿Es una tormenta? ¿Qué demonios es eso?

La nave se estabilizó y los retros se encendieron con un rugido frenando el descenso del aparato para tomar tierra de forma suave. A su espalda las esposas de contención de los voluntarios se abrieron con un clic y les dieron la libertad. De forma simultánea, los controles de la nave pitaron y se apagaron. Lister apretó los botones sin ninguna esperanza. Una especie de interferencia eléctrica había dejado a la nave sin corriente. Se acabó su oportunidad. Esta nave no iba a ir a ninguna parte; no tenían más remedio que bajarse.

Se abrió la puerta de la esclusa de aire y los voluntarios empezaron a bajar en pelotón por la rampa de desembarque. El calor golpeó a Lister como un puñetazo en la cara.

Se tambaleó hacia atrás y recuperó la compostura. De repente su mono de vuelo integral resultaba absurdo y excesivamente grueso. El aire enrarecido del planeta obligaba a su corazón a latir con fuerza dentro de la caja torácica como una bola de pinball poseída.

Se protegió detrás de Reketrebn, conteniendo las lágrimas de sudor mientras bajaba por las escaleras con el grupo. Cuando iba por la mitad una racha de viento cargado de arena y muy malas intenciones le azotó por detrás empujándole con fuerza hacia un lado.

Intentó agarrarse a la barandilla de cuerda pero no acertó y se cayó por el lateral, precipitándose hacia el suelo desde una altura de seis metros. Reketrebn extendió la mano como si fuera de goma y le agarró con pericia a media caída antes de volverle a poner de pie sobre la rampa.

—Bonito lugar —comentó Reketrebn.

Lister asintió con la cabeza.

—Como agujero del infierno dejado de la mano de Dios, es uno de mis favoritos.

—¿Y ahora qué hacemos?

—Supongo que entretenernos un poco antes de morir.

Lister y Reketrebn se separaron del resto de los voluntarios y se dirigieron hacia un paso entre dos montañas de arena, en busca de refugio. El planeta no parecía tener nada de especial: era prácticamente desértico, salvo por pequeñas áreas aisladas de ligera vegetación capaz de resistir las condiciones extremas. Al llegar al final del paso subieron a la montaña de arena situada más al este y contemplaron la tierra que se extendía a sus pies.

Verdes intensos de la hierba y los árboles, amarillos luminosos de los campos de trigo. Lister se dio la vuelta para ver el paso del desierto por el que habían venido. Desde su posición de altura tenía un aspecto bastante diferente. Era como si hubieran pasado un cortacésped gigante por toda una franja del territorio, haciendo desaparecer hasta el último brote de vegetación que existiera.

¿Habría sido la gestalt del planeta? Le pidió a Reketrebn que adoptara la forma de Kryten y se pusieron a debatirlo mientras volvían de regreso a la nave.

Pero entonces, sin previo aviso, anocheció. Se detuvieron y acamparon para pasar la noche. Reketrebn se convirtió en una hoguera y Lister se tumbó delante hecho un ovillo y se durmió en seguida.

Notó el cuerpo de ella apretándose contra el suyo. Todavía medio dormido, se dio la vuelta, la envolvió en un abrazo y empezaron a besarse. Poco después estaban arrancándose la ropa el uno al otro, en un enredo de miembros desnudos. Él abrió los ojos y miró directamente a los ojos de Kristine Kochasnski.

—Reketrebn, eh, ¿qué estás haciendo?

—Estoy haciendo el amor contigo. Estoy siendo Kristine Kochanski.

—¿Por qué?

—Porque es lo que tú necesitas. Puedo percibir tu apetito sexual.

—Pues no vuelvas a hacerlo, ¿vale?

—No si no lo deseas.

—No, no lo deseo.

—Es porque estamos conectados con un solo gancho. No interpreto bien tus deseos.

—Buenas noches.

—Buenas noches.

De pie en la cresta de la colina, Lister observó el valle que se abría más abajo. Era como si alguien hubiera cogido una cuchilla de afeitar gigante y hubiera rasurado una tira de suelo. Siguió el sendero de destrucción serpenteante pero perfectamente segado que se hundía y giraba una y otra vez hasta que al final se perdía más allá del horizonte. En medio de la matanza estaba el armazón devastado de lo que quedaba de la nave. El contorno del esqueleto apenas sí se podía reconocer, pero las paredes externas habían sido devoradas, el mobiliario interno arrasado. Lo único que quedaba eran los chirridos patéticos de la carpintería metálica horriblemente deformada.

En silencio e incapaces de reaccionar, Lister y Reketrebn registraron los escombros. Encontraron los cuerpos de muchos de los voluntarios. Curiosamente, no les habían devorado; su aspecto era totalmente normal salvo por el hecho de que estaban muertos. Muchos de ellos tenían armas improvisadas de madera y metal en las manos. Unos cuantos estaban enzarzados en combate cuerpo a cuerpo. Una sensación amarga de temor inundó el ánimo de Lister.

—Parece casi como si se hubieran matado unos a otros.

Entonces de repente sucedió algo que ya era un cliché: un puñado de rocas pequeñas bajó rodando por la vaguada y se dispersó en torno a sus pies; un anillo de siluetas les tenía rodeados. Cegado parcialmente por la luz de la mañana, lo único que podía ver Lister eran ocho figuras, que estaban gritando algo en código máquina.

Lister y Reketrebn intercambiaron miradas. Entonces una lanza, de más de dos metros de largo, adornada con pieles y borlas, se enterró en el suelo a un metro del pie de Lister.

Reketrebn empezó a cambiar de forma. Su aspecto neutral se onduló y formó una cortina flotante transparente que envolvió a Lister en su interior y luego se endureció. Lister tuvo que agacharse en cuclillas al encontrarse encerrado dentro de una burbuja de cristal blindado. Las figuras se pusieron a pegar patadas a la bola de cristal sin obtener resultado, después, aceptando la derrota, la levantaron del suelo y se la llevaron a su base.

Lister iba agachado dentro de Reketrebn observando mientras le llevaban por una serie de pasadizos cavernosos y le dejaban en el suelo frente a una hoguera. Un individuo ataviado con una piel de animal sobre los hombros se puso delante de él y le miró.

El individuo era humano. Era un hombre.

Sintiendo el cambio de humor de Lister, Reketrebn volvió a transformarse en su estado neutral mientras Lister miraba cara a cara a otro miembro de su especie. El hombre extendió la mano y dijo sonriendo:

—El señor Lister, supongo.

—Sí —dijo Lister, boquiabierto.

—Teniente coronel Michael R. McGruder, señor —dijo el teniente coronel Michael R. McGruder sin soltarle la mano—. Creo que usted conoce a mi padre.

—¿A su padre? No, no creo —Lister sacudió la cabeza—. ¿Quién es su padre?

—Es uno de los mejores soldados que jamás haya servido en la Flota Estelar, señor, un hombre de tal coraje e ingenio que fue el único reanimado por el ordenador de a bordo para protegerle a usted la vida. Mi padre, señor, es Arnold J. Rimmer.

Lister buscó a tientas algún medio de apoyo para no perder el equilibrio. Al no encontrar nada, se dejó caer despacio plegándose por las rodillas como un acordeón.

CAPÍTULO 10

Kryten estaba mirando a través de los oculares del microscopio vírico en medio del mar de viales cuando el Gato y Kochanski entraron a trompicones en la cámara portando dos bombonas de oxígeno grandes y las dejaron en el suelo de la entrada con un gran estruendo.

—Tenemos oxígeno suficiente para un mes y además el Gato ha encontrado olfateando unas cuantas baterías de reserva adicionales para Rimmer.

Una sonrisa de alivio se dibujó en la cara de Rimmer.

—Nosotros también hemos encontrado algo bastante interesante.

Kryten levantó la vista del microscopio.

—Hemos encontrado unos cuantos viales más con código de identificación, y sus contenidos han resultado ser del todo extraordinarios.

Kochanski se quitó las botas y cruzó de puntillas la alfombra de tubos de cristal mientras Kryten empezaba a explicar el descubrimiento en líneas generales.

—Gracias a la investigación de su ADN se descubrió entre otras muchas cosas que todos los virus de dividen en dos categorías: los negativos y los positivos. Los negativos los conocían a la perfección.

El Gato inclinó el cuello y los hombros, intentando ver algo en el microscopio.

—¿A qué te refieres? ¿A la viruela, la gripe, el sarampión, la rabia y cosas de esas?

Kryten afirmó con la cabeza.

—Pero descubrieron que además había virus positivos. Infecciones víricas que de hecho mejoran la condición humana.

—¿Como qué?

—Bueno, a un nivel muy básico, pronosticaron una especie de gripe inversa, una cepa de virus que produce una sensación de bienestar y euforia inexplicable que puede llegar a durar años. Según estas anotaciones, los disc-jockeys del siglo XX la padecían constantemente.

El Gato inspeccionó la bandeja de viales.

—Entonces ¿qué es lo que hay en los tubos?

—Son cepas aisladas de virus positivos que causan infecciones benignas —cogió un vial de color azulado y lo acercó a la luz—: inspiración.

Kochanski y el Gato se quedaron admirados. Él levantó otro en el aire.

—Magnetismo sexual.

Las cejas del Gato cayeron en picado hasta el puente de la nariz.

—¿El magnetismo sexual es un virus? ¡Llevadme al hospital, lo mío es un caso terminal!

Kryten sostuvo en alto un tercer vial.

—Pero puede que este sea el más intrigante de todos. Este vial contiene el virus positivo que bautizaron con el nombre de *felicitus populi*. Más comúnmente conocido como Suerte.

—¿La suerte es un virus? —preguntó Kochanski.

Kryten vertió una cantidad mínima del líquido en una jeringuilla para inyectar en el cuello.

—Un virus positivo que la mayoría de los humanos contraen en algún momento de sus vidas. Normalmente el periodo de infección termina demasiado rápido. Y aquí está: la señora Suerte, en forma líquida. ¿Quiere probar un poco?

—¿No será peligroso? —dijo Kochanski.

—En absoluto. Y esta es una dosis mínima, así que no debería durar más que unos pocos minutos.

Kochanski se apartó el cuello de la chaqueta y la jeringuilla le perforó la piel lentamente. Ella rotó la cabeza hacia un lado y hacia el otro.

—Ya está, ¿y ahora qué?

Kryten le dio un juego de naipes.

—Baraje las cartas primero y luego, sin mirarlas, saque los cuatro ases.

Ella barajó, cortó, volvió a cortar, barajó otra vez, puso el mazo sobre la mesa de laboratorio y lo extendió a modo de abanico, con las cartas boca abajo.

Pasó la mano a lo largo de la línea y le dio la vuelta a una carta. El as de corazones.

—La probabilidad de que acertara eligiendo esa carta —le informó Kryten— es de una entre trece.

Kochanski llevó de nuevo la mano por la hilera de cartas y extrajo una segunda. Le dio la vuelta. El as de diamantes.

—Una entre 221.

Kochanski puso boca arriba una tercera carta. Era un trébol. El as.

—Una entre 5.525.

La cuarta carta. Otro as. Esta vez de picas.

—La probabilidad de que sacara los cuatro ases de una baraja de naipes sin ningún tipo de marca es de una entre 270.725.

Se quedaron con la boca abierta. Kryten puso el resto de las cartas boca arriba, para demostrarles que la baraja no estaba amañada.

—¿Llega a hacerse una idea de lo que esto significa? —le preguntó en un tono pausado.

Kochanski asintió con la cabeza.

—Significa que vamos a jugar al póker, eso es lo que significa. Muy bien, veinte libradólares por apuesta, las jotas hacen de comodines.

—Me parece que no era eso exactamente lo que Kryten tenía en la cabeza.

—¿Al siete y medio?

Kryten intervino.

—Me refiero, señora, a que si ha contraído el virus de la suerte, tal vez sea posible detectar los virus terraformadores entre los cientos de miles de muestras que hay esparcidas por toda la sala.

Kochanski asintió con la cabeza.

—Está bien, pero luego jugamos al póker.

Estuvo dando un paseo por el laboratorio durante varios minutos, estudiando el suelo con detenimiento. Se paró, metió la mano dentro de una montaña de viales diminutos y extrajo uno.

—¿Ese es?

—Creo que sí.

—¿Tiene algún número?

Ella giró el vial y leyó en voz alta el código de identificación del virus.

—ZCSBFD6577GJG93857JJJJJ43767737837FHDKWOPIW53.

Rimmer le sonrió.

—Ese es el primer virus. Es ese. Ha dado en el clavo.

Kochanski sonrió de oreja a oreja.

—Esta noche la suerte tiene forma de mujer —se acercó hasta otro montón de viales, metió la mano y sacó tres más—. Muy bien, me apuesto lo que sea a que el segundo virus que necesitamos es este. Vamos a ver: KDNIUJVIURNVOENV984398404IUFN98HR998SSC.

Kryten exhaló un suspiro de consternación.

—La «C» está mal, es una «J».

Kochanski se echó a reír.

—Te estaba tomando el pelo. Es una «J».

—¿Y los otros dos, por qué los ha elegido?

—Estoy segura de que este es otro vial del virus de la suerte.

Kryten examinó el número de serie y asintió con la cabeza.

—Y este de aquí —Kochanski lo sostuvo en alto frente a la luz—, me vendrá bien en algún momento, pero no sé para qué.

Ella leyó en voz alta el número de serie.

Noventa segundos más tarde el ordenador mostró un mensaje de «Búsqueda completada», y una descripción del contenido del vial apareció superpuesta en la pantalla.

—Nombre: Brassica 2. Función: producir brócoli de crecimiento rápido —Kochanski se encogió de hombros—. No tengo ni idea.

Dos horas más tarde soltaron el virus en la lava fundida y esperaron con impaciencia a que aparecieran los primeros signos de corrupción en las células del magma. A los treinta minutos de observación recibieron un análisis positivo del ordenador principal del Mayflower. El informe preveía la transformación de la lava en mantillo en un máximo de cinco días, pero pronosticaba que sería posible atravesar la mezcla de lava diluida y mantillo a medio formar en menos de treinta y seis horas.

Rimmer miró su reloj de pulsera.

—No nos queda mucho tiempo para llevar a cabo la operación de salvamento. Será mejor que nos pongamos manos a la obra.

Seis horas más tarde, después de tres idas y venidas del Starbug al Mayflower y vuelta otra vez que le destrozaron todos los músculos del cuerpo, Kochanski se echó sobre su colchón de muelles. Se quedó dormida en cuestión de segundos. Sin hacer ningún ruido, Kryten se metió en su traje de buzo y activó el control remoto de la esclusa de aire. En pocos minutos estaba de nuevo dando zancadas sobre el fondo del océano en dirección al Mayflower.

Se adentró por un pasadizo y llegó a una gran cripta que tenía forma de herradura. Ahora ya sabía cómo funcionaba el modificador de ADN, en realidad era muy sencillo. Introdujo la secuencia de la nueva formación genética y un cilindro de vidrio descendió rápidamente del techo. La modificación dio comienzo, y el cilindro se puso blanco. Cuando volvió a alzarse hasta el techo y el humo se hubo disipado, Kryten ya no estaba allí. En lugar de él había un hombre.

Un hombre desnudo.

Un *Homo sapiens*.

CAPÍTULO 11

—¿Cómo me has dicho que te llamabas?

—McGruder, señor.

Lister arrugó la frente concentrándose.

—McGruder... tu madre debió de ser Yvonne McGruder.

Una blanca sonrisa se encendió como una luz de neón en la cara de McGruder.

—Siempre me ha contado historias de las increíbles hazañas de mi padre, desde que era muy pequeño. Me dijo que probablemente nunca llegaría a conocerle porque su nave se perdió en el Espacio Profundo. Pero cuando la caja negra de la nave cayó en el Pacífico, en mi interior supe que él seguía por ahí en alguna parte. También supe que mi deber era encontrarle y he basado mi carrera en conseguir llevar a cabo esa búsqueda. ¿De verdad era tan asombrosamente extraordinario como mi madre me hacía creer?

—Bueno —dijo Lister, sin saber muy bien qué contestar—. Hum... evidentemente, esto... ya sabes...

McGruder le miraba con expectación.

—¿De verdad fue el mejor soldado que jamás haya existido, señor? ¿Mejor que Patton, mejor que nadie en el mundo? Todas esas historias llenas de valor y sacrificio. A veces, tengo que confesarlo, me preguntaba si mi madre no estaría exagerando, aunque fuera solo un poco. Dígame, ¿cómo era en realidad?

Lister se puso a dar vueltas por la cueva, de espaldas a McGruder. Entonces se detuvo y le miró con el rostro completamente serio.

—¿Que cómo era?

—Sí, señor.

—Era... era... era un gran hombre.

McGruder se sintió aliviado.

—Lo sabía.

—Un buen soldado, un buen amigo... y un gran hombre en todos los sentidos.

—En el fondo estaba seguro de ello —se alegró McGruder—. ¿Y es cierta esa historia de cuando salvó a seis oficiales que estaban atrapados en la bodega y después...

—Sí, es verdad —le interrumpió Lister—. «Todo» es verdad.

Los ojos de McGruder se iluminaron, como si fueran dos cúmulos estelares.

—¿Y qué me dice de aquella vez que...

—También es verdad. Todo es verdad. Se me saltan las lágrimas de pensar que ya nunca vas a tener la oportunidad de conocerle.

—Lo último que sé de él es que era un holograma. ¿Qué fue de él?

—Tuvimos que separarnos. Él está con mi novia, con un mecanoide y con un tipo que evolucionó de los gatos. Podrían estar en cualquiera de los millones y millones de realidades —una sonrisa triste tensó los labios de Lister—. Ahora ya no los encontraremos ni aunque nos pasemos el resto de la eternidad buscándolos.

De repente, se produjo un gran ajetreo y un grupo de voluntarios entró en la cueva.

—Nwaki, mi señor, ya viene la Furia.

McGruder asintió con la cabeza.

—Dividíos en tres grupos como siempre. Separa a los hombres.

El foig se dio la vuelta rápidamente y se marchó.

—¿La Furia? ¿Es eso lo que arrasa la tierra?

—Es una entidad gestáltica creada a partir del ADN de los internos inocentes de la colonia penal.

—Eso ya lo sé, pero ¿por qué lo llamáis la Furia?

—La furia de la inocencia. Obligaron a todos esos internos encarcelados injustamente a sacrificar sus vidas para contribuir a crear la gestalt. Luego cogieron todas esas identidades, llenas de rabia por la injusticia de sus sentencias y encolerizadas por la imparcialidad y la corrupción del sistema, y las fusionaron en un solo organismo gigantesco, un tornado de furia violenta. Por eso ataca el planeta verde y lozano que creó, quiere que sea inhabitable para los foigs. De esta manera no podrán usarlo para atravesar el Omniespacio.

Lister asintió con la cabeza.

McGruder siguió hablando.

—Su furia es contagiosa. Todos los que inhalan su viento se llenan de tanta ira, de tanto rencor biliar, que acaban destruyéndose unos a otros: maridos que matan a sus mujeres, hermanos que matan a sus propios hermanos, padres que matan a sus hijos.

Lister recordó la maraña de cuerpos muertos en combate en el interior del esqueleto de la nave de voluntarios.

—¿Y esto hace que el planeta sea totalmente inhabitable?

—Los dingotanes me pusieron en la primera nave de voluntarios. Éramos dos mil. Ahora apenas quedamos cuarenta.

—¿Y cómo es que vosotros sí que lo habéis conseguido?

—Encontramos la manera de sobrevivir al viento. Todos los que sienten odio se reúnen en un Círculo de *Sacer Facere* y uno ha de ser sacrificado. La Furia penetra con toda su rabia en uno del grupo y le inmola en el acto. Pero los demás siguen vivos.

Un foig se asomó desde la entrada de la cueva.

—Nwaki, mi señor, ya es la hora. No debe retrasarse más.

McGruder asintió con la cabeza.

—Venga, señor Lister, usted viaja conmigo. Así podrá contarme más historias sobre las extraordinarias proezas de mi padre.

—Sí —dijo Lister sin mucho convencimiento—. Cómo no.

Lister, Reketrebn, McGruder y un destacamento de foigs se dirigieron al sur hacia un abanico de montañas, mientras que los otros dos grupos se dirigieron hacia el este y hacia el oeste respectivamente. La Furia avanzaba su barrido desde el norte. La dirección que había tomado cada partida se había decidido sacando palitos y Lister se dio cuenta dos horas después, cuando su grupo trataba de avanzar por un sendero de montaña inundado de barro, de que eran ellos los que iban a ser alcanzados.

Se quedó mirando el valle que se extendía a sus pies y vio el ciclón de color naranja eléctrico que segaba el paisaje a su paso, devorando la tierra con avaricia como si se fuera a acabar. La expedición cambió de rumbo tres veces y las tres veces la Furia viró con ellos. Se estaba desplazando a una velocidad cercana a los seiscientos kilómetros por hora, rugiendo como un león salido del averno.

No había ningún sitio donde esconderse en la senda de montaña, ningún lugar en el que protegerse. McGruder les hizo señas para que hicieran alto y se prepararan. El equipo se dividió en tres grupos, cada uno atado entre sí con una cuerda que estaba asegurada a la pared de roca con clavijas de escalada.

Después esperaron.

Menos de cinco minutos más tarde estaba encima de ellos.

Lister hundió la cara contra la pared de la montaña y se agarró a su cuerda de escalada mientras la Furia erosionaba la ladera, despojándola de todo signo de vegetación. Vio impotente como la fuerza de la gestalt arrancaba las fijaciones de la superficie de la roca y lanzaba por los aires a uno de los otros dos grupos.

Luego la Furia penetró en él.

Su aliento cálido y nauseabundo se le metió en las entrañas y empezó a explorar todo su ser. Un maremoto de cólera le sacudió de pies a cabeza. Era rabia cegadora en estado puro. Le daba sensación de poder. Habían cometido una injusticia con él. Una injusticia terrible. Alguien o algo que no podía recordar muy bien había sido injusto con él. Pero eso no era lo importante, lo importante era que alguien o algo le había traicionado profundamente y que por eso le hervía la sangre y echaba humo por las orejas. Y sentaba bien. Sentaba tan bien. Esta rabia, esta ira desatada era un gran don.

De repente tenía algo en lo que podía creer, algo que nadie podía poner en tela de juicio, algo que era puro y verdadero, algo por cuya defensa habría muerto de buena gana, porque esta ira era la furia de los honrados, era la furia de los condenados injustamente, la furia de los indignados, la furia de los inocentes y ellos han de tener su venganza. Luego la Furia pasó de largo y el viento con forma de embudo se alejó en la distancia, dejando la roca desnuda a su paso.

Lister vio cómo se marchaba. Lo único que había dejado era el odio que sentía. El odio que sentía por un enemigo sin forma definida.

¿Para qué les había traído aquí McGruder, por qué no se habían quedado en el valle? ¿Por qué se había fiado de él? Tenía ganas de matarle. Quería arrancarle la cabeza y pisotearla.

Y los foigs, también odiaba a los foigs. ¿Por qué no le habían advertido? ¿Por qué?

McGruder se soltó de la clavija de la roca con el rostro muy serio, los labios secos y apretados y los ojos negros y sin vida.

Lister cogió su clavija y se lanzó a por él; el marine le tiró al suelo y estampó el pie con fuerza sobre el cuello de Lister.

—Tenemos que formar el Círculo de Sacer Facere para expulsar a la Furia. Uno de nosotros va a morir.

Los ocho supervivientes se sentaron en el Círculo de Sacer Facere y se cogieron de las manos. Pasaron unos segundos antes de que lentamente, silenciosamente, pero aumentando de volumen, un sonido como el de diez mil langostas en agonía empezó a vibrar en el aire. Y entonces se levantó un viento rojo huracanado, envuelto en rostros demoníacos, y giró en círculos alrededor del grupo, penetrando en cada uno de ellos por la boca o por el oído y saliendo por el mismo sitio. Y el sonido iba creciendo a medida que la corriente de aire les atravesaba.

Siguió dando vueltas y más vueltas. Cada vez giraba más deprisa. Cada vez se oía más fuerte. Cada vez que la Furia pasaba a través de Lister todo su cuerpo se llenaba de energía. Aunque solo le poseía durante apenas un nanosegundo, cada terminación nerviosa de su ser suplicaba recibir más; más de la furia, más del poder, más de la rabia cegadora en estado puro que le elevaba por encima de sí mismo y le convertía en un dios.

Siguió dando vueltas y más vueltas.

Lo único que quería era que aquello le poseyera y así poder tener durante un breve segundo de delirante felicidad toda la furia para él. Que le quitara la vida como consecuencia era un precio que estaba dispuesto a pagar las veces que hiciera falta.

Gritó con todas sus fuerzas y le rogó que acabara con él. Le imploró que le poseyera. Y poco después todos estaban dando gritos, todos suplicando, todos chillando y el aullido del viento rojo les iba atravesando antes de que empezara gradualmente, de manera casi imperceptible, a ir más despacio. Siguió dando vueltas, pasando a través de Reketrebn, a través de McGruder, a través de los foigs, a través de Lister. Cada vez más despacio. Se estaba parando. A través de Reketrebn, a través de McGruder, a través de los foigs. Entonces se paró, titubeando entre Lister y el último foig. Los dos estaban rogando a gritos que les poseyera, suplicándole desesperadamente que les convirtiera en dioses por tan solo una minúscula fracción de una fracción de una fracción de tiempo; osciló de un lado a otro entre ellos antes de detenerse sobre Lister y luego volver al foig. El cuerpo del foig devoró con ansia el impacto total de la Furia. Dejó escapar un grito de éxtasis antes de que la carne le envejeciera en un instante y se le desprendiera de los huesos en una cortina de polvo.

Lister no pudo evitar echarse a llorar. Se había acabado.

Al menos por el momento.

CAPÍTULO 12

Kochanski abrió los ojos y miró fijamente al hombre que estaba de pie frente a su cama. El hombre había conseguido copiar de algún modo la voz de Kryten y le estaba transmitiendo un mensaje urgente, usando la entonación del mecanoide con precisión. ¿Lo estaba soñando? ¿Era esto una especie de pesadilla surrealista?

De forma gradual, comenzó a oír lo que el individuo estaba diciendo.

—... y ahora soy humano.

—¿Qué? —dijo Kochanski—. ¿Qué es lo que has dicho?

Kryten mostró una sonrisa radiante.

—No me había sentido tan bien desde que aquella vez en que se me quedó enganchado el conector de la entrepierna en una lavadora de carga frontal. Sólo quería que fuera usted la primera en saberlo... — el rubor tiñó de rojo su nueva cara humana— ...Kriss —se rió entre dientes como un niño travieso—. Hasta mañana.

Ella esperó a que bajara a mitad de la escalera antes de llamarle.

—Kryten.

—¿Sí, Kriss?

—Ahora que eres humano —le sonrió con amabilidad—, quiero darte un pequeño consejo.

—¿Cuál?

—Ponte ropa.

Kryten bajó la vista a su cuerpo desnudo.

—Se me ha olvidado por completo. ¿Cómo demonios lo hacéis los humanos?   —se frotó las sienes con las palmas de las manos—. Si es imposible acordarse de todo.

A primera hora el Gato entró con sigilo en la sección central del Starbug y se sentó al lado de Rimmer, que estaba guardando un registro del inventario actual de suministros empleando una serie de códigos de colores cuya complejidad resultaba desconcertante, como preparativo para el viaje a través del mantillo. Junto a él, desayunando, había un hombre al que el Gato no había visto nunca hasta entonces.

—¡Ah! ¡Amigo humanoide! ¡Saludos! —el hombre señaló con el dedo su bandeja del desayuno—. La primera vez que voy a comer. ¡Ovulaciones de gallina cocidas! ¡Qué ricas!

El Gato se sentó junto a la mesa del radar y se sirvió un vaso de leche.

—Kryten, colega, ¿eres tú?

—¿A que es una maravilla?

—¿Qué diablos te ha pasado, tío?

—He vuelto a ir al modificador de ADN y me he hecho humano.

—¿Y esa cara la has escogido tú?

—A mí me parece que es una cara bastante bonita.

El Gato la estudió con detenimiento.

—¿Estás seguro de que no te la has puesto al revés?

—Bueno, ¿cómo está el nuevo humano? —Kochanski bajó trotando por la escalera de caracol vestida con una camiseta larga.

—De categoría, Kriss. Aunque he de confesar que tengo una serie de preguntas sobre mi nuevo físico. He hecho una pequeña lista, si me lo permiten —sacó un trozo de papel del bolsillo de su bata y leyó lo que había escrito—. En primer lugar, parece ser que mi sistema óptico no tiene función de zoom.

—Los ojos de los seres humanos no tienen función de zoom —dijo Rimmer, levantando la vista de su inventario.

Un pliegue de piel diminuto abrió un surco en la frente de Kryten.

—Entonces, ¿cómo se obtiene una visión de aumento de un objeto pequeño?

Kochanski frunció el ceño antes de tener una respuesta.

—Bueno, em..., solo hay que acercar la cabeza al objeto.

Él la miró con recelo, como si fuera una vendedora de coches de segunda mano de poco fiar que acaba de hacer una afirmación del todo absurda.

—¿Solo hay que acercar la cabeza al objeto?

—Sí.

Él sostuvo la lista a la altura de los ojos y movió la cabeza hacia delante y hacia atrás, probando la función de zoom de los humanos.

—¿Y qué me dicen de otros efectos visuales, como la división de pantallas, la cámara lenta, la inclusión de gráficos, el efecto espejo o el efecto estroboscópico?

Kochanski untó mantequilla en una tostada.

—No los tenemos.

—No los tienen. Solo la herramienta de zoom —volvió a hacer zoom en su lista e intentó parecer ilusionado—. Muy bien. Sí, es... genial. Lo digo en serio. Qué aplicación tan ingeniosa.

Consultó la lista de nuevo.

—Siguiente... ah sí, los pezones no me funcionan.

—¿A qué te refieres con que «no te funcionan»? —preguntó Rimmer.

—Bueno, cuando era mecanoide, girando la tuerca del pezón derecho podía regular la temperatura del cuerpo, mientras que el pezón izquierdo servía principalmente para captar emisiones de radio de onda corta. Lo que quiero decir es que por mucho que me los retuerza, parece que no consigo coger ni una miserable emisora de jazz.

—Los pezones de los seres humanos no hacen esas cosas.

—¿Qué es lo que hacen?

—Nada, están solo de decoración.

—¿No tienen ninguna función característica?

—Lo siento pero no.

Kryten intentó mantener la ilusión.

—La recarga —dijo, y les enseñó un cable eléctrico con un aspecto brutal—. Me imagino que cuando los seres humanos quieren recargarse lo hacen más o menos de la misma forma que los mecanoides. De hecho, he localizado lo que me figuro que es el puerto de entrada de corriente, pero por alguna extraña razón no parece preparado para un enchufe normal de dos patas. ¿He de utilizar algún tipo de adaptador especial? Porque lo he intentado de mil formas y el cable se sigue saliendo.

—Nosotros dormimos, colega. Así es como nos recargamos.

Kryten estrujó la lista de papel y se puso a hacer una bola con las dos manos, como si hubiera algo que le diera vergüenza.

—Bueno, esto… hay otra cosa más —se aclaró la garganta—, algo de lo que quería hablarles… algo sobre… algo que sé que a nosotros los humanos nos da un poco de vergüenza. Ya sé que es un tema un poco tabú. No es precisamente algo sobre lo que se siente uno a hablar en una conversación con gente educada.

Kochanski cogió una goma elástica del registro de suministros de Rimmer, se la colocó en la muñeca y se puso a juguetear con ella con actitud distraída.

—Dilo de una vez, Kryten.

—Está bien, quería hablarles de mi pene.

Kochanski no pudo contenerse. Un diminuto reflejo de jocosidad se dejó ver en su cara.

—¡Lo sabía! Sabía que en seguida empezaría el pitorreo. ¿Es que no somos seres humanos adultos? ¿No podemos hablar de nuestros sistemas reproductores con un mínimo de madurez adulta y sin degenerar en risitas tontas de adolescentes?

Kochanski borró la expresión de regocijo de su cara.

—Sí. Por supuesto que podemos.

—Gracias.

Kryten metió la mano en el bolsillo del pijama, sacó una fotografía y se la dio a ella. Con reticencia, Kochanski la cogió despacio y la miró.

—¿Y bien?

—¿Y bien qué?

—¿Qué le parece?

—No te entiendo muy bien, Kryten. O sea, ¿qué se supone que tengo que decir?

—Quiero que me diga si esto es normal.

—¿Hacerle fotos y enseñárselo a tus amigos? No, no es normal.

—No, me refiero a que si se supone que tiene esa pinta.

Ella asintió con la cabeza.

—Ajá.

—¡Pero si es horroroso! ¿Ese es el mejor diseño que se les ocurrió? ¿Me está diciendo en serio que había otras opciones y alguien dijo:

«¡Esa, esa de ahí, esa es la forma que andábamos buscando!»? ¿No había nada más feo? ¿Shakespeare tenía uno? ¿Einstein? ¿Frank Sinatra cantaba «New York, New York» con uno de estos metido a buen recaudo debajo de los pantalones?

Kochanski ocultó las lágrimas de risa tras una taza de té.

Kryten sacudió la cabeza.

—Creo que ahora entiendo por qué los seres humanos no tienen función de zoom —dijo entregándole otra fotografía—. Eche un vistazo a esto.

Ella se sonó la nariz para recobrar la compostura y luego se quedó mirando la nueva imagen, completamente perpleja.

Kryten le entregó una tercera instantánea.

—Junto con esto.

Ella unió las dos imágenes, una encima de la otra. Se quedó con la boca tan abierta que le podrían haber aparcado un todoterreno dentro.

—Dígame, ¿por qué cree usted que ha pasado eso?

—¿En qué estabas pensando en ese momento?

—En nada concreto. Solo estaba pasando el rato hojeando un catálogo de electrodomésticos. He llegado a la sección de aspiradoras de súper lujo y de repente el elástico de mis calzoncillos ha salido disparado al otro extremo de la habitación.

—¿Lo ves? No eres ni una cosa ni la otra. Eres un ser humano en apariencia, pero en tu interior sigues siendo un mecanoide. No está bien que un aparato eléctrico te provoque una polaroid doble.

—¡Pero es que era una aspiradora de depósito triple muy manejable, con turbo de succión y vaciado automático de la bolsa de polvo!

—Me da igual el modelo que fuera. Eso solo significa que no eres un ser humano de verdad. ¿No te das cuenta? Sigues siendo un mecanoide, tanto si te gusta como si no.

—Yo creo que deberías volver a cambiarte —dijo Rimmer, terminando su inventario.

—¿Qué? ¿Volver a ser uno de esos pobres mecanoides sabiondos otra vez? Pero este es mi sueño.

Kochanski se levantó de la mesa del radar y empezó a ponerse el traje de buzo.

—A veces el que se cumplan tus sueños es lo peor que te puede pasar en la vida.

—¿Eso qué quiere decir?

—Leí un artículo una vez sobre la gente que era ciega de nacimiento y se había arreglado la vista. Habían soñado toda la vida con ser capaces de ver, pero después de haberse operado, ¿sabes lo que hacían muchos de ellos?

—¿Qué?

—Se suicidaban.

—Oh, bonita historia. Walt Disney podría haber hecho una película sobre eso.

—A donde quiero llegar, Kryten, es que arreglarse la vista no fue la panacea para todos sus problemas. Y convertirte en ser humano no va a solucionar todos los tuyos. Sigues siendo la misma persona, con los mismos complejos. Por dentro, no ha cambiado nada.

—Pero si yo no tengo ningún complejo. Ahora ya no.

Ella logró disipar la preocupación que había en su rostro y le dio un abrazo.

—Espero que tengas razón, te lo digo de verdad.

Luego se acercó hasta la entrada y cogió dos bombonas de oxígeno.

—Será mejor que volvamos al Mayflower y recojamos lo que nos queda.

Rimmer asintió con la cabeza.

—Tenemos que estar saliendo de aquí dentro de ocho horas.

Las tres cabezas de repuesto de Kryten estaban en la estantería de la sala de bombas del Starbug al lado de sus dos brazos de repuesto y sus tres manos de repuesto. Se abrió la puerta y las tres cabezas se conectaron solas. Esperaban ver a Kryten, quien solía venir a visitarlas al menos una vez al día, si se lo permitían sus obligaciones, pero no era Kryten en absoluto. Era alguien a quien no habían visto nunca, un ser humano. Él empezó a explicarles lo que había sucedido.

—¿Qué se siente?

—Es indescriptible, Cabeza de Repuesto Uno. Lo cierto es que estoy teniendo unos cuantos problemas para dominar las emociones humanas, no hay zoom, los pezones no funcionan y podría enseñaros un par de instantáneas que seguro que os iban a dejar con la boca abierta, pero aparte de eso nunca he sido tan feliz.

—Sí, sí, todo eso está muy bien —dijo Cabeza de Repuesto Dos—, pero ¿y qué pasa conmigo? Me tocaba a mí ser la cabeza principal el mes que viene.

—Bueno, lamentablemente, eso ya no va a ser posible.

—¿Y qué voy a hacer a partir de ahora?

—Pues vas a tener que retirarte del negocio de cabezas de repuesto. Encontrar algún otro tipo de trabajo.

—¿Y qué pasa con Cabeza de Repuesto Tres? No puedes abandonarle así sin más, tiene el síndrome degenerativo del droide.

Cabeza de Repuesto Tres intervino con su unidad de voz medio estropeada, que por razones de las que ya nadie se acordaba tenía un acento de Lancaster muy marcado.

—No necesito que ningún gilipollas cuide de mí. Puede que tenga el silíceo medio raído por el raquitismo y que mis unidades de voz se hayan ido a tomar por saco, pero no necesito la compasión de gentuza como él.

Kryten levantó las dos manos en señal de pacificación.

—Solo porque ahora yo sea una forma de vida superior no quiere decir que me vaya a olvidar de vosotros. Voy a seguir viniendo a visitaros, os lo juro.

—A este no lo volvemos a ver, acuérdate bien de lo que te digo. Estará demasiado ocupando presumiendo por ahí con su nuevo sistema nervioso central y su flamante corazón nuevo de ocho válvulas, dándose aires de importancia con sus nuevos amigos humanoides.

—Ay, Cabeza de Repuesto Tres, estás tan lejos de la realidad. No entiendes nada de mí ni de mi mundo. Lo único que conoces es esta estantería. Y yo no pienso quedarme aquí y acabar siendo un viejo cráneo de sustitución triste y amargado como tú.

Cabeza de Repuesto Tres le miró gruñendo entre dientes.

—Puede que esté medio cadavérico y que las placas de circuitos se me hayan quedado combadas, pero una cosa te voy a decir para que lo sepas: viniste a este mundo siendo un mecanoide y eso es lo que siempre serás.

El labio de Kryten se encabritó como un caballo salvaje.

—¿Cómo he podido ser tan tonto de pensar que a lo mejor os alegrabais por mí? Tenía que habérmelo imaginado —se fue con paso decidido de la sala de bombas y cerró la puerta de golpe—. Bah, estos mecanoides no dicen más que tonterías.

CAPÍTULO 13

Durante la mayor parte de su existencia, el *Homo sapiens* había vivido en el quinto más pequeño de nueve planetas que daban vueltas en torno a una minúscula estrella enana, formando un sistema solar que ellos llamaban «el» sistema solar, dentro de una galaxia con forma de disco que llamaban «la» galaxia, la cual tenía cien mil años luz de diámetro y diez mil años luz de grosor. Llamaban a su sistema solar «el» sistema solar y se referían a su galaxia como «la» galaxia porque, aunque eran conscientes de que había billones de otras galaxias y cientos de miles de trillones de otros sistemas solares, les parecía que su sistema solar y su galaxia eran los únicos que contaban en realidad, ya que eran depositarios de la creación más importante de todo el Universo: ellos.

El *Homo sapiens* no llegó a lo más alto del árbol evolutivo por ser modesto; llegaron hasta allí por matar a otras formas de vida mejor que nadie. O eso le parecía a Kryten. A Kryten también le parecía que durante la mayor parte de su existencia el *Homo sapiens* había estado de un mal humor increíble. Una sensación que estaba empezando a experimentar en primera persona.

La culpa de este humor de perros la tenía en gran parte algo llamado la Muerte.

A los humanos no les gustaba la muerte. Y ahora que Kryten era humano la idea de morir tampoco le hacía ninguna gracia. De hecho, había un buen puñado de cosas que de repente le habían dejado de gustar a Kryten: no le gustaba la gente que iba dejando folletos debajo del limpiaparabrisas del coche en los que se anuncian empresas de fontanería con muy mala pinta, no le gustaba tener que sacar el lavavajillas del Starbug después de que hubiera terminado el programa de lavado y volver a colocar todos los platos en los armarios de la cocina. Esta tarea antes le encantaba; ahora que era humano pensaba que era de lo más aburrido y algo que había que evitar junto con todos los demás quehaceres domésticos. De hecho, cuanto más pensaba Kryten en ello, había un montón de cosas que le daban rabia ahora que era un ser humano. Pero nada le daba tanta rabia como la muerte.

Alguien tendría que habérselo dicho. No se había podido ni imaginar que le iba a pasar esto. Cuando era mecanoide, el hecho de que tuviera una fecha de cese nunca le había importado demasiado. Había sido creado para prestar un servicio y era del todo lógico que tuviera una fecha de vencimiento para permitir que un modelo de tecnología superior a la suya asumiera sus tareas. Pero ahora ya no era así. Ahora él era un ser humano y tenía una arrogancia de humano. Se merecía vivir para siempre. ¿Por qué? Porque sí, porque se lo merecía y punto.

¿Qué era la muerte? ¿Cómo ocurría? Kryten se quedó ensimismado dándole vueltas al asunto. Le daba la impresión de que la muerte llegaba más o menos así: una persona, pongamos que sea un hombre, estaría desayunando con otros congéneres «homosapienses». Estaría distraído untando una tostada con mantequilla, tal vez, y pensando en lo que iba a hacer ese día. Podría estar preguntándose si cambiar los azulejos del baño y, en caso de que lo hiciera, qué tipo de azulejo quedaría mejor. ¿Un azulejo blanco y sencillo tal vez, o quizás un tono achampanado, algo más arriesgado y menos visto? También podría estar considerando si necesitaría comprar otro cubo de pegamento para azulejos o si le sería posible apañarse con el pegamento que le había sobrado de cuando había hecho la cocina, hacía ya tres años. El que guardaba debajo de las escaleras. Podría estar pensando todas estas cosas cuando, de buenas a primeras, sin aviso de ningún tipo, abandonaría la existencia. Dejaría de pertenecer a ese plano de la realidad en concreto. Sin una señal previa, sin la oportunidad de hacer ningún preparativo, el tipo ya no era propietario de moléculas biológicas. Su capacidad de inhalar oxígeno había sido confiscada. Nunca volvería a pensar en nada. Su cubo de pegamento de azulejos se quedaría sin aprovechar y jamás volvería a echar lechada.

A Kryten esto le ponía de muy mal genio.

¿Era posible que ese hombre hubiera sido erradicado de la faz de la tierra así sin más, relegado a la nada más absoluta? ¿Qué había hecho para merecer eso? Lo único que quería era cambiar los azulejos de su maldito cuarto de baño, por el amor de Dios. ¿A dónde había ido? Nadie lo sabía. No era de extrañar que el Homo sapiens tuviera tan malas pulgas por norma general. Allí estaban ellos, la especie más inteligente que jamás había creado la naturaleza; se habían tomado la molestia de obedecer a la teoría de la evolución de Darwin, dejando atrás en términos de progreso a toda especie a la vista, ¿y tanto esfuerzo para qué? Para que una fuerza invisible llamada destino pueda apartarlos de la existencia a su antojo.

Era una broma de muy mal gusto. Estaba muy defraudado. Quería quejarse a la dirección.

Ser un humano era muy duro.

La tarde comenzó de forma bastante tranquila. Empezó con una disputa violenta, que se convirtió en una lucha a muerte. Después las cosas se pusieron mucho peor.

Kochanski, Gato, Rimmer y Kryten bajaban en fila por la estrecha escalera metálica portando sobre los hombros el tanque de oxígeno de tres metros de largo como si fuera una alfombra enrollada. Quedaba una hora para que fuera posible la entrada en el mantillo y ya habían completado con éxito cuatro misiones de salvamento.

Al doblar una curva cerrada de la escalera el Gato notó de repente que el cilindro liso de color negro se le empezaba a resbalar de las manos.

—¡Se me va a caer!

Kryten empezó a bajar su extremo al suelo al tiempo que Kochanski y Rimmer, que sujetaban el centro, le ayudaban a inclinarlo hacia abajo. El Gato cambió de parecer.

—No, no pasa nada, ya lo tengo otra vez, todo arreglado.

Kochanski se apoyó en la barandilla metálica de las escaleras.

—¿Estás seguro?

—Sí, ya está...

El tanque se le escapó al Gato de las manos y los brazos de Rimmer y Kochanski no aguantaron la fuerte sacudida. Kryten se vio de pronto cayendo de espaldas por la escalera perseguido por un tanque de plomo de doscientos kilos lleno de aire comprimido.

Mientras caía por la escalera dando volteretas con las botas por encima de los hombros se golpeó en tres ocasiones la parte de atrás de la cabeza contra la barandilla metálica y se dio en el codo derecho con el canto afilado de los escalones en otras tres ocasiones más. Al final aterrizó en el rellano desplomándose como un fardo y empezó a experimentar una serie de emociones humanas que no había sentido jamás hasta entonces: el dolor, la rabia, la frustración y la pérdida de la dignidad estaban entre las cuatro primeras. Luego ocurrió una cosa más. Un hecho bastante desafortunado. El tanque de oxígeno cayó por el último tramo de escaleras como si de un tobogán se tratara y le impactó directamente en la boca del estómago a una velocidad de casi diez kilómetros por hora. A Kryten le pareció como si le hubieran arrancado hasta la última molécula de oxígeno de su cuerpo. Se abalanzó hacia delante, sin poder respirar, y el mismo impulso hizo que cerrara la boca de golpe mordiéndose la lengua. Lanzó un grito de dolor. Después, gimiendo todavía, rodó hacia su derecha y se clavó la boquilla del extremo del tanque en los testículos. Se encogió como un ovillo de lana y sollozó en voz baja sin que le vieran, dando una y otra vuelta sobre el rellano de la escalera. De pronto estaba volando por los aires. Había pasado rodando por debajo de la barandilla del rellano intermedio y ahora estaba recorriendo el tramo final del viaje hasta el fondo del hueco de la escalera del modo más directo posible. Cayó encima de las cajas de embalaje con un ruido seco y esperó a que le sucediera la siguiente cosa horrible.

No pasó nada.

Durante casi cuatro segundos.

Luego una pieza suelta de la barandilla que el tanque había dejado desplazada se resbaló liberándose de su poste de sujeción y le dio un porrazo en la parte de atrás de la cabeza que resonó como un gong.

Su primera toma de contacto con el dolor físico había concluido.

Se incorporó sentado medio aturdido y miró alrededor para ver a los demás descendiendo a toda prisa por la escalera. Bajó la vista a su pierna, que bombeaba sangre con alegría a través de una herida muy fea en el muslo. Luego le lanzo una mirada fulminante al Gato.

—Mira lo que has hecho con mi cuerpo nuevo. No lo he tenido ni un día y ya es siniestro total.

—Lo siento, colega, es que se me ha escapado.

—Toda mi pierna izquierda es un verdadero desastre. Voy a tener que ponerme puntos.

Kochanski se puso de por medio.

—Kryte, tranquilízate un poco, no te va a pasar nada. Estás padeciendo el síndrome del «dueño de coche nuevo».

—Pero es que estaba perfecto, y ahora por culpa de ese felino idiota ¡voy a tener una cicatriz horrible del tamaño de la Osa Mayor!

Kryten se bajó de las cajas como pudo y le soltó un gancho de derecha al Gato que le cogió por sorpresa y lo dejó tumbado boca arriba en medio de unas raciones de previsión liofilizadas.

Kochanski y Rimmer se quedaron de piedra, viendo como el Gato se ponía de pie dando una voltereta en el aire y lanzaba una lluvia de golpes rápidos a la cara y estómago de Kryten.

El ataque feroz del Gato dejó a Kryten tambaleándose de un lado a otro doblado por la cintura.

—Mira lo que has hecho, ahora me has puesto morado.

—Tú has empezado, cara de jarrón, me has hecho una arruga en el traje.

Kochanski sujetó a Kryten desde atrás con un abrazo de oso y se lo llevó a un lado.

—Ya está bien, tú y yo nos vamos a ir a dar un paseo.

Le sacó por la compuerta de un empujón y comenzaron a recorrer el pasillo. Ella pulsó un botón de apertura y una segunda compuerta se abrió ocultándose dentro de la pared. Una serie de luces tenues de color azul iluminaba la estancia con un aire lúgubre mientras los dos avanzaban hacia la pared del fondo y encontraban un contenedor de maquinaria en el que sentarse.

Kochanski sacó un pañuelo del bolsillo y se lo dio a Kryten para que se limpiara la sangre de la boca mientras ella le vendaba la pierna con jirones arrancados de su blusa.

Al cabo de un rato habló Kryten.

—Tú crees que no debería quedarme como humano, ¿verdad? Crees que no voy a poder aguantarlo.

Kochanski se encogió de hombros.

—Sólo tú puedes saber eso.

—No pienso volver a ser como era antes. Ni hablar. Jamás en la vida.

Ella asintió con la cabeza y no dijo nada. Estaba viendo los nichos de tres cápsulas de estasis temporal que había junto a la pared del fondo.

En los tres ponía el mismo nombre: Profesor Michael Longman. Encendió la linterna y dirigió la luz hacia los nombres.

—¿Qué hay que hacer para activar estos cacharros?

Kryten bajó la mirada al suelo y pegó una patada a la proyección de luz que caía desde el techo de rejilla.

—Ahora soy humano. Ya no tengo todos esas gigas de memoria RAM. ¿Cómo puñetas quiere que lo sepa? —exhaló un suspiro—. Lo siento mucho. Lo siento.

Kochanski echó un vistazo al complicado tablero de control y acto seguido presionó una combinación de cuatro botones. Unos chorros de humo nublaron la sala y las tres cápsulas empezaron a salir de la pared deslizándose. Cuando ya se habían extendido en toda su longitud, un sonido como un siseo agudo señaló que una de las cubiertas se estaba abriendo. De un modo casi imperceptible, los dos retrocedieron unos pasos sobre la cubierta.

Una voz habló desde el interior de la cápsula de estasis.

—Gracias.

Ella apuntó con la linterna hacia la penumbra.

—No sabíamos que había nadie vivo. Pensábamos que todo el mundo había muerto.

La voz otra vez.

—Yo no estoy vivo.

Kochanski no supo qué responder a esto así que se limitó a decir:

—Vaya, qué mala suerte.

Las espirales de humo ascendían en remolinos desde el féretro con blindaje de plomo pero la voz seguía negándose a darse a conocer.

—Nuestras células no aguantaron. Ya no aceptaban más modificaciones y nos tuvimos que quedar así.

En ese momento un hombre de ojos marrones llorosos y barba negra recortada se alzó adoptando una posición vertical. Tenía la cara cubierta de bubones amarillos que le supuraban y la necrosis le había comido la mitad del labio inferior. Salió de la cápsula de un salto y se quedó de pie sobre la rejilla metálica del suelo de la estancia. Kochanski se fijó en sus pies. Sus piernas eran patas de cabra. Echó la cabeza para atrás y emitió un gemido que venía del mismo Infierno. Otra figura salió arrastrándose de la segunda cápsula de estasis y sonrió de modo maníaco a los dos humanos que se encontraban paralizados por el miedo. Este también tenía los ojos marrones llorosos y una barba negra recortada, pero su cuerpo era el cuerpo de una cobra escupidora de cuello negro. Daba verdadero asco. Después de una pausa se les unió el tercer profesor Michael Longman. De nuevo, la cara y el cerebro permanecían intactos, pero esta vez habían cogido prestado el cuerpo de un leopardo.

Las botas de Kochanski cruzaron raudas y veloces el revestimiento de rejilla metálica del suelo y salieron al pasillo, seguidas muy de cerca por Kryten. Los dos echaron a correr por el pasillo volviendo hacia el Gato.

Estaba apoyado en la pared sintiéndose culpable por lo que le había pasado con Kryten. Le dolía más que nada el haberse arrugado la chaqueta de lentejuelas, aunque el remordimiento de haberse hecho un roto en el mono elástico blanco de PVC era casi imposible de soportar. Alzó la mirada y vio a sus dos compañeros de tripulación que venían hacia él a toda velocidad perseguidos por una holocabra, un leopardo con cabeza de hombre y otro hombre que iba a rastras por el suelo con el cuerpo de una cobra escupidora de cuello negro. Lo primero que pensó fue que Kryten había ido a reclutar cierta ayuda de consideración para vengarse por lo de su nariz, pero después de que Kochanski y Kryten pasaran de largo pegando gritos, dejándole apoyado tranquilamente en la pared y bastante a solas, empezó a cambiar de idea.

El Gato echó a correr. Tras recoger a Rimmer, los cuatro echaron a correr por el pasillo como almas que lleva el diablo y se metieron en el ascensor justo a tiempo de que el Longman leopardo se empotrara contra las puertas que se estaban cerrando.

Kochanski apretó el botón del sótano y se dejó caer resbalando por la pared, con la respiración agitada.

Una chispa de pánico se dejó ver por un momento en los rasgos faciales de Kryten.

—¿Y qué pasa con los suministros?

A Kochanski le sorprendió la pregunta.

—Al cuerno los suministros. Ya tenemos más que suficiente. Hay que largarse de aquí.

—¿Quiere decir que nos vamos para no volver?

—¿Qué quieres que hagamos? ¿Que nos quedemos a tomar el té y a dar un último paseo en plan turista? —le preguntó Rimmer.

—Yo no quiero irme.

El Gato levantó las dos cejas a la vez.

—¿Qué?

—Tengo que volver a convertirme en lo que de verdad soy. Yo soy un mecanoide. No quiero ser humano.

Kochanski cerró los ojos y apoyó la frente entre las rodillas.

—¿Qué estás diciendo, Kryten?

—Que quiero regresar a la sala de ADN y recuperar mi antiguo cuerpo —una sonrisa le iluminó la cara y por primera vez desde que se había convertido en humano se le veía feliz—. No sé, pero creo que tengo que volver a ser yo mismo. Como es lógico, no espero que me acompañen. Basta con que me manden el buggy submarino por control remoto cuando lleguen al Starbug.

—No nos vamos a separar —dijo Kochanski—. Estamos juntos en esto.

—Yo no —dijo Rimmer.

—Ni yo —dijo el Gato.

—Todos nosotros —les espetó Kochanski.

—Oye, no puedo correr el riesgo de morirme vestido así. Este traje no pega nada con el rigor mortis. Tengo que llevar puesto algo azul.

—He dicho todos.

El Gato sacudió la cabeza con pena.

—¿No os da rabia que sea tan valiente? Es lo que menos soporto de ella, eso y que me roba los pendientes.

Salieron del ascensor en la cubierta cuatro y lo dejaron que continuara bajando al sótano, con la esperanza de hacer creer a los Longman que se habían dirigido a la esclusa de aire y habían abandonado el buque.

Kochanski hundió el codo en un armario con la puerta de cristal y sacó un hacha contra incendios de entre los cristales rotos. Luego, en silencio, subieron las escaleras sin hacer ruido y entraron en la sala de ADN.

—Date prisa —le dijo Rimmer en voz baja.

Kryten asintió con la cabeza, luego se colocó frente al panel de control y empezó a revisar los listados del sistema para recuperar la información digitalizada de su cuerpo original.

No estaba allí.

Volvió a comprobarlo. Seguía sin estar. Decidió dar con ella de otra manera. Escribió en el teclado «modelo celular mecanoide» y le dio a «buscar». El sistema recorrió los listados de datos en un instante y mostró los resultados: «No se han encontrado coincidencias».

Una ola de pánico le arrebató el color de la cara.

—Mi genoma no está aquí. Esto no tiene ningún sentido.

—Sí que tiene sentido —dijo una voz—. Tiene todo el sentido del mundo —un mecanoide emergió de la media luz. El mecanoide tenía unos ojos marrones llorosos y una barba negra recortada—. Gracias por donarnos tu cuerpo, Kryten. Ahora queremos los cuerpos de tus compañeros de tripulación. Queremos esas dobles hélices vuestras tan monas.

CAPÍTULO 14

El Longman leopardo, con la mirada siniestra y cargada de odio, se levantó de su posición de sentado y se acercó acechándoles por la izquierda. La cobra se deslizó por la derecha adoptando una postura de ataque y escupió un chorro viscoso de veneno que pasó silbando junto a la oreja del Gato. El Longman mecanoide, sin borrar la sonrisa de su cara, avanzó despacio hacia ellos, hablando todo el rato en un tono hipnóticamente tranquilizador.

—No tenéis por qué morir, podéis seguir existiendo con otra apariencia. Podéis ser cualquier cosa, cualquier cosa que queráis, tan solo tenéis que darme esas células que os hacen humanos.

Cada vez estaban más cerca, acechando, deslizándose, avanzando despacio. Cuando llevaban media distancia recorrida, Kryten lanzó su ataque de forma repentina. Se dio la vuelta y puso los dedos a bailar sobre el panel de control.

Los cilindros de cristal descendieron del techo con un sonido de aire comprimido. Cinco, diez, quince cabinas chocaron contra el suelo. La cobra quedó atrapada. Rimmer y el Gato también. El Longman mecanoide se echó un poco a la derecha para esquivar un tubo, se lanzó de un salto a la izquierda para esquivar otro, luego, mientras tenía la atención puesta en esquivar un tercero, se metió directamente dentro de un cuarto, que cayó silbando sobre su cabeza.

Ya solo faltaba el Longman leopardo.

Este se fue a por Kochanski. Sus garras, afiladas como cuchillas de afeitar, le apuntaban directamente a la cara, dispuestas a arrancársela de cuajo, como si de una careta de Halloween se tratara. Ella abrió la boca y gritó al recibir el fuerte impacto de las zarpas contra sus hombros, lo que la hizo retroceder tambaleándose hasta chocar contra una pared de archivos. La criatura se abalanzó sobre ella, que sintió su aliento animal bajando por su garganta. Luego notó cómo sus zarpas desgarraban el cuero del mono de vuelo y le hacían un corte en la piel con una facilidad que revolvía las entrañas. Se echó hacia atrás, aturdida por un momento, casi relajada, dispuesta a sucumbir a la muerte.

Entonces una fuerte descarga de adrenalina le recorrió el cerebro, como si acudiera a una llamada de auxilio.

Durante cinco años había estado aprendiendo judo y jiujitsu y ahora todo dependía de si sería capaz o no de llevar a cabo una sola proyección.

Una proyección de sacrificio, un sumi gaeshi. Era su tokui: su técnica favorita. Kochanski, el tori, pasó su pierna derecha por el interior de la pierna izquierda adelantada del uke y se dejó caer hacia atrás usando todo el peso de su cuerpo para barrer al leopardo y tumbarlo boca arriba. Se separó hacia atrás con el trasero a rastras y consiguió a duras penas ponerse de pie junto a la pared.

¡Un waza ari!

El Longman leopardo se preparó para lanzar un nuevo ataque. Pero ella había podido ganar algo de tiempo.

Kryten siguió aporreando los teclados y la lluvia de cilindros de cristal descendía y volvía a ascender una y otra vez mientras ellos intentaban avanzar entre medio.

Abajo cilindros.

Ella se echó a la derecha.

Abajo cilindros.

El leopardo se echó a la izquierda.

Abajo cilindros.

El leopardo saltó a por ella rasgando el aire una segunda vez, sus garras extendidas apuntándole una vez más a la cara. Intentó correr hacia atrás pero se resbaló. La criatura se le echó encima. Se puso a gritar pero entonces las zarpas chocaron contra el exterior del cilindro de cristal que había descendido sobre ella. El cilindro volvió a subir hasta el techo mientras ella se tambaleaba de un lado a otro medio cayéndose en el centro de la sala.

El Longman leopardo giró en redondo rápidamente y de nuevo empezó a avanzar hacia ella.

Un hilo de un líquido cálido le goteaba por el canalillo. Sin apartar la mirada del leopardo se pasó el dedo por el pecho y lo probó. ¿Sangre? No, tenía un sabor dulce y agradable.

El virus de la suerte.

Se le había olvidado por completo. El leopardo debía haberle roto el frasco de cristal. Mojó el dedo en el diminuto reguero y bebió un poco más. Lo único que tenía que hacer ahora era persuadir al leopardo para que jugara una partida de póker con las jotas de comodines y así lograr salvarse.

¿Pero y si ese era el tubo del brócoli? Puede que tuvieran un sabor parecido. No había forma de saberlo.

Pronto iba a averiguarlo. Con actitud distraída, se rascó la muñeca y retrocedió unos pasos sin darse la vuelta. Tenía algo allí. Una goma elástica; la goma gruesa y fuerte que había cogido sin darse cuenta del inventario de suministros de Rimmer. Las cosas ya se estaban poniendo mejor: ahora ella iba armada.

En las manos adecuadas una goma de caucho podía ser un arma letal.

Estiró el dedo índice como si llevara una pistola y colocó la goma de cruzado alrededor de la uña, luego la tensó sujetándola con la otra mano. De niña, cuando iba al colegio en Perth, se le habían dado muy bien las gomas elásticas, pues casi siempre acertaba en el cogote de un compañero de clase en un radio de diez pupitres.

El leopardo se lanzó a por ella de un salto. Ella apuntó, disparó y se arrojó hacia la izquierda. La goma salió volando por los aires, pasó en silencio entre las patas delanteras del leopardo y se estrelló contra su imponente testículo derecho. Ella vio cómo la expresión facial del leopardo pasaba de gruñido de ataque a no entender nada y luego a dolor intenso. Este perdió el interés en su presa, cayó al suelo, se dobló por la mitad y se puso a gimotear para sus adentros.

Estaba más que claro que aquello no se debía a ningún virus de crecimiento rápido del brócoli.

—Acaba con él, Kryten.

El cilindro de cristal descendió rápidamente y dejó atrapada a la criatura lloriqueando en una cárcel de cristal. Kochanski se puso de pie.

—Venga, haz lo que tengas que hacer y vámonos de aquí pitando.

El Starbug atravesó la mezcla de lava y mantillo sin complicaciones e irrumpió en la superficie del océano en medio de una explosión de espuma. El Gato dejó el control de la nave en piloto automático y se unió a los demás en la sección central.

Rimmer se sentó frente al panel principal y cerró el canal de comunicaciones.

—Era el jefe de registro de Ciberia. Parece ser que condenaron a Listy a dieciocho años de reflexión por liderar el atraco.

—¿Y? —dijo Kryten, sabiendo por el tono de voz de Rimmer que no era una buena noticia.

—Que ya no está allí. Se escapó hace tres semanas con algún tipo de mutante; un simbiótico o algo así. La cosa es que nadie tiene ni la más mínima idea de dónde puede estar ahora, a pesar de que hay una recompensa sustanciosa por su captura.

—Podría estar en cualquier parte del cinturón —dijo Kryten con un suspiro—. Podría incluso haberse marchado ya a través del Omniespacio. Seguramente el señor Lister pensaba que nos dirigiríamos allí.

Rimmer sacudió la cabeza.

—Va a ser prácticamente imposible encontrarle.

Kochanski se descolgó del cuello el frasco del virus de la suerte y lo sostuvo en alto frente a la luz. El líquido se había cristalizado a lo largo de una grieta abierta en el tubo y solo quedaba un cuarto.

—Tenemos que poder usar esto de alguna manera —dijo señalando el frasco—. La solución tiene que estar aquí dentro.

Se quedaron mirándolo, pensando.

Kryten empezó a hablar:

—¿Qué es la suerte? Yo creo que cuando una persona tiene suerte, o «está de racha» como se dice vulgarmente, lo que tiene es una capacidad para influenciar y manipular el entorno físico. Son capaces de hacer que la bola de una ruleta se pare en un número determinado, capaces de persuadir a los demás jugadores para que hagan sus apuestas, y de obligar al destino a darles lo que más desean. ¿Cómo? Sólo hay una explicación: si la suerte es una especie de infección benigna entonces debe desarrollar de algún modo el sexto sentido del individuo, dotándole de nuevos poderes. Después de todo, hacer que una ruleta se detenga es una forma de telequinesis.

Kochanski asintió con la cabeza.

—Si eso es verdad, no hay nada que esta cosa no pueda hacer. El único límite lo pondría nuestra propia imaginación.

—Muy bien, a ver qué os parece esto —dijo Rimmer—. Incumple todas las leyes del universo conocidas, y algunas que no se conocen también, pero si la teoría de Kryten es correcta y en vista de que no tenemos más opciones... qué demonios.

—Sigue hablando —dijo Kochanski intrigada.

—Bebemos cada uno un sorbo del virus de la suerte y escribimos en un papel las coordenadas del lugar donde creemos que está Lister. Si es verdad que esa cosa funciona, entonces por pura suerte todos habremos escrito el mismo grupo acertado de coordenadas. Después establecemos el rumbo.

Kryten sonrió radiante de alegría.

—Bravo, señor Rimmer. Un plan digno de alabar, señor.

El frasco fue pasando alrededor de la mesa y de uno en uno se tomaron el contenido.

Kochanski cogió el tubo casi vacío y se lo volvió a colgar en el cuello.

—Los polos: norte en positivo, sur en negativo. Cada uno de nosotros tendrá que tener tres cantidades expresadas en grados y minutos. Buena suerte a todos.

Escribieron sus grupos de coordenadas, doblaron los papeles y los dejaron en un montón en el centro de la mesa del radar.

Rimmer abrió el primero.

—25° 46', 80° 12', 34° 54'.

Abrió el segundo trozo de papel.

—25° 46', 80° 12', 34° 54'.

El tercero.

—25° 46', 80° 12', 34° 54'.

Para terminar abrió el último.

—62° 18', 21º 37'. ¿De quién es esto?

—Mío —respondió Kryten—. Estaba usando el sistema elíptico de Johnstone. No he caído en que utilizarían la antigua guía de la galaxia. Déjenme que haga la conversión. Primera coordenada: 25º 46'; segunda: 80º 12'. Tercera coordenada...

Todos gritaron al unísono:

—34º 54'.

Kryten se acercó hasta el navegador con sus andares de pato.

Rimmer se puso a su lado.

—¿Dónde está?

Kryten accedió al sistema.

—Según las cartas estelares se trata de un planeta que se encuentra peligrosamente cerca del horizonte de sucesos de la aureola de agujeros negros que rodea al Omniespacio. De hecho, lo más probable es que atraviese el horizonte de sucesos de un momento a otro.

—Entonces no hay nada que hacer. El horizonte de sucesos es el punto de no retorno. ¿Cuál es nuestra hora prevista de llegada?

Kryten introdujo la información en el ordenador.

—A esta velocidad estaremos allí en... —apareció un mensaje en la pantalla del ordenador, anunciando que el sistema había terminado de calcular los datos—... treinta y dos semanas.

—¿Treinta y dos semanas? Será demasiado tarde ya.

El Gato cogió un bolígrafo y se puso a escribir a toda prisa de forma frenética.

—Esperad un momento, se me ha ocurrido una cosa. Vale, allá va. Voy a intentar adivinar la fórmula de un sistema de transporte nuevo. Lo voy a llamar hiperpropulsión. Y funciona de esta manera: primero se abre un agujero en el espacio, luego se pliega el tiempo y se da un salto a la décima dimensión, usando una cosa que voy a llamar supercuerda. Esta es la primera parte: «$SD^{10}x<Y*Y*Y=2...$»

—¿Qué te parece?

—Extraordinario. Acaba de adivinar correctamente la ecuación del hiperespacio. Es increíble la suerte que tiene. Señor, se lo ruego, siga escribiendo. Necesitamos saber cómo podemos producir la cantidad casi infinita de energía que se requiere para perforar el continuo espacio-tiempo.

—A ver que piense... —dijo el Gato, mojando la punta del bolígrafo con la lengua—. ¿Perforar el continuo espacio-tiempo, eh? Crear la energía que se requiere. Sin pega, eso está hecho.

El Gato se puso a escribir de forma frenética otra vez, cubriendo el papel con sus garabatos infantiles. Rimmer miró por encima del hombro con los ojos entrecerrados.

—¿Tiene algún sentido todo eso? ¿Se puede usar?

—La primera parte, la ecuación teórica del hiperespacio, es absolutamente correcta, señor. Sin embargo, cualquier cálculo a partir de allí sería adentrarse a ciegas en lo desconocido. Les sugiero que la introduzcamos en el ordenador y veamos qué ocurre.

CAPÍTULO 15

El pequeño planeta verde esmeralda se acercaba peligrosamente al horizonte de sucesos de la atracción ejercida por las estrellas colapsadas que actuaban como una membrana de protección en torno al Omniespacio.

Desde la superficie, los vientos gravitatorios azotaban con fuerza un cielo aborregado, mientras lentamente, de forma casi imperceptible, el planeta entraba en el tramo final de una batalla imposible por la permanencia en su propio Universo.

Lister, Reketrebn, McGruder y el resto de los supervivientes estaban sentados en corro alrededor de una hoguera melancólica, dándole sorbos a las últimas reservas de sopa y con la mirada puesta en el inmenso cañón que parecía como si hubieran surcado el desierto de roca con una cuchara de helado gigantesca. En la distancia, delante de un cielo atravesado por bonitas gotas de lluvia, la Furia patrullaba la entrada de las cavernas subterráneas que se encontraban a un día y medio de camino. Ese era el único lugar del planeta que estaría a salvo cuando al final perdiera la batalla contra la gravedad y fuera arrastrado a través de la aureola de agujeros negros al interior del Omniespacio.

La Furia había ganado. Había conseguido defender su planeta de todos los llegados a él. Nadie podía sobrevivir aquí. Nadie podía vivir en la superficie. Y ahora, vengativa hasta el final, blindaba la entrada a las cavernas, asegurando así la destrucción de los supervivientes cuando el planeta pasara a través del anillo de agujeros negros.

Lister le daba vueltas a un trozo de pan que flotaba en su sopa. Tenían que matar a la Furia. Esa era su única oportunidad.

¿Pero cómo? Era un ente compuesto de pura emoción, una fuerza, una energía, algo sin forma ni contenido convencionales, algo sin corazón ni cerebro, algo que no era más que una masa de ferviente rencor. Fuera de control. Y decidida a defender el planeta de toda vida, cualquiera que fuera. Un pequeño esbozo de sonrisa se asomó en su cara al ver a Reketrebn, sentado enfrente de él, cambiar de forma de repente desplegando una variedad de apariencias para sacarle de su estado de melancolía. Enrique VIII, Laurel y Hardy, la reina Victoria, Albert Einstein y varios famosos presentadores de informativos todos materializados ante él; todos en cueros. Esta era el tipo de gracias que le gustaban a Reketrebn. Sabía que la gente desnuda siempre provocaba una reacción. Al final, volvió a adoptar su forma neutral y le dedicó una sonrisa a Lister.

—Ya no queda mucho tiempo. Medio día, tal vez menos.

—Algo se nos ocurrirá. Lo que pasa es que aún no le hemos dado bastantes vueltas.

—Eso no es lo que piensas. Tú crees que ya no hay nada que hacer. Dices estas cosas para que esté contento pero debería tener miedo. ¿Por qué?

—Creía que podías leerme la mente.

—A veces sí. Otras veces tengo que adivinar y me equivoco.

—Hazlo de todos modos.

—Mientes porque te preocupa.

—¿Tú crees?

—Sí. ¿Pero cuando no mientes significa que no te preocupa?

—¿Sabes lo que estoy pensando ahora?

Reketrebn asintió con la cabeza.

—Estás pensando: «Cierra la boca, Reketrebn, estás empezando a hincharme las narices de buena manera».

—Tú lo has dicho.

Cuando Reketrebn iba a responderle, un ruido de retros de aterrizaje se lo impidió y el techo de arcilla de la cueva empezó a venirse abajo. Era casi como si una nave espacial estuviera intentando aterrizar encima de ellos.

Lister salió corriendo hasta el precipicio que dominaba el cañón y levantó la vista al techo. En la ladera de la montaña, inclinada en un ángulo ridículo y mal asentada en el follaje, había una pequeña nave verde. La puerta de la escotilla chirrió al abrirse y una chica con los ojos como lagunas azules y una sonrisa luminosa como una máquina de pinball bajó la rampa de aterrizaje con paso firme.

Una sonrisa serró la cara de Lister por la mitad.

—¡Hola!

—¡Hola!

Ella se dejó caer desde el techo de la cueva y aterrizó encima de él. Se dieron un buen golpe contra el suelo y echaron a rodar sobre la tierra. Se besaron: besos cortos y largos. Se devoraron el uno al otro, se abrazaron, rieron, lloraron, se abrazaron un poco más, luego se quedaron mirando el uno al otro sin más, cogidos de las manos y sonriendo de oreja a oreja como dos cachorros. Después de eso, para disgusto de todos los que estaban mirando, empezaron otra vez desde el principio. Mucho rato después, más del que merece la pena detallar, aparecieron con las caras comidas a besos, sonriendo de oreja a oreja y con la respiración muy agitada.

La tripulación del Starbug aguardaba de pie formando un semicírculo junto a Reketrebn, McGruder y la colección surtida de foigs. Lister le pasó el brazo por detrás de la cintura.

—Ven, tienes que conocer a la cuadrilla.

Reketrebn estaba presente en su forma neutral.

—Este es Reketrebn, es un simbimorfo, me ha salvado la vida más de diez veces; este es Mike McGruder —McGrduder sonrió con gesto amable y estrechó la mano de Kochanski.

Lister se acordó entonces.

—¿Dónde está? —miró a su alrededor, buscando a Rimmer—. Ven aquí, hombre, quiero que conozcas a una persona —le hizo señas para que se acercara—. Rim... digo... emm, Arn... emm, señor. Es un momento.

Rimmer se aproximó pasando por entre los otros. Lister reunió a los dos hombres cara a cara.

—Este señor es el teniente coronel Michael R. McGruder.

—Encantado de conocerle, teniente coronel —dijo Rimmer sonriendo por cortesía.

—Y, Mike —dijo Lister, poniéndole la mano en el hombro—, este es Arnold J. Rimmer.

McGruder parpadeó dos veces y sonrió con dulzura; luego el robusto marine de un metro y ochenta y tres centímetros de estatura cayó al suelo completamente inconsciente.

—Pues para ser un marine, se ha desmayado como una puñetera colegiala. ¿Cómo me has dicho que se llama?

—Se llama Michael McGruder. Y es tu hijo.

—¿Perdona, qué has dicho?

—He dicho que es tu hijo.

—¿Mi «hijo»?

—Sí.

—¿«Mi» hijo?

—Sí.

—¿¿¿«Mi hijo»???

—Sí.

Rimmer se aclaró la garganta con un carraspeo y apartó unas piedras del suelo con el pie derecho. Luego levantó la cara otra vez.

—¿Quién es ese?

—Es tu hijo, Rimmer.

Rimmer miró a Lister, apenas era capaz de articular palabra.

—¿Mi hijo?

—Sí.

—¿Ese hombre que está ahí? ¿El que acaba de desmayarse?

—El que es tu hijo, sí. Ese de ahí. Es tu hijo.

—Un momento. Es muy importante que esto me quede bien claro. A ver si es lo que creo que estás diciendo —Rimmer intentó toser para calmar el picor de garganta—. ¿Me estás diciendo que este hombre, este hombre que está aquí, que es mi hijo, es, de hecho, mi hijo?

Se levantó una nube de polvo y Rimmer se unió a McGruder, tumbado boca arriba en el suelo.

CAPÍTULO 16

Rimmer veía la cara de Lister, quien abría y cerraba la boca dando su propia versión un tanto tergiversada de lo que había ocurrido.

Apenas oyó nada de lo que dijo.

Era padre.

Él.

Aquello era lo más raro que había visto nunca. Su hijo tenía casi la misma edad que él; le habían extraído el gen del envejecimiento y aparentaba ser tan solo un par de años más joven.

Tenía un hijo.

Ni siquiera había sabido que existiera. Habría podido pasarse la vida entera sumido en la ignorancia.

Estaba lobotomizado con la noticia. Yvonne McGruder había decidido tener un hijo suyo. Si no hubiera sido por la fuga de radiación y no hubiera habido que deshacerse del Enano Rojo enviándolo hacia los confines del espacio, tal vez ella habría intentado ponerse en contacto con él. A lo mejor hasta podrían haber vuelto a quedar.

Yvonne McGruder. Era una chica muy sensata y atractiva y había tenido un hijo de *él*.

La voz de Lister le sacó de sus pensamientos.

—Oye, eh, escucha una cosa, esta parte es importante.

—¿Qué parte?

—Yvonne McGruder, no ha hecho más que contarle una mentira detrás de otra desde que nació.

—¿De qué estás hablando? Lo ha hecho de maravilla. El chico es un marine de los Cuerpos Espaciales, no hay soldado mejor.

—No, me refiero respecto a ti. Ha tratado de hacerle creer que tú eres una especie de... héroe. Y él ha intentado conducir su vida siguiendo el modelo de su padre, que es como una mezcla de Patton, Nelson y Ulises, todos juntos en uno. Yo le he seguido el juego. No había razón para decírselo. Pero ahora estás aquí. Va a tardar dos segundos en darse cuenta de que eres un gallina de tomo y lomo. Yo creo que tienes que soltarle la verdad antes de que lo descubra por sí mismo.

—¿Por qué iba a decirle Yvonne ese tipo de cosas?

—¿Y qué esperabas que dijera? ¿Que acababa de salir de una conmoción cerebral y un tío que limpiaba las máquinas de caldo de pollo le hizo un bombo?

—No era una conmoción cerebral —dijo Rimmer con voz enérgica.

—El caso es que ella se bajó de la nave en Miranda. Por lo que ella sabía, la nave al completo había pasado a mejor vida y ¿quién iba a contradecir su historia?

Rimmer asintió con la cabeza. La culpa no era de Yvonne. ¿Quién iba a querer un padre tan mediocre como él? Puesto que el Enano Rojo había desaparecido en el espacio profundo, podía inventarse lo que le diera la gana que nadie iba a venir a decirle a Michael lo contrario.

Durante diez minutos Rimmer se planteó intentar guardar las apariencias; a lo mejor podía salirle bien. Arnold J. Rimmer, aventurero espacial audaz y temerario. Pero cuantas más vueltas le daba a la idea más absurda le parecía y sabía que en algún momento alguien, si no lo hacía él, sacaría a relucir la verdad. Tenía que hacer frente a su primera obligación como padre. Tenía que ir a decirle a su hijo que valía menos que una mierda pinchada en un palo.

—Maldita sea —Kochanski le dio un golpe a la consola con la palma de la mano y volvió a intentarlo—. Vamos, hija de mala madre, arranca —destapó los retros y escuchó un ruido metálico seco y agudo cuando el motor de arranque intentó prender las turbinas sin éxito.

Lister sacudió la cabeza.

—No funcionan. No hay corriente. Le pasó lo mismo a la nave de voluntarios. Nada más llegar recibimos el impacto de algún tipo de pulso que inutilizó todos los sistemas eléctricos. Es cosa de la Furia; es capaz de detectar grandes fuentes de energía eléctrica y anularlas.

—¿Y qué pasa con Kryten y Rimmer? Los dos tienen componentes eléctricos.

—Supongo que no podrá detectar fuentes eléctricas tan pequeñas.

Kochanski probó los motores de nuevo, esta vez murmurando una serie de palabras de aliento antes de darse por vencida y ponerse a gritar obscenidades. Todo resultó en vano.

Lister siguió hablando.

—Si pasa un poco como la otra vez, la Furia entrará en acción en cualquier momento. Querrá hacer polvo la nave antes de que podamos poner a salvo los víveres.

Con la compuerta del casco abierta, Kryten estaba observando la llanura a través de unos monoculares.

—Creo que ya ha empezado a moverse, señor. A la velocidad que se está acercando estará aquí en menos de una hora.

Lister se dio la vuelta para dirigirse a Reketrebn y al Gato.

—Vosotros dos coged a los demás y empezad a subir la montaña con las cosas que más pesan. Nosotros os alcanzaremos después. Iremos veinte minutos por detrás, ¿de acuerdo?

Reketrebn y el Gato dijeron que sí con la cabeza y desaparecieron por la rampa de aterrizaje cargando con una caja grande de madera llena de alimentos. Lister y Kochanski se pusieron a desvalijar la cocina de la nave mientras que Kryten se dirigió a la cubierta de observación.

Nadie se había dado cuenta todavía y Kryten daba gracias por ello.

Así tenía más tiempo para prepararlo todo sin que le molestaran. Subió las escaleras de la cubierta de observación y se puso manos a la obra.

Con un poco de suerte, estaría ya muy lejos antes de que se enteraran de lo que se proponía hacer y no les daría tiempo a detenerle.

Había llegado el momento.

CAPÍTULO 17

Rimmer encontró a McGruder sentado en una piedra observando con atención los fuertes vientos gravitatorios que se estaban desatando al otro lado del cañón. Se quedó un rato ahí parado, sin saber muy bien cómo empezar la conversación. Al final fue McGruder el que notó su presencia y se dio la vuelta para mirarle.

—Una vista preciosa, ¿no le parece? ¿O ese tipo de cosas carece de interés para alguien como usted? Las vistas preciosas, me refiero.

Rimmer se balanceaba de un pie a otro.

—No, sí, es preciosa, tienes razón.

—Menudo ridículo he hecho antes allá. Desmayándome y todo eso. Necesitaba estar a solas para intentar recobrar la compostura.

Rimmer se quedó mirando la arena del suelo y no supo qué decir en ese momento.

—Me imagino que usted no se habrá desmayado nunca, ¿verdad que no, señor? No es nada propio en un hombre, ¿no cree?

Rimmer cambió de tema a toda prisa.

—He oído que eres marine de los Cuerpos Espaciales.

—Sí, señor. De West Point, señor. Combatí en Hiperión en la guerra de Saturno.

Rimmer sacudió la cabeza con un gesto grato de asombro.

—Un marine de los Cuerpos Espaciales. Vosotros sois los tíos que dicen «prepárame un arenque, volveré para el desayuno», antes de embarcarse en cualquier locura de misión para salvar el maldito sistema solar.

—No es más que una chorrada de los pilotos espaciales, señor.

—¿Y qué me han dicho, que te dieron una condecoración?

—Usted ha sido toda una inspiración para mí, señor. Siempre le he tenido una gran admiración.

—Sí, bueno —Rimmer se quedó callado un momento—. Mira, tenemos que hablar de algunas cosas. Cosas que te han dicho y que no son ciertas.

—No le entiendo.

—Tu madre, era una mujer muy valiente, ¿sabes? Una mujer fuera de lo común. No debe haber sido fácil criar a un chico con un sueldo de geodesta, y aun así consiguió que fueras a la universidad y luego a la Academia. Para algunas personas, yo antes también pensaba así, hay un sistema de clases establecido, en el que alguien como tú, cuyo origen no es de primera categoría, jamás sería admitido en los círculos más altos de la sociedad. Eso es una gilipollez. Tu madre lo dejó bien claro. Te metió en la universidad, te metió en la Flota Estelar y mira donde has llegado, todo un marine de los Cuerpos Espaciales. Es una mujer excepcional, una mujer con coraje donde las haya.

—Es usted el que ha sido mi inspiración, señor.

Rimmer sacudió la cabeza.

—No, todo se lo debes a ella. Todo. Ella ha hecho de ti lo que eres. Tienes que estar muy orgulloso de tu madre —Rimmer miró a lo lejos por encima del cañón—. Si supieras lo que tuvo que hacer, para llevarte hasta dónde has llegado, no tendrías más que palabras de agradecimiento para ella —Rimmer se frotó el ojo y siguió hablando—. Yo no voy a mentirte, esto… ¿te importa si te llamo Michael?

—Sería un honor, señor.

—Tú si quieres puedes llamarme… esto… ya sabes.

—¿Señor?

—Padre, o papá, o lo que quieras.

—¿En serio, señor?

—Bueno, ¿qué te estaba diciendo? Ah, sí, tu madre. El caso es que yo nunca llegué a conocer bien a tu madre. Fue solo un… —Rimmer iba a decir un «aquí te pillo, aquí te mato», pero de repente la frase se le quedó atravesada en la garganta, como una segunda nuez. No podía decirle eso a su propio hijo—. Lo que quiero decir es que yo no soy quien tú piensas que soy. No soy nada especial. En realidad, mi máxima aspiración siempre ha sido llegar a donde tú estás. —Rimmer miró a su hijo a los ojos, que eran de color verde claro—. Soy un don nadie, Michael. Habría podido triunfar, incluso debería haberlo hecho, pero siempre echaba la culpa a mis padres por mis defectos y mis fracasos, y eso es un pozo que nunca se seca.

—Ella siempre decía que eras increíblemente modesto.

Rimmer sacudió la cabeza.

—No soy modesto. Ni soy un oficial, tampoco. Deseaba serlo con todas mis fuerzas, pero nunca llegué a conseguirlo. No era lo bastante bueno. Lo siento, pero tu madre se inventó esa figura paterna para que tuvieras un modelo que seguir, unas expectativas que cumplir. Yo solo soy un técnico. Ni siquiera fui capaz de aprobar el examen de ingeniería aeroespacial. No tuve lo que había que tener. De hecho, el venir hoy aquí y decirte esto es lo único valiente que he hecho jamás en toda mi vida.

Una aleación de sentimientos se reflejó en la cara de McGruder, una mezcla peligrosa de incredulidad, traición y desprecio.

—¿Eres un técnico?

—Sí

—¿De qué clase?

—De segunda —dijo Rimmer en voz baja.

—Eso es mantenimiento de bebidas.

Rimmer permaneció de pie con la espalda recta.

—Sí.

McGruder le despellejó con una mirada de desprecio absoluto y se marchó de vuelta a las cuevas con paso firme.

Kryten echó un vistazo a sus espaldas mientras bajaba a la cubierta de carga del Starbug. Estaba solo. Excelente. Llegó a la pared del fondo y se colocó frente a un panel de control de múltiples colores. Escribió en el teclado el código de acceso y la puerta de la bodega se abrió dejando un humo momentáneo. De nuevo, comprobó que estaba solo, después entró en la bodega.

De pronto, su sistema olfativo entró en modo de alerta. Algo le pasaba últimamente, pero no sabía qué podía ser. Había estado alertándolo en repetidas ocasiones sin ningún motivo aparente; podría tratarse de una neumonía mecánica. Tendría que reemplazar toda la unidad en cuanto tuviera la primera oportunidad. Se levantó la placa del pecho y desconectó el sistema.

La bodega de carga era un verdadero entramado de pasillos largos y estrechos. Avanzó por la extensión de hileras de cajones señalizadas en orden alfabético que se elevaban hasta el techo, doblando a derecha y a izquierda numerosas veces antes de alcanzar la letra «O». Una risotada triunfante salió sin reparos de su unidad de voz. Empujó la escalera tubular de aluminio deslizándola hasta colocarla bajo la caja de seguridad que quería y subió los peldaños sin perder tiempo. Volvió a teclear un código de acceso. Una caja salió de la pared con un zumbido. Marcó un segundo código de acceso y la caja se abrió en silencio. Metió la mano, cogió un estuche redondo cerrado al vacío, desenroscó la tapa y extrajo un disco diminuto de color rosa. Bajó a toda prisa la escalera de mano y se dirigió hacia la salida.

Lo único que tenía que hacer ahora era cargar el virus de la oscuridad en su propia red de sistemas y cruzar el cañón al encuentro de la Furia. Cuando la gestalt penetrara en su interior, también se contaminaría con el virus destructor de electricidad, quedando anulada la fuerza energética del ente y, aunque aquello supondría su propio fin, la Furia sería exterminada. Esa era la razón por la que tenía que mantener su plan en secreto. Si lo hubiera consultado, tanto Lister como los demás le habrían dicho que no y entonces su unidad central de procesos no le habría dejado llevarlo a cabo. Por el contrario, si no se lo decía a nadie, podría sacar provecho de un resquicio legal en su programación. Estaba claro que era la única solución que les quedaba; resistirse a su plan solo podría traer como resultado que todo el mundo acabara muerto; le tocaba a él, como miembro menos importante de la tripulación, hacer el sacrificio más lógico.

Recorrió deprisa el pasillo y se encontró de frente con una pared de armarios. Un callejón sin salida. Absorto en sus pensamientos, se había equivocado de camino. Empezó a retroceder sobre sus pasos. Hasta ese momento no se había fijado nunca en lo oscura que estaba la bodega de carga, tan solo la luz tenue de los tubos de neón proyectaba unas sobrias bandas naranjas en el suelo y las paredes. Izquierda, derecha, izquierda. De nuevo se metió en un callejón sin salida. ¿Tenía esto algo que ver con su sistema olfativo? Decidió ponerlo en marcha otra vez. Se levantó la placa del pecho y lo volvió a conectar. El modo de alerta de sistema seguía estando activado. Le estaba indicando que había un código 0089/2 en las proximidades de la zona. Kryten buscó en sus bancos de memoria de largo plazo para averiguar qué era un 0089/2 (tenía el presentimiento de que era o la dulce fragancia de un melocotonero en flor o un cadáver en descomposición). La memoria de largo plazo le informó de que podía descartar la opción del melocotonero en flor. A Kryten le pareció lo más razonable, pues por lo general los melocotoneros no se prodigan mucho en las bodegas de carga. Esto le dejaba con la segunda posibilidad.

¿Cómo podía ser cierto? Ya sólo para empezar, por allí no había nadie que pudiera estar muerto. Todo el mundo estaba vivo y localizado.

Tenía que tratarse de un fallo de su sistema olfativo. Torció a la derecha y vio dos pies que sobresalían por detrás de una hilera de ficheros de cajones. Dos pies; decir de quién eran, le era imposible. Hacer conjeturas sobre el sexo o la especie también le resultaba imposible. Kryten comenzó a recorrer la larga distancia hasta ellos. Mientras andaba empezó a eliminar a toda la gente a la que no podían pertenecer esos pies. Mucho antes de llegar ya se había hecho una idea de quién estaba allí. Una estalactita de pánico le atravesó el cuerpo. Entonces un ruido agudo y chirriante le hizo girar sobre sus talones. Era el sonido de la enorme manivela redonda de la puerta de acero reforzado, alguien la estaba cerrando desde el exterior dejándolo atrapado en la bodega de carga.

CAPÍTULO 18

McGruder sentía que todo su mundo se había desmoronado como un castillo de naipes. Estaba sentado con las piernas encogidas delante de una hoguera más avivada de lo necesario e intentaba poner en claro los hechos de una jornada bastante increíble. Toda su vida había creído en esa figura paterna casi divina: durante toda su infancia, toda la escuela de oficiales, todos los años que pasó en la Flota Estelar una fuerza atómica le había empujado hacia el éxito, llamándole a igualar lo inalcanzable. Ahora resultaba que su padre no era más que un técnico de mantenimiento de máquinas de caldo de pollo.

Un técnico de segunda, por el amor de Dios. Un cero a la izquierda. Un don nadie. Su mente se llenó de imágenes de su pasado, que aparecían y desaparecían como en una sesión de diapositivas. ¿Le habían traicionado alguna vez de esa manera? Vio a su novia, Mercedes, congelada en la imagen, agarrando un extremo de la sábana y sosteniéndolo en alto para tapar la desnudez de su cuerpo; desplazó la vista a la derecha con un barrido panorámico, casi a cámara lenta, y allí estaba su mejor amigo, Ben. En su apartamento de la Flota Estelar, en su propia cama. Ahora se sentía peor todavía. Por lo menos Mercedes y Ben no suponían toda una vida de traición, a diferencia de su padre.

Empezó a asfixiarse, a tener arcadas, le faltaba el aire. No podía respirar.

El cable pasó por encima de su cabeza en un abrir y cerrar de ojos y le arrastró de espaldas por el suelo de la cueva. Pataleó indefenso, tratando en vano de meter los dedos entre el fino hilo metálico y la delgada piel de su garganta. De repente, le taparon la boca con cinta americana rodeándole la cabeza hábilmente; luego le pusieron boca abajo y le ataron las muñecas con más cinta, después otra vez boca arriba y pudo ver a su atacante.

Era Lister.

O al menos, era igual que Lister.

Rimmer se quedó parado en la boca de la cueva mirando atónito a los dos hombres que rodaban por el suelo. De pronto, el hombre que estaba sentado a horcajadas encima de su hijo giró la cabeza y le vio.

El otro yo de Lister: todavía estaba vivo.

¿Vivo? ¿Pero cómo? No era posible. Se lo habían llevado los kinitawowis.

El otro yo de Lister le miró con los ojos entrecerrados mientras una sonrisa delgada como el papel de fumar se escapaba de sus labios.

—Muy buenas.

—Tú.

El otro yo de Lister lanzó una carcajada en staccato al aire frío de la tarde.

—Mala hierba nunca muere.

El destello gris metálico de un arma resaltó en su campo de visión periférica. A su derecha, a escaso metro y medio, estaba la pistola de radiación ionizante del otro yo de Lister. Lo único que tenía que hacer era dar dos pasos, agacharse y cogerla.

Esta era su oportunidad.

Un metro y medio escaso. Dos pasos. Coger la pistola y apuntar a la cabeza de Lister. Ordenarle a gritos que quite las manos de encima de su hijo y echar a ese puñetero malnacido de la cueva. Seguiría siendo un técnico de segunda clase, seguiría siendo un don nadie que nunca había conseguido abrirse camino hasta la pirámide de mando, pero al menos en cierta manera habría demostrado lo que valía delante de Michael.

Rimmer vio como Lister se quedaba pálido de espanto al darse cuenta de que la pistola de radiación estaba más cerca de Rimmer que de él.

Rimmer sonrió de oreja a oreja. Ahora tenía la oportunidad. Lo único que tenía que hacer era coger la pistola de radiación, pegársela a la oreja y sacarle de la cueva. Sería un acto heroico. Dejaría resuelto el problema. Qué dulce sensación.

Entonces habló una voz. En el interior de la cabeza de Rimmer.

¿Acto heroico? ¿A quién demonios quería engañar? Cualquier imbécil podría hacer lo que iba a hacer él. Era solo que había tenido la suerte de haberse presentado por sorpresa en el momento preciso y quedarse parado justo al lado de la pistola. No era precisamente cosa de marines espaciales; no tenía que echar una puerta abajo y cargarse a treinta tíos a golpe de bazookoide.

Eso sí que era un acto heroico.

¿Pero esto? Esto era coser y cantar. Y de todas maneras, ¿por qué tenía que demostrarle a Michael lo que valía o dejaba de valer? Su hijo debería darse cuenta de que en la vida, no todo está en ser un gran soldado. Si querían poder establecer entre ellos algún tipo de relación, él tendría que aprender a apreciar a Rimmer tal y como era, con todos sus defectos. Y si no era capaz de hacer eso porque resultaba que su padre no era Tommy Testosterona, marine espacial, pues entonces peor para él.

El otro yo de Lister lanzó el pie contra el abdomen de Rimmer y le empotró de espaldas contra la pared de la cueva, todavía cautivado por sus propios pensamientos. Un puñetazo le hizo tambalearse hacia un lado y una segunda patada en la sien le obligó a caer de espaldas sobre el frío suelo de piedra. El doble de Lister cogió la pistola de radiación, ajustó la cantidad de descarga al nivel de esterilización y apuntó a los testículos de Rimmer. «Ponte de pie.» Lanzó una mirada a McGruder. «Tú también.» Los dos hombres se pusieron en pie.

Los ojos de McGruder se asomaron de puntillas por encima de un rectángulo de cinta adhesiva y se clavaron en Rimmer. ¿Por qué no había trincado la pistola? Había tenido la oportunidad de sacar al tipo de allí y la había echado a perder. ¿Qué otra cosa se podía esperar de un tontaina que se ganaba la vida reparando las malditas máquinas de caldo de pollo?

La había pifiado.

Su puñetero padre la había pifiado.

Kryten se quedó mirando los cadáveres de los cuatro miembros de la tribu kinitawowi. Nunca llegaron a salir de la nave. El otro yo de Lister había recobrado el sentido en algún momento del recorrido hacia la cámara de descompresión y había conseguido doblegar a los cuatro. Ahora andaba por ahí suelto y la Furia estaba solo a quince, tal vez veinte minutos de distancia. Le dio unos golpes suaves sobre la palma de la mano al disco rosa del virus de la oscuridad, el disco que no servía de nada en absoluto mientras siguiera allí encerrado.

Un chorro de aire comprimido señaló que alguien estaba girando la manivela redonda que abría la puerta de la bodega. La puerta se abrió a lo ancho y Rimmer entró de un empujón. Se volvió a cerrar.

Rimmer empezó a explicarse.

—No llegó a irse...

Kryten le interrumpió asintiendo con la cabeza.

—Lo sé. He encontrado a los kinitawowis.

—Tiene a Michael.

Kryten cerró los ojos suavemente en un gesto de compasión.

—Y yo he tenido la oportunidad de deshacerme de ese hijo de perra y no he sabido aprovecharla. Lo tenía al alcance de la mano... la pistola, la ocasión perfecta para hacer las cosas bien... y se ha ido todo al garete por mi culpa.

Kryten se puso de rodillas junto a él y le dio unas ligeras palmadas en la espalda.

—La culpa es mía.

—Señor, por favor...

—Toda la culpa es mía, Kryten.

—Señor, tenemos que salir de aquí como sea. Deberíamos recorrer palmo a palmo la bodega de carga para ver si hay alguna vía de escape posible.

—¿Es que no lo has hecho tú ya?

—Dos veces, señor —Kryten se encogió de hombros. ¿Qué otra cosa podían hacer?

Rimmer se secó las mejillas con el dorso de la mano y asintió con la cabeza.

Comenzaron a rastrear, examinando primero el mecanismo de cierre de la puerta de la bodega y luego recorriendo las paredes de la sala, en busca de algún conducto de ventilación.

—Soy padre, ¿te das cuenta? Todavía no me lo creo.

—Eso he oído, señor —hizo una pausa—. Debe de estar muy orgulloso.

—Él no lo está. Está casi tan entusiasmado como Eduardo II cuando empezaron a caldear el atizador. Se pensaba que yo era una especie de Rambo del espacio sideral.

—Enfadarse con los padres es algo típico del ser humano, señor. La araña viuda negra se come a la pareja después de la cópula, los humanos echan la culpa a los padres de todos sus defectos. Es la característica que les hace tan adorablemente idiotas para todas las demás especies.

—¿Qué estás diciendo, Kryten?

—Estoy diciendo que no sé por qué se sorprende de que su hijo esté resentido con usted, señor. No puede evitarlo, es un ser humano.

—Pero yo no quiero que esté resentido conmigo, quiero que me acepte. Me he perdido los primeros cuarenta años de su vida. Ahora quiero... caerle bien.

—¡Mire!

—¿Qué? —Rimmer esperó a que dijera algo más.

—¡Mire! —repitió Kryten.

Rimmer se dio la vuelta. Kryten estaba señalando la tubería de salida del sistema de generación de oxígeno que tenía unos diez centímetros de diámetro y asomaba junto al alojamiento de la bomba.

—Es una tubería del sistema de generación de oxígeno, ¿qué pasa?

—Señor, si apagamos su cápsula de luz y programamos el temporizador para que se vuelva a conectar, digamos sesenta segundos después, podríamos meter la cápsula por la tubería y caería sola a las dependencias de abajo.

—O, en vez de eso, podría acabar en la propia unidad de generación de oxígeno.

—Es una posibilidad.

—En la que termino cortado a rodajas.

—El plan tiene una parte negativa, tengo que admitirlo.

—¿Una parte negativa? ¿Así lo llamas tú?

—Sin embargo, si el plan tiene éxito, usted volverá a materializarse en la cubierta de abajo y podrá activar la alarma. Podríamos intentar rescatar a su hijo Michael.

—No. Lo siento. Es demasiado arriesgado.

—Muy bien, señor.

—Y no intentes hacerme cambiar de opinión. No servirá de nada.

—No, señor.

Siguieron andando sin decir nada durante casi veinte segundos.

—Lo estás haciendo a propósito, ¿verdad?

—¿El qué, señor?

—Crear este silencio incriminatorio. Basta ya.

—¿Yo, señor?

—Te lo advierto, Kryten, si sigues con esa actitud callada de desaprobación, atente a las consecuencias.

—¿Qué actitud, señor?

—Sabes muy bien de lo que estoy hablando; ya está bien, hombre. Habla, silba o tararea, lo que quieras. Pero basta ya de silencios acusatorios. ¿Está claro?

—Sí, señor.

Silencio.

—¡Lo estás volviendo a hacer!

—No se me ocurre nada que decir, señor.

—Pues tararea entonces.

—Sí, señor. ¿Permiso para tararear, señor?

—Concedido.

Rimmer suspiró a punto de perder la paciencia. Kryten se puso a tararear la Marcha Fúnebre de Chopin. Al final Rimmer no aguantó más.

—Ya vale, Kryten, eso es jugar sucio. Eres lo más rastrero que me he echado a la cara —exhaló un bufido y se quedó mirando al suelo. Varios segundos después levantó la cara—. De acuerdo, está bien, vale. Debo tener menos sesera que la descendencia de un paleto y una chica del tiempo, pero en fin... lo haré.

Kryten desplegó su sonrisa de un modo generoso.

—Bien decidido, señor.

Puso el dedo sobre el punto de presión localizado en el centro de la nuca de Rimmer y cortó la transmisión de luz sólida. Su forma se desvaneció con un suspiro electrónico y lo único que quedó del técnico de segunda del Enano Rojo fue su cápsula lumínica, que flotaba a un metro del suelo, revoloteando en círculos diminutos como si fuera una abeja nerviosa. Kryten cogió la cápsula con las dos manos, levantó la tapa y se puso a examinar el contenido.

Varios minutos más tarde desatornilló la rejilla que cubría la tubería de salida y tiró la cápsula ya programada por el tubo.

La cápsula bajó por la tubería dando golpes, desviándose a derecha e izquierda en un eslalon de tubos y codos, rebotando contra las paredes de un auténtico intestino de metal, chocando desde todos los ángulos por los estrechos pasadizos del sistema de generación de oxígeno hasta que, casi cuarenta segundos más tarde, salió despedida por una válvula de escape y, tras unos botes, echó a rodar por la plataforma de rejilla de la cubierta E. Rodó el metro y medio de anchura de la pasarela antes de precipitarse por el borde y estrellarse contra la plataforma de la cubierta D treinta metros más abajo. De nuevo rodó por la pasarela hasta acercarse peligrosamente al borde de la rejilla, dominando la vista sobre la pequeña planta de aguas residuales de la cubierta C. Dando vueltas como una peonza, acarició el mismo borde de la pasarela antes de regresar con mucha pachorra al centro de la plataforma y detenerse poco a poco. Finalmente, la cápsula generadora de luz cayó de lado y se balanceó hacia delante y hacia atrás sobre su eje. Segundos después Rimmer regresó a la existencia hallándose en la plataforma de la cubierta D que se usaba para la reparación de pinturas. Se marchó a buscar a los demás.

Kochanski y Lister apilaron las cajas de frutas liofilizadas en el carro de transporte. Ella estaba terminando su relato de lo que había ocurrido en el Mayflower (los trillizos Longman, el hallazgo de los frascos con el virus de la suerte) cuando escuchó el suave zumbido de la radiación ionizante al llenar el tubo de descarga de una pistola radiactiva. Levantaron la vista.

El otro yo de Lister les hizo un gesto para que soltaran las vituallas mientras arrastraba a McGruder por la cubierta F con un alambre alrededor del cuello.

—No pensaríais que os ibais a librar de mí tan fácilmente.

Lister frunció el ceño con incredulidad.

—Te fuiste de la nave con los kinitawowis. Te vio Kryten.

—No, él me vio entrar en la cámara de descompresión.

—¿Y has estado por aquí desde entonces? —le preguntó Kochanski—. ¿Mientras estábamos en el Mayflower también? ¿Todo el tiempo?

El otro yo de Lister sonrió de medio lado.

—Me quedé un pelín hecho polvo después del altercado que tuve con los kinitawowis. Tenía que curarme un poco antes de volver a entrar en escena.

El otro yo de Lister le arrancó la cinta adhesiva de la boca a McGruder y tensó el cable con el que le estrangulaba.

—Diles lo que quiero.

—Quiere la cápsula de escape —susurró McGruder asfixiado por el lazo de alambre.

—¿Qué cápsula de escape? —le preguntó Kochanski con cara de póker.

El otro yo de Lister apretó el lazo contra el cuello de McGruder.

—Hace ya tiempo, cuando yo tenía nave, nuestro Starbug llevaba una cápsula de escape.

—¿Ah, sí? —dijo Lister.

—Impulsada por energía solar. ¿Vosotros no tendréis por casualidad una cosa de esas, verdad? ¿Para qué vamos a morir todos? ¿Tenéis una?

Los dos dijeron «no» al unísono.

—Me lo imaginaba. Antes estaba en la cubierta C. Coged las cajas y vamos a echar un vistazo.

—Oye, si quieres llevártela —le espetó Kochanski—, ve y te la llevas. No tenemos tiempo para andar con tonterías. La gestalt va a llegar en menos de quince minutos y si ella no nos borra del mapa, lo hará el paso a través del Omniespacio. Coge la maldita cápsula de escape y lárgate de una puñetera vez. Nosotros también nos largaremos si nos dejas.

El otro yo de Lister sonrió en plan pícaro.

—Tú puedes venirte conmigo, preciosa. Tienes sitio de sobra si nos apretujamos un poco.

—Gracias por la invitación, la pena es que estoy en mi sano juicio.

Volvió a estirar del cable que ahogaba a McGruder.

—Lo digo en serio.

—Yo también.

—Quédate aquí, encanto, y será lo último que hagas.

—Coge la cápsula y piérdete ya, ¿vale? —intercedió Lister.

Su otro yo no le hizo caso.

—Y si te mueres, ¿qué será de la raza humana?

Kochanski le lanzó una mirada penetrante.

—No me iría contigo ni aunque fueras el último tío que quedara en el Universo.

—Lo voy a ser —dijo el otro yo de Lister sonriendo—. Al menos el último con el que vas a poder tener hijos.

Sin previo aviso, apuntó con la pistola radiactiva a la entrepierna de Lister y le soltó una descarga de radiación en el bajo vientre. Lister se dobló como un fuelle y cayó al suelo, apretándose con fuerza en salva sea la parte.

—Porque a partir de este momento, tu novio está tan esterilizado como un bisturí de cirujano.

Kochanski se arrodilló junto a Lister.

—¿Pensabais tener críos? Qué pena, ya no podrá ser.

El otro yo de Lister soltó a McGruder empujándolo hacia Lister, que se quejaba de dolor mientras recibía el dulce consuelo de Kochanski.

—Bueno, ¿qué te parece? Solos tú y yo, ¿qué me dices?

Lentamente, Kochanski se puso de pie y echó a correr hacia él, gritando. Él giró el selector de radiación y le soltó dos descargas de láser: una en el hombro, la otra en la rodilla izquierda. Ella se tambaleó pero no se cayó, siguió avanzando a trompicones hacia él, tratando en vano de acercarse lo suficiente para poder pegarle una patada en la cabeza. Un tercer rayo le alcanzó en el muslo izquierdo y cayó agitando los brazos en el aire.

El otro yo de Lister se acercó hasta Kochanski y le apuntó con la pistola de radiación en el centro de la frente.

—Te voy a pedir una cita por última vez. Si la respuesta sigue siendo no, va a ocurrir una verdadera tragedia. ¿Qué, sí o no? ¿Quieres ser mi Eva? Te compraré una hoja de parra.

—Vete a tomar por saco.

El otro yo de Lister sacudió la cabeza con aire triste mientras volvía a montar el arma.

Kochanski se chupó el dedo índice derecho.

—Hijo de puta asqueroso—dijo en voz baja.

—Saluda a San Pedro de mi parte —dijo apretando el gatillo.

Rimmer echó a correr por la plataforma de la cubierta D, dejó atrás las estanterías repletas de latas gigantes de emulsión verde cubiertas de chorreras de pintura seca y siguió hacia la pared del mamparo. Estaba oyendo una mezcla confusa de voces que venía de varios pisos más arriba.

Llegó a la compuerta y descubrió que estaba bloqueada. Volvió sobre sus pasos e intentó abrir la compuerta del otro extremo de la plataforma. También estaba bloqueada.

Estaba atrapado.

Miró a su alrededor, buscando otra vía de salida. No había ninguna. Estaba prisionero.

Durante varios minutos registró a fondo las estanterías por si encontraba algo que le pudiera servir. Entonces se fijó en uno de los viejos equipos de decapado espacial del Mayflower, que Kryten había comprado a los kinitawowis. Lo bajó de la estantería y lo dejó tendido en el suelo. Los equipos de decapado espacial se usaban para extraer el mineral y para desprender la pintura vieja del exterior de las naves o centros de investigación antes de aplicar la pintura nueva. Se llevaba sobre los hombros por medio de un arnés; la parte frontal tenía un tubo lanzallamas de aspecto brutal que despedía llamaradas de treinta metros, mientras que en la parte trasera disponía de un segundo tubo que arrojaba un chorro de propulsión para que el piloto pudiera desplazarse por los alrededores de la nave preparando el metal para la pintura nueva. Rimmer comprobó los depósitos: tanto el depósito del cohete como el del lanzallamas estaban a un cuarto de capacidad, más que suficiente para poder abrirse paso prendiendo fuego al sistema de cierre de la compuerta. Se enfundó el arnés por encima de la cabeza e intentó cerrar los enganches.

Las correas no le llegaban. Se quedaban cortas por un palmo. ¿Quién sería el último que se lo puso? ¿Un pigmeo con sobrepeso? Ajustó las cintas al largo máximo y volvió a probar. Tampoco así fue capaz de ensamblar las piezas. A lo mejor si solo se abrochaba la tira de arriba conseguía sujetar el arnés.

Sí que pudo. Justo.

Buscó la palanca de control; la tenía a la espalda, al lado del tubo de la propulsión. ¿Por qué la habían puesto ahí?

¿Quién había diseñado esta cosa?

Retorció el cuello para echar un vistazo al panel de control. Había visto a Lister usar uno una vez que estuvo metido en un grupo de castigo y tuvo que decapar y pintar una sección de cien metros del casco del Enano Rojo.

Hizo girar la palanca y encendió el lanzallamas, pero en lugar de salir un chorro controlado de fuego por el tubo de la parte frontal, el retropropulsor empezó a arder y le mandó seis metros para atrás, por encima de la barandilla y sobre los 300 metros de caída, antes de apagarse discretamente dejando que se precipitara al vacío.

Se había puesto el maldito cacharro del revés. Por eso no le llegaban las correas. Mientras descendía en picado hacia el depósito de aguas residuales situado debajo, se retorcía e intentaba desesperadamente volver a encender el chorro de propulsión. Sus dedos palparon a ciegas los controles antes de activar el encendido automático simultáneo de los sistemas de propulsión y decapado, con lo que ambos tubos empezaron a escupir fuego.

A un metro escaso del depósito de aguas residuales la llama entró en contacto con el metano de la superficie y le lanzó otra vez por los aires como el viejo cohete espacial Apollo. Buscó a tientas la palanca de control y la empuñó con torpeza, intentando dirigir la bola de fuego humana en que se había convertido mientras rebotaba de pared en pared en un ascenso vertiginoso por el interior del casco.

El otro yo de Lister se acercó al cuerpo inmóvil de Kristine Kochanski, que estaba tendida en el suelo. En sus ojos como lagunas azules había una mirada despierta y desafiante. Ella se chupó el dedo índice derecho, le llamó hijo de puta y le vio apretar el gatillo. Lister no podía hacer nada, el bombardeo de radiación le había dejado muy debilitado y preso de las náuseas, y McGruder, con las manos atadas y el cuello sangrando por causa del alambre, tampoco podía ser de gran ayuda.

El cañón de la pistola descansaba sobre un hilo de sudor que surcaba la frente arrugada de Kochanski. El otro yo de Lister apretó el gatillo. Se oyó un chasquido hueco al obstruirse el mecanismo de la pistola radiactiva.

Kochanski tocó el borde del tubo que colgaba de su cuello y se chupó de nuevo el dedo.

Él volvió a disparar. Chasquido hueco. Otra vez atascada. Pegó un tercer disparo. Lo mismo. Repitió dos veces más. En ambas se atascó la pistola.

Ella se chupó el dedo y le miró a la cara, casi sonriendo. Entonces él lo entendió todo. Les había oído hablar del virus de la suerte estando escondido en los conductos de ventilación mientras esperaba a curarse. Por eso ella no paraba de chuparse el dedo. La cabrona estaba tomando virus de la suerte y haciendo que la pistola se atascara. Le sujetó el brazo pegado al costado.

—Sin virus de la suerte esta vez, bonita.

Empezó a apretar el gatillo de nuevo. Fue apretando poco a poco hasta que, faltando un milímetro para descargar el rayo letal de radiación en la cabeza de Kochanski, sucedió algo.

Un ruido. Un extraño ruido atronador que captó toda su atención. El doble de Lister se volvió rápidamente a la izquierda y miró por encima de la barandilla de la plataforma. El sonido se hizo más fuerte hasta que de repente, levantando un huracán de polvo abrasador, un pájaro enorme parecido a un fénix apareció vomitando fuego.

El doble de Lister se protegió los ojos de la luz y trató de ver a través de la cegadora tormenta de polvo mientras los chorros simultáneos de llama pasaban a toda velocidad sobre el grupo dejándoles el pelo chamuscado. El fénix recorrió como un rayo toda la longitud de la cubierta antes de dar la vuelta y, con el acompañamiento de unos gritos de hombre, lanzar su segundo ataque. El otro yo de Lister se metió enseguida detrás de una pila de cajas de almendras liofilizadas, arrastrando con él a McGruder.

Una vez más la bola de fuego envuelta en un manto de humo y llamas impenetrable cruzó hasta el otro extremo de la cubierta a toda mecha. El otro yo de Lister la vio pasar.

—¿Qué demonios es eso?

McGruder giró la cara para mirar a su captor.

—¿Que qué demonios es eso? Yo te diré qué demonios es eso: eso es mi padre.

—¿Tu qué?

—Y ya puedes andarte con ojo, vaquero —dijo McGruder con su mejor acento del Oeste—, porque ha venido a por su hijo.

Los alaridos de terror de Rimmer quedaban enterrados bajo el rugido del cohete mientras se chocaba contra tres paredes del muelle de carga, se estabilizaba y abrasaba la plataforma con una nueva alfombra de fuego naranja.

Un chillido de alma en pena, una pasada rasante ensordecedora y las cuatro cajas hicieron implosión en una serie de bonitos hongos rojos y azules. McGruder dejó escapar un grito de alegría. El doble de Lister soltó el alambre y se puso deprisa a cubierto.

Rimmer voló hasta el fondo, se estrelló contra la pared, desprendió una viga del techo y emprendió el viaje de vuelta.

El otro yo de Lister se colocó en el centro de la plataforma. Sujetó la culata de la pistola con las dos manos para afianzar el pulso y apuntó al objetivo de manera concienzuda. El Rimmercohete venía lanzado hacia él.

Apretó el gatillo y dos rayos de radiación pasaron zumbando a pocos centímetros del decapador espacial y estallaron contra la pared lejana del interior del casco de un modo apenas audible.

A veinte pasos de él, Kochanski y Lister se escondían agachados detrás de una carretilla elevadora.

—Le está apuntando a la cápsula de luz —dijo Lister con voz ahogada—. Como le dé, adiós muy buenas.

Otros dos haces de radiación brillaron hacia el fénix que se aproximaba. Rimmer palpó a tientas detrás de su espalda y torció a la izquierda para esquivar el primero y a la derecha para esquivar el segundo; a paso lento pero seguro estaba consiguiendo dominar los controles del decapador puesto al revés. Qué demonios, casi estaba empezando a disfrutar.

Casi.

Abajo vio a Michael, que estaba de pie detrás de una caja de almendras en llamas, con la emoción visible en su cara y mirándole fijamente con verdadera adoración. Dos rayos más venían hacia él; de nuevo se apartó a un lado y a otro evitando el impacto.

El otro yo de Lister vio que empezaba a descender. Se apoyó en una caja de madera para fijar la puntería y esperó hasta que Rimmer se puso casi encima de él.

Rimmer buscó a tientas el control de la llama a sus espaldas. Su intención era incrementarla al máximo justo cuando pasara por encima de su cabeza. Eso le daría al chorro casi cuatro metros más de llama y con un poco de suerte persuadiría al doble de Lister a recoger los bártulos. Se hundió en picado una vez más y abrió del todo la salida del chorro.

El otro yo de Lister descargó sus dos siguientes rayos; el primero falló, el segundo alcanzó el hombro de Rimmer como una garra de halcón, afectando a la transmisión de luz sólida y dejando su cuerpo envuelto en un torbellino de descargas eléctricas de luz azul que le hacían sacudirse como un poseso. Tardaron varios segundos en desaparecer hasta que la cápsula de luz consiguió reestablecer la transmisión con normalidad.

Entonces pudo ver al otro yo de Lister tirado en el suelo, había soltado la pistola de radiación y estaba intentando sofocar el fuego que le envolvía el brazo derecho. Rimmer había dado de lleno en el blanco.

Ojeó el suelo y vio a Michael de pie en un pasillo de cajas en llamas, saludándole con el brazo levantado y una sonrisa gigantesca en los labios. Una alegría desbordante inundó su espíritu.

Lo había logrado. Desde luego que lo había logrado. Cruzó el muelle de carga a toda velocidad una vez más, ladeándose a la derecha en una curva cerrada antes de rizar el rizo y volver a nivelarse.

Había puesto fin a tres décadas de sufrimiento. La criatura que merodeaba en las llanuras de su alma, devorando su seguridad, paralizando su iniciativa y envenenando su autoestima, había sido derrotada. Sus neurosis se fueron diluyendo a medida que la confianza en sí mismo penetraba en su alma como un suero intravenoso.

Por fin había hecho algo bien. Se había comportado como un hombre. Un macho alfa de los pies a la cabeza. Un tío de puta madre.

Eso es lo que era. Era un buen tío. Y no solo él pensaba eso; su hijo Michael también lo pensaba.

Rebotó por las paredes del muelle de carga una última vez mientras Lister y Kochanski le lanzaban gritos, saltando y agitando los brazos.

Otro looping llameante. Sí que se le estaba dando bien pilotar el trasto.

Raaaaassss. Se miró el hombro, el hombro en el que había impactado el rayo de radiación. La correa carbonizada del atalaje había empezado a rasgarse.

Raaaaassss. Otra vez. Ya sólo quedaban cinco finas hebras de algodón sujetando el peso y estaba a veinte metros del suelo, cruzando el muelle de carga a cien kilómetros por hora. Raaaaaaaasssssss. El decapador espacial se le resbaló del hombro izquierdo. Cayó diez metros antes de conseguir volver a colocarlo en su sitio tirando del arnés.

Raaaaaaaasssssss. Tres hebras.

Tenía que aterrizar. Se retorció y logró cambiar la propulsión a vuelo en estacionario, pero le era imposible aterrizar y sujetar el arnés al mismo tiempo.

El otro yo de Lister se arrastró por el suelo con su único brazo bueno y cogió la pistola de radiación que se le había caído. Apoyó el cañón del arma en el canto de una caja y apuntó a su objetivo, que flotaba indefenso en estacionario a diez metros del suelo.

Ya no había tiempo de usar la cápsula de escape. Necesitaba ese decapador espacial. Era el único medio de escape.

Apretó el gatillo. El rayo de radiación atravesó el aire con un zumbido e impactó de lleno contra la cápsula generadora de luz. Estalló en una triste llamarada azul. La imagen de Rimmer empezó a degenerarse y se apagó, y los restos de la carcasa de su cápsula lumínica cayeron al suelo con un ruido sordo y metálico.

McGruder se acercó tambaleándose hasta donde estaba el otro yo de Lister apoyado en la caja y le golpeó en la cabeza con sus dos manos atadas. Se sentó encima de él; satanizado por la rabia, empezó a sacudirle la cabeza contra el suelo. Sus gritos y lamentos se oyeron por todo el muelle de carga hasta que quedaron apagados por un nuevo sonido.

El sonido de la Furia. La tenían encima. Su viento abrasador ascendió por las cubiertas de carga y empezó a rodearles.

Ellos se agacharon detrás de las cajas, lo que les ofreció escasa protección cuando la Furia les bañó en sus aguas de cólera enconada. Minutos más tarde todos estaban bautizados en odio, empapados de la malevolencia de la gestalt, derrotados por una furia que les hablaba en susurros de una enorme y horrible injusticia que nunca fue enmendada. Luego se marchó, girando en círculos y continuando con su marabunta de virulencia por la superficie del planeta.

Lister se puso de pie.

—Tenemos que formar un Círculo de Sacer Facere.

Tenía la cara pálida y hundida, la boca completamente seca de saliva, mientras que un nuevo conjunto de expresiones faciales, motivadas por sus sentimientos más siniestros, transformaba la naturaleza de su rostro.

—Tenemos que formar un círculo. Uno de nosotros tiene que morir.

Kochanski, con los ojos encendidos de rabia y echando espuma por la boca, dijo:

—No. Tiene que haber otra forma. Tiene que haberla.

—Es la única manera —bramó McGruder por encima de las voces enfrentadas—. La Furia nos ha poseído. La única forma de que alguno de nosotros sobreviva es canalizar su veneno hacia alguien e invitarle a consumirlo.

Algo atrajo la atención de Kochanski. Se giró y vio al otro yo de Lister que huía corriendo por la cubierta, sujetándose el brazo quemado contra el pecho. Se fue tras él tambaleándose, arrastrando la pierna herida por la cubierta calcinada, y al final consiguió detenerle tirándose encima de él con un placaje contundente. Ella le sujetó contra el suelo, su mirada era puro veneno.

—La culpa es tuya, escoria inmunda. Si no fuera por ti ya nos habríamos largado de aquí, ¡vivos!

Empezó a aporrearle el pecho con los puños apretados hasta que Lister pudo contenerla.

—Tenemos que formar el círculo de Sacer Facere, antes de que nos matemos entre todos —volvió a decir.

Los cuatro se sentaron en un círculo reducido y se cogieron de las manos. Lister se quedó mirando a Kochanski y ella le devolvió la sonrisa asustada. Uno de los cuatro iba a morir, uno de ellos iba a ser la víctima de la Furia, uno de ellos iba a ser devorado por su rabia.

Lister notó la humedad en la mano de su otro yo, que intentaba soltarse por todos los medios para no participar en el corro. Él le sujetaba por un lado mientras McGruder le sujetaba por el otro.

Entonces se oyó un sonido. Casi imperceptible. Pero en aumento. Oyéndose más fuerte cada vez hasta que al final el chillido infernal de una plaga de langostas moribundas emergió del centro del círculo. Un viento helado plagado de caras de demonios empezó a dar vueltas alrededor del círculo, entrando en sus cuerpos por la boca o las orejas y saliendo de ellos de la misma manera.

Giraba alrededor una y otra vez. Cada vez más deprisa.

El otro yo de Lister se quedó mirando a Kochanski; el miedo de ella le estaba divirtiendo. Bajó la vista a su cuello, atraído por dos pequeños tubos que llevaba colgando.

El virus de la suerte.

Se echó de golpe hacia atrás para coger impulso y luego se lanzó hacia delante; su lengua rozó la piel de ella antes de meterse en la boca los tubos y arrancarle la cadena del cuello de un tirón. Sus dientes

283 |

hicieron crujir el tubo de forma triunfante llegando hasta el líquido de sabor dulce.

La glucosa se derramó sobre su lengua. Se había tomado el virus de la suerte. Sintió su fuerza vibrante recorriéndole todo el cuerpo. Ya estaba a salvo. La Furia iba a escoger a otro.

La Furia penetró en su interior, pero no se preocupó por ello, sabía que iba a pasar de largo. Y así lo hizo, pues siguió dando vueltas; más y más rápido, aumentando su poder y su fuerza.

Ahora estaba en McGruder, luego en Kochanski, luego en Lister y luego de vuelta otra vez.

Estaba dentro de él una vez más. Sintió su poder, y saboreó sus increíbles promesas. Entonces le abandonó y entró en McGruder. Pero él quería que se quedara, que le poseyera, que le llenara de su poder.

Quería la Furia para él.

Todos querían la Furia. Pronto estaban todos suplicando a gritos que les eligiera, que les elevara a un estado divino.

Pero solo uno de ellos había tomado el virus de la suerte.

Y el virus de la suerte hace realidad tus sueños. La Furia le eligió a él.

Dejó escapar un suspiro de éxtasis y sintió la acometida total de su poder antes de que un viento ácido le abrasara toda la carne del cuerpo. Sus huesos se desplomaron sobre el suelo.

CAPÍTULO 19

Lister vio a McGruder agachándose a recoger la destrozada cápsula lumínica de su padre. El diminuto proyector holográfico rodó sobre la palma extendida de su mano, mutilado e imposible de reparar. Sabía por la forma en que la cara de McGruder se había convertido en una máscara gris inexpresiva, perforada por dos diminutos ojos sumidos en lágrimas de desesperación, lo que estaba pasando por su cabeza. Sabía que estaba pensando que habría dado lo que fuera por recuperar a Rimmer. Sabía que estaba pensando en que habría dado lo que fuera por haber tenido un par de minutos para hacer las paces. Ahora ya era demasiado tarde. Se había ido. Lister sabía todo esto porque él estaba pensando las mismas cosas exactamente.

Se levantó del suelo. El dolor de los genitales había pasado a ser algo soportable. Pero ya nunca podría tener hijos.

Nunca. Aspiró una enorme bocanada de aire mientras el impacto de la noticia iba calando en su cerebro.

Nunca.

Siempre le había parecido tremendamente irónico que alguien que se había especializado en eludir cualquier responsabilidad (alguien que había dejado su puesto de encargado de carros de compra en Megamart porque no quería seguir en el camino del éxito profesional) acabara cargando con la mayor de todas las responsabilidades: salvaguardar el futuro de la especie. Con veinte años le costaba mucho escribir una carta y mandarla. Había ido de un lado para otro con su primera moto de 250 c.c. y nunca se había molestado en sacarse el permiso de conducir. Era mucho follón. Se le rompían las cuerdas de la guitarra y se apañaba con las que quedaban. Planchar las camisas era cosa de esnobs. Tenía el brío y la ambición de un hippy dormido. Había sacado un libro de la biblioteca titulado *Cómo poner tu vida en orden*, se había olvidado de leerlo y lo había tenido tres años enteros en casa. Y cuando por fin fue a devolverlo tuvo que explicarle al bibliotecario por qué había un trozo de popadom fosilizado entre las páginas cuarenta y dos y cuarenta y tres. Mucho orden en su vida no había.

Pero tanto si le gustaba como si no, el destino le había elegido.

Él era el único que quedaba. El último humano.

Tenía que cambiar. Tenía que tomarse las cosas en serio. Y gracias a la obsesión burocrática de Rimmer, de alguna manera ya lo hacía. No pudo evitar sonreír. La mentalidad cuadriculada de Rimmer y su amor por el orden y la rutina habían acabado por servirle de algo. Le habían obligado a madurar.

Juntos habían puesto rumbo de vuelta a la Tierra.

Por el camino habían localizado las cenizas de Kochanski y la habían resucitado en una realidad a la inversa. Había llegado a pensar que iba a ser capaz de conseguirlo. Pensó que a lo mejor podía hacerlo, de algún modo, en algún lugar, llevar a cabo la restauración de la raza humana. Ahora esa esperanza había muerto.

La fea quemadura de su entrepierna se lo decía.

Había fracasado. Había perdido la oportunidad. Estaba empezando a notar el abrazo asfixiante de la depresión.

De repente, el suelo se puso a temblar cuando un enorme seísmo sacudió el planeta y le sacó de sus tristes reflexiones. Este no era el momento de darle vueltas a la cabeza.

Los diez minutos siguientes parecieron transcurrir a cámara lenta. Invadidos por la pena y los remordimientos, McGruder y él recogieron los decapadores espaciales que quedaban en el área de pintura mientras Kochanski corría a buscar a Kryten.

Un segundo temblor recorrió la nave. El planeta estaba a unos minutos del horizonte de sucesos. La atracción gravitatoria del anillo de agujeros negros era ya casi insoportable.

Rellenaron los depósitos de combustible de los decapadores y arramblaron con los suministros que podían cargar mientras Kochanski llegaba con Kryten.

Minutos después bajaron en estampida por la rampa de desembarque, arrancaron los retropropulsores de los decapadores espaciales y pronto estaban volando a toda velocidad sobre la superficie del planeta en busca del Gato, Reketrebn y los demás.

Los encontraron descendiendo por un precipicio montañoso, en su camino valle abajo hacia el santuario de las cavernas. El Gato ojeó el grupo de tres.

—¿Dónde está cabeza buque?

Lister le puso una mano en el hombro y sacudió la cabeza. El Gato frunció el ceño, sin entender nada. McGruder le enseñó la cápsula lumínica de Rimmer, rota.

—Tío —fue todo lo que pudo decir el Gato—. No, tío.

El cielo de la noche estaba asolado por unas nubes plomizas que la despiadada tormenta de gravedad arrastraba sobre una luna empapada en whisky. Lister sacó sus prismáticos monoculares e inspeccionó la entrada a las cavernas de piedra caliza situada doscientos metros más abajo. Sobre la entrada, como un perro guardián, la Furia giraba en círculos pequeños de protección. Estaba otra vez en posición.

Kryten comprobó la lectura del contador geiger de su escáner.

—De acuerdo con la lectura de radiación, estamos a seis minutos y veinte segundos del horizonte de sucesos.

—Si no estamos a quinientos metros bajo tierra dentro de cinco minutos vamos a acabar todos más muertos que una discoteca lapona.

—Pero ¿cómo vamos a conseguir esquivar a la Furia? —preguntó el Gato.

Kryten se descolgó la mochila de los hombros y sacó un ordenador.

—Lo tengo todo previsto, señor. De hecho, mi intención era enfrentarme a la Furia antes, pero su otro yo me ha dejado encerrado en la bodega de carga—. Desenroscó un estuche redondo cerrado al vacío y sacó un pequeño disco rosa.

—¿El virus de la oscuridad?

—La Furia es una fuerza de energía eléctrica. En teoría, el virus de la oscuridad tiene la capacidad de anular la carga eléctrica.

—O sea que si podemos infectar a la Furia, podemos detener a la gestalt...

—Teóricamente.

—Pero ¿cómo? —preguntó Kochanski—. Alguien tendría que…

—Yo me ofrezco voluntario, señora.

—Ni hablar, Kryten —dijo Lister.

—Entonces moriremos todos, señor.

—No.

—No hay otra opción, colega.

—Me da igual, tío. Ya hemos perdido a Rimmer. No vamos a perder también a Kryten.

—Señor, escúcheme, se lo ruego. Si no me permite hacer esto entonces ninguno de nosotros podrá evitar la muerte. Mi pérdida les permitirá entrar en las cavernas, donde tienen una probabilidad de supervivencia del setenta por ciento.

—¿Qué es eso? —preguntó Reketrebn.

Lister sacudió la cabeza.

—Me da igual que no sea lógico. Me importa un bledo que no tenga sentido. No te voy a dar permiso para ir anular tu programación y hacer esto. Nos quedaremos en la superficie y nos arriesgaremos.

—¿Qué es eso? —repitió Reketrebn.

—¿Qué es el qué? —preguntó Kochanski.

Reketrebn señaló el bolsillo de McGruder, donde un débil y diminuto resplandor naranja estaba traspasando la tela. McGruder sacó deprisa la cápsula de luz de su bolsillo. Un resplandor tenue emanaba de la cápsula en una serie de destellos. Luz, pausa, luz, luz, luz, luz, y otra vez. Luz, pausa, luz, luz, luz, luz.

—¿Qué está haciendo? —preguntó McGruder.

Luz, pausa, luz, luz, luz, luz.

—No lo sé.

Otra vez. Luz, pausa, luz, luz, luz, luz.

—¡Dios mío! —dijo Kochanski—. Nos está diciendo algo en código morse.

Luz, pausa, luz, luz, luz, luz.

—Tiene razón —dijo McGruder—. Fijaos… Pam, espacio, pam, pam, pam, pam. Un punto seguido de un espacio y cuatro puntos. Un punto es la «E» seguido de un espacio que significa nueva letra, después cuatro puntos, la «H». E. H. Eh.

La cápsula de luz empezó a parpadear de nuevo. Raya, punto, punto...

—D...

Punto...

—E...

Raya, punto, punto, punto...

—B...

Punto, punto...

—I

Punto, raya, punto, punto...

—L... D.E.B.I.L. Débil.

Raya, punto...

—N...

Raya, raya, raya.

—N.O. No.

Punto, punto, punto, punto...

—H...

Punto, raya...

—A...

Raya, punto, raya, raya.

—Y... Hay. No hay.

Raya...

—T...

Punto, punto...

—I...

Punto...

—E...

Raya, raya...

—M...

Punto, raya, raya, punto...

—P... No hay tiempo...

Raya, raya, raya...

—O... Cierto, no hay tiempo.

Raya, punto, punto...

—D...

Punto, raya…

—A…

Raya, raya…

—M…

Punto.

—E… Dame…

Punto…

—E…

Punto, raya, punto, punto…

—Dame el…

—¿Darte el qué? —preguntó Lister.

Kochanski se enjugó las lágrimas de los ojos.

—Ya sé lo que va a decir.

La cápsula lumínica de Rimmer, debilitándose a cada segundo, siguió parpadeando. Punto, punto, punto, raya…

—V…

Punto, punto…

—I…

Punto, raya, punto…

—R…

Punto, punto, raya…

—U…

Punto, punto, punto…

—S…

El haz de proyección de la cápsula lumínica se desconectó.

—¿Qué ha pasado? —preguntó el Gato—. Se ha parado.

—La energía que necesitaba para transmitir en código morse todas esas letras ha debido dejarle sin fuerzas —dijo Lister, levantándose el cuello de la cazadora para taparse de la tormenta de gravedad.

De repente, la cápsula lumínica de Rimmer se levantó en el aire temblando sobre la mano de McGruder y se puso a revolotear delante de ellos. De forma un poco descontrolada, casi como si hubiera un borracho al volante, y haciendo un gran esfuerzo, la cápsula se paseó por delante de sus caras tratando de demostrar que podía transferir el virus de la oscuridad a la gestalt.

—Ha concentrado toda su energía en el programa de vuelo —dijo Kryten—. Nos está proponiendo que la usemos para transferir el virus.

La cápsula de luz hizo un looping lánguido para expresar que eso era exactamente lo que estaba proponiendo.

Cargaron el virus en el ordenador y lo transfirieron a la cápsula. Esta zumbaba y chirriaba a medida que el programa letal inundaba su sistema. Kryten le explicó a Rimmer que había guardado el virus en su base de datos dentro de un programa de envoltura. Una vez que accediera al programa el virus le destruiría a él y a todo lo que estuviera en contacto con él, pero hasta ese momento no había ningún peligro.

—¿Lo ha entendido, señor?

Punto, punto, punto.

—Sí...

Kryten cogió la cápsula en la mano.

—Ya está todo hecho, señor —lanzó la cápsula al aire—. Que Dios le ampare.

La cápsula dio una vuelta temblorosa alrededor de ellos antes de enderezar el rumbo y emprender el camino a través de la llanura hacia la maligna gestalt.

Se quedaron de pie observando el vuelo turbulento de la cápsula lumínica a través de la extensión de llanura escabrosa, sobre el holocausto de tocones ennegrecidos de los bosques petrificados, sobre los ramales desecados de lechos de ríos sin vida, sobre un paisaje que había sido lozano y alegre una vez pero que ahora era un páramo seco y lleno de amargura. Finalmente la cápsula se detuvo flotando frente al tornado naranja que giraba en círculos de maldad sobre las cavernas, protegiéndolas como una leona protegería a sus cachorros. La cápsula se quedó al borde de los vientos amargos de la Furia, casi como si se lo estuviera pensando dos veces.

Lister estaba vigilando con los prismáticos monoculares.

—Se ha parado. No va a hacerlo.

La gravedad les revolvía ya las tripas cuando la cápsula empezó a parpadear con un nuevo mensaje. Punto, raya, raya, punto.

—P...

Punto, punto, raya...

—U...

Punto, raya...

—A...

Punto, punto, punto, raya...

—V...

Punto, raya, raya, punto...

—P...

Punto...

—E...

Raya, punto, punto.

—D...

La cápsula no volvió a encenderse.

—¿P.U.A.V.P.E.D?

—¿Puavped? ¿Qué quiere decir eso? —preguntó el Gato.

—Puede que el programa de cobertura haya envenenado su sistema demasiado pronto —dijo Kochanski.

Lister sacudió la cabeza.

—P.U.A.V.P.E.D. Prepárame un arenque, volveré para el desayuno.

McGruder no ocultó su sonrisa.

La cápsula volvió a activar el programa de vuelo y se lanzó disparada contra el corazón de la Furia.

No pasó nada.

Observaron en silencio.

Nada.

Silencio.

Entonces la Furia estalló en una extensa descarga de explosiones negras y sangrientas que dejaron la llanura lacerada. Las gigantescas columnas de fuego se alzaban en el horizonte acompañadas por los alaridos agonizantes de un millón de criaturas moribundas; todos los foigs que habían sido obligados a entregar la vida y la identidad para crear la gestalt, todos habían sido envenenados por la recriminación y el rencor, todos habían dado rienda suelta a su cólera a través del poder de la gestalt, pero ahora la rabia había cesado. El dolor se había ido. Ya podían morir en paz.

La Furia estaba muerta.

El viento de gravedad empujaba a Lister y los demás contra el talud de roca mientras bajaban corriendo por la senda de la montaña hacia el santuario de las cavernas. Una vez dentro, corrieron y corrieron dejando atrás suelos que se agrietaban y guijarros que se desprendían, estalactitas que se partían y ríos subterráneos que se desbordaban, bajando a más y más profundidad, adentrándose en la tierra. Finalmente, el planeta entró en la aureola de agujeros negros y una serie de temblores recorrió las galerías subterráneas abriendo inmensas simas que avanzaban en zigzag hacia ellos. Saltando de un lado a otro y de otro a uno continuaron su carrera hacia el núcleo del planeta hasta que la paliza gravitacional que el planeta estaba recibiendo del Omniespacio no fue más que un rumor distante.

CAPÍTULO 20

Tardaron tres semanas en lograr salir a la superficie. Sobreviviendo gracias a la fauna subterránea, se abrieron paso a través de rocas desprendidas, aludes de barro y avalanchas de arcilla, hasta que finalmente, después de haber rodeado incontables galerías inundadas y haber huido de más techos que se desplomaban de los que nadie se podía acordar, horadaron una última pared de roca y salieron exhaustos a la supcrficic.

Lister contempló el cielo. Un sol tímido se escondía tras un banco de nubes. Llenó de aire los pulmones. Sintió el frescor aliviado. Habían cruzado a una nueva dimensión; qué dimensión era, nadie podía saberlo.

—¡Mirad!

Kochanski señaló con el dedo el recorrido del cañón. Los ríos se entrecruzaban y saltaban a lo largo del cañón como niños juguetones. Los primeros signos de una nueva clase de vegetación más verde estaban empezando a asomar en el manto de arena.

Avanzaron dando tumbos por los alrededores en grupos de dos y de tres, apoyándose los unos en los otros y sonriendo. Al final se separaron.

Kryten sacó el disco con la cura del bolsillo de su cinturón y lo abrazó contra su placa pectoral con gesto socarrón. Luego, sin decir nada, se dirigió hacia las cavernas que la Furia había defendido una vez con tanto veneno, seguido de cerca por el Gato, McGruder y Reketrebn. Con las cabezas agachadas y los ccños fruncidos, registraron palmo a palmo el suelo en busca de la fenecida cápsula de luz.

Lister miró a Kochanski con ojos de oso panda.

—Estamos en casa.

Ella le dio un beso.

—Lo sé.

Bajaron por el cañón y echaron a andar bordeando un río de aguas agitadas que retozaba en el valle. Pasaron junto a las flores moradas de los campos de azafrán. Parecía que estaban en primavera.

Ella le miró a los ojos y le apretó la mano.

—No pienses eso.

—¿A qué te refieres?

—A que tenemos todo esto pero de qué nos sirve si ya no podemos tener hijos.

Él sonrió con pesar.

—No necesitamos hijos para ser felices, cariño. No estamos incompletos sin ellos. Nos tenemos el uno al otro.

Él sonrió.

—Ya lo sé.

—¿Pero?

—Pero siento que la he cagado. Tenía la responsabilidad de restablecer la raza humana y la he echado a perder.

—Mira lo que tengo —se despojó de su camisa malva medio abierta y se sacó la camiseta por encima de la cabeza hasta quedarse solamente con su sujetador deportivo—. Sabes que tú nunca planificas nada de antemano. Vives el momento y confías en que todo salga bien. A mí personalmente me encanta cómo eres, aunque la verdad es que yo también tengo mis rarezas.

—¿De qué estás hablando?

—Planificar de antemano. No lo haces nunca —dijo sonriendo—. La suerte es que te juntaste con una chica que sí lo hace —metió la mano por dentro del sujetador y sacó un pequeño vial de tres centímetros—. También tienes una memoria de pez. Me llevé dos viales del virus de la suerte, ¿no te acuerdas?

Una lenta sonrisa empezó a dibujarse en la cara de Lister.

—Ya veo que piensas en todo.

Bebió un trago y se lo pasó a Lister.

—Vamos a hacer una cosa —cogió dos piedras planas y le dio una a Lister—. Si somos capaces de lanzar las dos piedras de manera que crucen el río en siete saltos cada una y acaben en esa charca pequeña de allí, quiere decir... —señaló hacia el final del cañón, donde una alfombra de gramíneas se mecía con la brisa—, que cuando lleguemos a esas hierbas altas de allá vamos a acabar haciendo el primero de nuestros muchos hijos.

Lister tomó un sorbo del virus de la suerte.

—¿Preparado?

Él asintió con la cabeza.

—Preparado.

Los dos apuntaron y lanzaron las piedras. Los guijarros aterrizaron simultáneamente y de forma perfecta sobre la superficie del agua. Rebotaron una, dos, tres veces, separados medio metro y todavía perfectamente sincronizados.

Cuatro veces, cinco veces, todavía juntos.

Seis veces, todavía emparejados, casi como si estuvieran unidos por una barra invisible.

Siete veces. Seguían siendo uno.

Se elevaron una última vez antes de caer en la pequeña charca con un acorde armónico de zambullidas simultáneas.

Lister y Kochanski se giraron y se miraron el uno al otro, con unas sonrisas de mono que casi no les cabían en las caras. Se abrazaron y se pusieron a pegar gritos. Después poco a poco la sonrisa fue desapareciendo de la cara de Lister. Él la cogió en brazos y se quedó mirándola a los ojos. Estaba arrebatado por su luminosidad de diamante, estaba cautivado por su belleza.

Ella le besó en el labio inferior.

Empezó a atravesar el cañón llevándola en brazos hacia los campos de hierba alta. La llevó en brazos por los arroyos, por el estuario de arena y por las praderas de azafrán hasta que al final estuvieron allí, caminando entre las hojas amarillas del maíz. Se fundieron con la hierba y desaparecieron de la vista.

Despacio, con suavidad, de forma casi imperceptible, la hierba se empezó a mecer.

Doug Naylor nació en Manchester y estudió en la Escuela de Música de Chetham, donde aprendió a tocar «Three Blind Mice» con la flauta sin partitura ni director. Expulsado de la Universidad de Liverpool a mediados de los setenta por beber demasiado despacio, se convirtió en vendedor de gambas y berberechos durante doce meses hasta que se pudo permitir aceptar un trabajo sin porvenir y concentrarse en la escritura. Entre sus aficiones se incluyen la lectura, la filosofía, lanzar improperios contra las películas de la Merchant-Ivory y no oler a pescado. Nunca ha pagado impuestos.

Fue parte integrante de la entidad gestáltica conocida como Grant Naylor, que creó y escribió la serie ganadora de un Emmy «Enano Rojo» para la cadena de televisión BBC. Junto con Rob Grant también fue guionista principal de *Spitting Image* a mediados de los ochenta y juntos escribieron dos novelas, «Enano Rojo» y «Mejor que la vida». «El último humano» es su primera novela en solitario.

LAS AVENTURAS CONTINÚAN EN:

ENANO ROJO: LA NOVELA

Esta es una angustiosa llamada de socorro desde la nave espacial Enano Rojo. La tripulación murió a consecuencia de una fuga radioactiva. Los únicos supervivientes fueron David Lister, que estaba en animación suspendida cuando se produjo la catástrofe y su gata preñada, que quedó encerrada y a salvo, en la bodega.

Revivido 3 millones de años más tarde, los únicos compañeros de Lister son un ser que evolucionó a partir de la gata y Arnold Rimmer, el holograma de uno de los componentes muertos de la tripulación.

Mi nombre es Holly y soy la computadora de a bordo. Mi coeficiente intelectual es de 6.000, equivalente al de 6.000 monitores de gimnasia.

Fin del mensaje.

La novela basada en la famosa serie de culto homónima de la BBC, "Enano Rojo", con más de 3 millones de ejemplares vendidos en todo el mundo, es una historia repleta de acción, humor y paradojas temporales.

ENANO ROJO: MEJOR QUE LA VIDA

David Lister, sometido a un campo de estasis durante tres millones de años, revive a bordo de la nave minera Enano Rojo. Descubrirá que toda la tripulación murió a causa de una fuga radiactiva, y que después de tres millones de años, es el Último Humano Vivo.

Junto a sus compañeros Arnold J. Rimmer, el holograma de su superior muerto; Holly el ordenador de a bordo; un ser que evolucionó a partir de una gata preñada; y del mecanóide Kryten, emprenderán un periplo de retorno a la Tierra para descubrir el destino final de la Humanidad.

En esta segunda entrega de la serie «Enano Rojo», nuestros cuatro protagonistas se encuentran atrapados en el juego de realidad virtual «mejor que la vida», un juego tan adictivo que acaba matando al usuario, pero tendrán que escapar de él, puesto que la nave se dirige sin remisión a un peligro, y el ordenador se ha vuelto «inestable».

ENANO ROJO: HACIA ATRÁS

Tras "Enano Rojo: La Novela" y "Enano Rojo: Mejor que la Vida" llega la esperada tercera parte de las aventuras de los tripulantes de la nave espacial "Enano Rojo".

Después de más de tres millones de años perdidos en el espacio, Dave Lister, el último humano vivo, ha conseguido volver a la Tierra. El único problema es que a la Tierra a la que ha regresado, el tiempo no corre en la dirección adecuada, si no hacia atrás, y si no consigue salir pronto del planeta, tendrá que volver a pasar por la pubertad, la niñez... y la no-vida.
Pero la tripulación del Enano Rojo –Rimmer: el holograma del superior de Lister, Kryten: un robot paranoide y Gato: un gato superevolucionado- ¿por fortuna? acuden en su rescate.

Escrita en solitario por la mitad del dúo Grant Naylor: Rob Grant, "Enano Rojo: Hacia Atrás" nos ofrece humor, ciencia ficción, aventura en la más profunda y reflexiva peripecia de los personajes creados en la famosa serie homónima de la BBC.